Democracia

Seix Barral Biblioteca Breve

Pablo Gutiérrez

Democracia

Diseño original de la colección:
Josep Bagà Associats

Primera edición: octubre 2012
Segunda impresión: noviembre 2012
Tercera impresión: diciembre 2012

Avda. Diagonal, 662-664 - 08034 Barcelona
www.seix-barral.es
www.planetadelibros.com

ISBN: 978-84-322-1007-5
Depósito legal: B. 22.197 - 2012
Impreso en España
Book Print Digital, S. A., Barcelona
Preimpresión: La Nueva Edimac, Barcelona

También disponible en e-book

Para Clea, que resistió.

La ciudad vieja. Al asalto toman la azotea buscando un respiro, hace tanto calor que las sábanas parecen bolsas de plástico. Arrastran un colchón hinchable por los peldaños, se deleitan con las figuras que el atardecer dibuja sobre los rabos de la polución, follan como locos oyendo el zumbido del tráfico y el rotor del aire acondicionado, incluso las risas y los gritos de cristal roto si es fin de semana, les divierte esa excentricidad. Desde allí la ciudad vieja es una maqueta de terrones de azúcar, los azulejos de la caja de ahorros son ceras infantiles, un juguete de bazar sustituye al fénix de la compañía de seguros.

Sol blanco de verano, amanece. Sin el resguardo de la penumbra benigna, sus cuerpos se revisten de erupciones y estrías en lugar de bronce firme, oscuro fluido. Escaleras abajo huyen avergonzados para alcanzar la protección de las ventanas entornadas, el cedazo de la ducha que purifica y disuelve lo que no debe verse; lástima que incluso en aquella pequeña desmesura acaben comportándose tan civilizadamente, que no se atrevan a holgazanear desnudos hasta media mañana, sucios y adormilados, viles como estrellas de rock a quienes embellece la inmundicia; o como muchachos de novela que detienen el coche a la orilla del lago y saltan desde una roca aunque el narrador no cuente que el agua apesta a remanso y el fondo es limo, al pisarlo parece estiércol.

Marco. Los gorriones juegan al balancín sobre los cordeles, pequeños artistas del trapecio que observan el nadaquehacer diario de Marco. Son sucios y agresivos, boxean con sus alitas enclenques como figurillas de Street Fighter, sus corazones laten endiablados cuando Marco lanza una camisa que huele a alpiste y consigue atrapar uno, apretarlo en el puño. Durante diez, veinte segundos se extienden entumecidos sobre la mesa, luego recobran el equilibro y escapan tropezando con la lámpara o la moldura de escayola como un avión de combate alcanzado por la artillería. A veces caen al suelo malheridos, aterrados. Marco los recoge y los deposita en el alféizar. En sus manos late el pulso diminuto, y el remordimiento, el placer culpable.

Con letra de escolar anota la fecha de cada dibujo en el dorso y lo guarda en una carpeta escondida entre la ropa de invierno. La portada dice *Apuntes de Micromaquia #1*. Otros levantan pesas, corren diez kilómetros, se afilian a un sindicato y lloriquean en el mostrador: Marco dibuja gorriones desmayados sobre la mesa de delineante donde antes trazaba superficies, plantas, alzados, engañifas de urbanismo; la carpeta envuelta en un jersey de lana, documento secreto, vida de espía.

El tiempo se derrama viscoso, toneladas de tiempo envasado y etiquetado, bien dispuesto en la alacena, su capital activo, su fortuna. Marco gobierna ese territorio como un déspota que esclaviza a sus súbditos, los obliga a hincarse de rodillas, se relame con el escote de las campesinas, es un soberano caprichoso que despilfarra su hacienda deslizando los dedos sobre las rugosidades de la pared. No hace nada de provecho, arroja al vertedero suculentos pedazos de tiempo, se embelesa con los videojuegos y la pornografía que recalientan el ventilador del PC, se convierte en yonqui de todo cuanto huela a vulgaridad y humillación, arruinando la Nueva Vida que el desempleo tan generosamente le ha ofrecido.

Lehman Brothers. Lehman Brothers se desplomó delante de las narices del mundo atónito el mismo día que Marco fue despedido. Coincidencia cósmica: en el dietario de infortunios universales su insignificante tragedia empequeñeció frente a aquel monzón bursátil que, como dicen los locutores con precisas metáforas, quebraría los cimientos del blablablá internacional.

Marco debería sentirse orgulloso, de algún modo participó en un acontecimiento formidable, hito histórico, caos apocalíptico, devastador episodio y todos esos adjetivos tan bien escogidos que los periódicos engruesan en sus papillas; orgulloso de ser un fragmento infinitesimal del gran estallido, una esquirla de intrahistoria en el mitológico combate entre Economía y Humanidad. Sólo un imbécil sin perspectivas se dejaría llevar por el resentimiento en lugar de agradecer a los dioses de las finanzas su cuota en la peripecia celestial; pero Marco, tan ingrato, es incapaz de apreciar la valiosa ofrenda, por más que busca dentro de sí no encuentra otra cosa que autocompasión y rencor. Cuando sube a la azotea en sus mañanas ociosas tan sólo piensa yo era bueno en esto, era aplicado y sumiso, nunca me retrasaba, nunca flaqueaba, no merecía una suela aplastada en mi culo.

Muy cierto: obedecía todas las órdenes, cumplía todas las funciones que le habían sido asignadas e incluso tomó algunas iniciativas que contribuyeron a pulimentar los cromados de la Lambretta que el director general aparcaba siempre a media mañana.

El director general: qué lince, qué intrépido, con qué precisión entró en el negocio cuando el guiso borboteaba de usura y abundancia, la guarnicionería de la motocicleta brillando como la plata, el casco extravagante como un piloto del siglo pasado, tan generoso, tan afable con los empleados, prototipo olímpico dentro de sus camisas a medida, depilación integral, esquí en los Dolomitas, surf en Mentawai.

Marta trajo un ramo de margaritas silvestres que había recogido durante el atasco matutino. La caravana se detiene, ella echa el freno de mano, salta del coche con el chaleco de emergencia, arranca un puñado de florecillas y las ata con hilo dental. Huelen a campo, a gasolina y a neumático. Martita: sus faldas de tubo, sus lindos colgantes de alpaca, aquellas blusas blancas que te inundaban de suavizante cuando se acercaba a ti para recoger el expediente y te regañaba diciendo la próxima vez llévalo tú mismo al archivo, guapo, al hacerlo su blusa te rozaba la mejilla, Marta, Martita, que puso una flor dentro de tu taza, Marco. De algún modo ese gesto alegró el ánimo de todos y, como si fuera un día de fiesta, derrocharon sus cheques en un restaurante regional, pidieron sidra, se rieron como una cuadrilla, Marco no dejaba de frotarse la corbata con una toallita de limón.

Por la tarde, el director le dijo tenemos que hablar un momento, y Marco estaba tan distraído que ni siquiera se dio cuenta de que no había utilizado ese tono risueño de siempre, palmadita, cómo te va, chaval, eres un artista. El tajo fue súbito y limpio. El director expuso motivos y condolencias, créeme que no puedo hacer otra cosa. Marco no supo qué contestar, bajó la mirada como un empleado japonés que comprende que es el bicho más miserable del orbe y reza para que el tren lo deje pronto en su casa y pueda correr al cajón de los cuchillos e improvisar un lento seppuku sobre los baldosines de la cocina. Al salir del despacho no dijo nada ni miró a nadie. Se puso la chaqueta y se marchó.

Ya había anochecido, la humedad enturbiaba el halo del alumbrado público. Caminó deprisa y bien derecho, sin deambular con el cuello del abrigo de punta ni patear latas de refresco. Abrió la puerta de casa, subió de puntillas, besó a su mujer y se metió en la cama. Al día siguiente dijo me han echado del trabajo, Julia.

Julia estaba de espaldas, recién duchada. Se dio la vuelta, el pelo mojado sobre los hombros, ese aspecto desconcertante que tienen las mujeres a medio vestir por la mañana. Un hilo de agua resbalaba en su escote, leotardos de bailarina, acarició la nariz de Marco, dijo qué ha pasado, amor, la blancura atlética del sujetador, el caminito que trazaba el pequeño manantial: era demasiado. Marco rompió a llorar con aspavientos e hipidos, ella lo consoló dulcemente, ya encontraremos algo, lo besó muchas veces, sorbió sus lágrimas, despeinó su cabeza, ahora me tengo que marchar, ¿eh?, tú piensa que estás de vacaciones, ¿eh?, cocina algo rico, da un paseo, lee un poco, toma el sol en la azotea, ¿sí?

Hecho un nudo sobre la cama, Marco moqueó imaginando el brillo de la motocicleta, repitiendo en la caja de resonancia de su cabeza las gentiles frases de despedida, buena suerte, chaval, te mereces lo mejor, lástima que yo no pueda ofrecértelo. Con un esfuerzo titánico consiguió levantarse y gatear hasta el retrete. Para no oír el clamor de sus pensamientos encendió la radio, y fue entonces cuando escuchó toda esa filfa de Lehman Brothers e intentó morderse las ganas pero las lágrimas brotaban solas sobre el lavabo, incontenibles. Lloró por su derrota vergonzante, lloró por las blusas aromáticas de Marta, lloró por su mesa vacía y las flores en la taza, lloró por el sujetador blanco de Julia, lloró por la bolsa de Tokio, por la Reserva Federal, por el índice Dow Jones, lloró proféticamente por RBS, por el milagro islandés, por AIG y por las miles de criaturas desprovistas de audacia e ingenio que a partir de ese día se levantarían con los puños desollados; pero especialmente lloró por los ejecutivos que llamarían al banco para retirar sus fondos de inversión y recibirían como respuesta señor/a, su solicitud será estudiada, gracias por mantener su confianza en nosotros, pobres, pobres diablos ingenuotes. Con la excepción de que ellos tenían millones y Marco sólo deudas, nada los diferenciaba, todos habían caído en la misma trampa.

Leh-Bro. El pequeño Leh-Bro quiso saber: «Maestro, ¿puede un hombre honesto convertirse en un hombre rico respetando el Tao y el flap-flap de las grullas sobre los campos de arroz?»

«Pequeño Leh-Bro —contestó el maestro—, qué pregunta tan estúpida. Escribe en tu tabla de arcilla: no grullas, no Tao, no dinero, no volveré a hacer preguntas como ésta», y sin decir una palabra más bajó la vista hacia el pincel y la bandeja lacada con un gesto de fastidio.

Qué estricta es la filosofía oriental, se dijo Leh-Bro, y echó de menos una porción del viejo catolicismo donde todo queda perdonado, o la generosa doctrina protestante que santifica el éxito y el lucro. Observar el comadreo de las grullas en los arrozales, leer las enseñanzas de Lao-Tsé-Keynes hasta integrarlas en su fluido linfático y barnizar pastorcitos de escayola no le parecían hazañas de suficiente envergadura; el pequeño y voluble Leh-Bro, tan siglo XXI, soñaba con dividendos infinitos, triunfo social y fiestas sexis en un apartamento gigante de Manhattan.

Harto de la suficiencia del maestro, Leh-Bro amarró un pañuelo con algunas cosas, saltó la valla gritando «ahí te pudras», y se evaporó de la humilde cabaña de campesinos y de su olor a calcetines. Llegó hasta la orilla del río Nung, subió a un barco, navegó durante semanas, cruzó un océano y al fin arribó a las costas doradas del continente Dow Jones, único lugar del planeta donde una diminuta pulga oriental podría convertirse en ultramillonario respetando las leyes del mercado. Oda a Alan Greenspan, el mayor de todos los seres divinos, que hizo de esta bendita tierra un hogar para la avaricia anónima.

Fue muy fácil. Comenzaba un nuevo siglo, todo era desconcierto e incertidumbre. En el kiosco compró un par de periódicos y comprendió que debía invertir sus ahorros en algunas webs descollantes. Le fue bien porque los periódicos nunca mienten, y también porque su prudencia le hizo retirar los beneficios antes de que el abasto digital se descompusiera.

Ganó tanto, tanto que no supo en qué gastarlo, y se le ocurrió inflar la ganancia con otro negocio igual de próspero sin pensar qué cosa haría con el montante final. Acariciando su jardincito zen hasta agotar los ibuprofenos de la farmacia, Leh-Bro se acercaba a la sobredosis cuando en su mente brotó una idea certera: no invertiría ni un céntimo más en internet porque internet es un mundo invisible, y a Leh-Bro le gustaban las cosas plásticas y visibles como las tarjetas de crédito y las braguitas de encaje; tampoco invertiría en fábricas ni industrias porque las fábricas y las industrias huelen a goma y a pelo mojado, el suelo resbala, hace tanto calor debajo de los techos de uralita. No, Leh-Bro necesitaba algo más sencillo, algo que pudiera convenirse con un par de llamadas telefónicas como en los viejos tiempos, adorados tiempos de la chistera y el cigarro, cuando los ordenadores parpadeaban en verde y negro.

Masticando la última gragea, Leh-Bro fue alcanzado mágicamente por una idea reveladora que vendría a cambiar el destino del universo: casas, todo el mundo quiere una casa, comprar y vender casas. Las revistas de decoración te exigen que lo hagas, tu existencia es una nebulosa sin molduras, electrodomésticos panelables, chaise-longue donde leer cada noche un capítulo de *Mujercitas*. Hermosas casas con jardín y cercado de madera, un pequeño bosquecillo, una carretera apenas transitada por bicicletas y monopatines. O apartamentos. Pisos. Bloques de pisos y apartamentos, conjuntos residenciales, condominios.

Pero qué pereza guardar las llaves en un cajón, no encontrar nunca el llavero adecuado cuando lleguen los futuros compradores, trastear delante de la cerradura con un manojo tintineante.

Y fue la Pereza, primera de las virtudes, quien engendró en Leh-Bro la epifanía: en lugar de comprar casas será mejor comprar *la compra de casas*. Nadie puede pagar una casa de verdad, pero sí la ilusión de comprar una casa, de fingir que eres el propietario del terreno y los tabiques y no el dueño de un apunte (–) en tu cuenta corriente; la ilusión de una cena improvisada en tu propia cocina de usufructo, volován de queso y alcaparras, copas borgoñonas con tres dedos de Beaujolais, la delicia de apreciar un vino cosechero sin ambición, ah, lo mejor de la vida son las cosas sencillas.

Comprar *la acción de comprar* una casa, ahí estaba el negocio.

El mundo funcionaba así desde el XIX.

Y por eso comenzó a comprar todas las *compras de casa* que pudo.

Compró *compras de casas* grandes y espaciosas, con hermosos ventanales.

Y su cuenta en Barbados vio que eso era bueno.

Luego compró *compras de casas* medianas pero soleadas, suelos de madera y porche con mecedora de caña.

Y su balance de resultados vio que eso era bueno.

Después compró *compras de cualquier casa*, un techo y una puerta eran suficientes, también servían casas descapotables.

Y ya no había libretas donde apuntar los beneficios.

El mundo amaba a Leh-Bro, Leh-Bro amaba al mundo, el cajón de su cómoda rebosaba de braguitas de encaje, todos decían Leh-Bro es generoso y amable, Leh-Bro se hace cargo de nuestras *compras de casa* a cambio de un pequeño interés.

El negocio de beneficencia creado por el casi altruista Leh-Bro alcanzó la beatitud, los expertos recomendaban a los pequeños inversores abrazar a Leh-Bro con ojos cerrados.

Pero en agosto de 2008,

ah-gosto,

alguien gritó desde una ventana «¡Subprime!», como si fuera un villano robótico que aplasta taxis amarillos en la Quinta Avenida, «¡Subprime!», como el meteorito que amenaza con extinguir a la raza humana, «¡Subprime!», como la palabra secreta que el magnate balbucea en su lecho de muerte.

Y los habitantes de las casas diáfanas como pistas de patinaje y los de las casas medianas y soleadas y también los de las casas pequeñitas y húmedas corrieron al banco a retirar el dinero que no tenían, y señalaron temblorosos a Leh-Bro diciendo «Leh-Bro se encargará de nosotros, Leh-Bro nos acogerá en el confort de sus bolsillos».

Pero los bolsillos de Leh-Bro eran un par de zapatillas descosidas y las libretas de los contables, un puzle demasiado complejo, nadie sabía a quién pertenecía cada apunte, nadie era capaz de salir de aquel despacho-gabinete-de-crisis sin cambiar ibuprofenos por lexatines.

Y así, en el segundo trimestre fiscal del año 2008 d. C., Leh-Bro honró a los dioses antiguos, sacrificó dos bueyes cebones, libó algunas pintas de Perrier para tragar dos píldoras de nitroglicerina y confesó entre sollozos que había extraviado

2.800
millones
de
dólares.

El 15 de septiembre se declaró en quiebra.

Dos días después, el buen Barclays compró las ruinas resultantes cerrando un ventajoso acuerdo: a cambio de una propina de 1.750 millones, obtuvo 72.000 millones en activos.

Activo: dinero invisibilizado con tinta china que mágicamente vuelve a aparecer pasado un tiempito.

Mientras, en su humilde cabaña a orillas del río Nung, el maestro Soros abría el periódico por la parte que nadie lee, cocinaba chop-suey y renegaba con la cabeza diciendo qué chicos tan imprudentes. Un par de calcetines se secaba en la valla del corral.

O bien,

Lehman Brothers: empresa fundada en 1844 por un emigrante alemán que se enriqueció vilmente con el algodón esclavista de Alabama.

Guerra Civil: fortuna y sonrisas para el ganador, Lehman Brothers se acomoda a la abolición e invierte en café y ferrocarriles.

Hundimiento del 29: ¿por qué no comprar algunas cabeceras de periódicos, dos o tres estaciones de radio?

Crisis de los 70: transmutación en banco de inversión, ya no sirve ser una caja de caudales inmóvil, pongamos a trabajar todo este dinero tan perezoso.

Primera década del flamante XXI: enriquecimiento hipertrófico a través de la compra masiva de deuda hipotético-hipotecaria.

¡Maldición!, 2008: la deuda hipotético-hipotecaria se convierte en deuda teórico-práctica y real, hasta las limpiadoras de la sede de Times Square exigen el cobro de alguna letra al pobre Leh-Bro, en la oficina florecen las notas de embargo y las papeleras repletas de bocadillos, los teclados acumulan dos dedos de grasa, alguien robó el jabón de manos, si esto sucediera en cualquier otro país estallaría una *huelga*, pero en el Universo Greenspan *huelga* es un extranjerismo que sólo se entiende en cursivas.

Consecuencia 1: crisis planetaria, todo el mundo le debía algo al Hermano Lehman o el Hermano Lehman le debía algo a todo el mundo.

Consecuencia 2: Marco es despedido.

Consecuencia 3: esta novela.

Fin.

No.

No fin.

Pregunta 1: ¿por qué fue despedido el infeliz de Marco?

Pregunta 2: ¿qué relación imposible puede establecerse entre la mingurria-Marco y su contribución al sistema con respecto al titán Lehman, que recién se descomponía?

Simplificación de la pregunta 2: ¿por qué la caída del titán Lehman supuso tan temprano el aplastamiento del ácaro-Marco?

Respuesta y primer motor inmóvil, desencadenante del suceso y arranque del trance intrahistórico: el joven director general. Es decir,

El joven director general. Caballista de su Lambretta, portador de anillo de sello y camisas a medida, ambigüedad entre el cánido de gimnasio y la distinción retro de un tres piezas, cabello de surfista como peluca de Playmobil: así era el joven director general, llamado Gonzalo en la oficina y Talo fuera de ella, sus bíceps aventaban las mangas de la americana pero no conseguían estirar el vello púbico de Martita, fiel a su marido y a una sensatez muy alejada del cliché del cine porno.

Nunca derribó a Martita Flor de Autopista pero sí a muchas estudiantes Erasmus, especialmente escocesas, las mejillas tan rojas y alcohólicas como un dibujo animado. Bastaba con subir a su montura, hacer clic en el telemando de la puerta hidráulica, trotar hasta lugares llamados Baraka o Compendium, soltar bíceps y atraer yorkshires y terriers con su delicado inglés británico, aprendido en las colonias. [El padre insistía: tiene que estudiar en el extranjero. La madre protestaba: mejor que pase las vacaciones en la playa con sus primos. El padre: a los primos los puede ver siempre que quiera, allí se juega su futuro. La madre: y por qué no en una academia. El padre: no sólo se trata del inglés, mujer, es otra cosa.] Las terriers dormían de espaldas sobre las sábanas color violeta, en un tobillo una media enroscada y en el otro un tatuaje, las chicas-yorkshires despertaban al mediodía sin saber dónde, con la sensación de haber cometido una acción salvaje y poética en un país extranjero, al abrir los ojos esperaban encontrarse en un cuartito de alquiler con suelo de terrazo y muebles de pino, no daban crédito cuando descubrían las planchas de madera de acacia, los blancos ventanales abiertos hacia el cruce de las avenidas, las lámparas cóncavas como naves aqueas y el resto de la utilería habitual en los anuncios de café soluble que consagran el amor entre dos jóvenes guapos, blancos y urbanos. Se desperezaban, buscaban con dedos tintineantes su ropa interior, encontraban el refugio de un baño de paredes de pizarra y toallas mullidas como pelo de gato, se sentaban en el retrete y sonreían de pura felicidad aun cuando no recordaban quién, qué cosa, cuál oro las trajo allí la noche anterior, vagamente les venía la semblanza de una Lambretta centelleante esquivando taxis.

Escocesas amarillas, el joven director general nutría sus testículos de ellas, los pulimentaba con sus manos suaves como pastas de cuaderno escolar, qué importa que la boca les oliera invariablemente a mayonesa y a ginebra si el cabello rubio perfumaba las sábanas de crema suavizante y en el escote verdeazulaba la purpurina entre senos de media luna, todas las escocesas Erasmus eran largas y delgadas, poco pecho pero tan bonitas subidas a esos zapatos comprados expresamente por ser españoles, en ocasiones con falda de revista y otras en vaqueros, siempre desabrigadas aunque lloviera o helara sobre la Lambretta, el joven director general hacía scouting en los lugares adecuados y rechazaba a las más nerviosas aunque bonitas y también a las más jóvenes aunque atrevidas, pocas veces sucedió que a la mañana siguiente arrancara el llanto de la borrachera o la estampida escaleras abajo o el robo de cualquier objeto, casi todas sonreían, groguis por los doscientos metros cuadrados antes que por la resaca, se sentaban en braguitas sobre un taburete y guardaban silencio mientras él hablaba de cualquier cosa intrascendente, alguna se quedó a pasar la tarde sentada en el sofá y ejecutó ejercicios de agradecimiento, los fines de semana del joven director general tenían algo de rutinario.

Cuando cumplió quince años comprendió de golpe ciertas cosas:

Si vas a suspenderlo todo, finge que eres un solitario incomprendido.

Si vas a saltarte las clases, inventa alguna excusa sentimental.

Si vas a robar dinero, no lo hagas en tu propia casa.

Si vas a follar con una chica, no lo hagas en tu propia habitación.

Si vas a probar metanfetaminas, no lo hagas un lunes por la tarde.

Porque mamá no se entera de nada.

Pero papá da hostias de boxeador.

Niño rico, caso perdido, fin de la historia. Tres colegios lo expulsaron arguyendo el perjuicio causado a los demás estudiantes, padres furiosos. El psicólogo hizo acrobacias verbales para decir sin que se notara que ese niñato no tenía remedio, habéis criado a un mamón consentido, mancha de ricos cabrones, el precio de la consulta sólo es limosna para vosotros, yo también tengo un coche caro en el garaje pero vosotros los coleccionáis, se gastan los neumáticos y os compráis otro nuevo, llevarlo al taller es como ir al zapatero a cambiar las tapas de unos botines, durante la exploración inicial el psicólogo veterano se contuvo para no zurrarle después de cada respuesta insolente, será un perfecto tiburón para los negocios, diagnosticó.

Arrogante, violento, espabilado: los estereotipos refrescan la mente porque permiten la taxonomía, clasifican el mundo en sencillas etiquetas, colección de mariposas, piezas de Tetris cayendo en su molde. La inquietud aparece cuando irrumpe la anomalía: el vendedor de salchichas que se convierte en director de un cortometraje, la chica inmaculada que debiera alcanzar una vida de campanillas y decide preparar oposiciones. Lo mismo sucede con el joven director general: después de la gresca de la adolescencia, tendría que haber sido un canalla, crío pijo con todo a su alcance y el resto de infamias sectoriales, pero lo cierto es que si lográsemos abstraernos del prejuicio de clase comprobaríamos que el joven director general se convirtió en un buen tipo.

Definición de buen tipo: uno que sinceramente se alegra de verte, que te llama con frecuencia, te invita a comer sólo para charlar contigo, durante el fin de semana en la casa rural se ofrece para lavar los platos, aunque pudiera enterrarte con sus tarjetas de crédito divide los gastos y no te embroma diciendo que ya está pagado.

Pasada la estación del matonismo escolar y las broncas familiares (robos, fugas, comisaría, accidentes, UCI, juicios, chicas muy ofendidas, padres enfurecidos, cheques de indemnización), Gonzalo-Talo se fue ablandando, dejó de callejear y zumbar dentro de ningún coche, se matriculó en un instituto normal, terminó los cursos, aprobó la selectividad, comenzó Económicas y abandonó en cuanto se dio cuenta de que bastaba con leer algunos tratados básicos, usar la calculadora científica, consultar confidenciales y revisar las cotizaciones de Infobolsa.

El padre recelaba y escatimaba sus recursos, la madre se moría de la vergüenza cuando dos ojos se posaban sobre ella. Talo comenzó a hibernar dentro de su cuarto huyendo del combate abierto. En aquella habitación-crisálida, enorme como sala de billar, Talo dormitaba, apuntaba cosas en una libreta, indagaba en internet y a veces leía novelas de Yukio Mishima como ejercicios espirituales.

Durante meses apenas salió para comer de pie en la cocina o tomar el sol en el jardín, hasta que una mañana emergió, se lavó, se vistió, cogió su cuaderno, entró sin llamar en el despacho de papá y dijo tengo una idea.

Papá desconfiaba, se hizo el duro: le prestó doscientos mil, ni un céntimo más, y le cedió un local pequeño y sombrío. Un año después, los doscientos se habían convertido en quinientos, en el local había mesas, plasmas, flores, pilistras y dos empleadas con las que ni siquiera intentó acostarse. Devolvió lo prestado, papá quiso participar en el negocio, pero Talo repuso sin rencor que aquello era cosa suya.

Los beneficios permitieron un sereno hedonismo: compró una Lambretta moribunda, la restauró pieza a pieza con ayuda de un manual escrito en italiano, viajó a Bali, a Maldivas, a Reunión, surfeó en los arrecifes de Mappadegat y Telescope, aprendió fotografía y pesca submarina, devoró varias razas dim sum sin ser descortés con ninguna chica; en definitiva, renació para convertirse en el protagonista de la próxima portada de *Esquire*, tomaba pudin escocés los sábados, roast beef los domingos.

Irrita la perfección de su felicidad y avaricia freática, pero el maestro Soros pregunta: «¿Serías tú distinto si ocupases su lugar, si nacieses en esa familia, te sostuviese el mismo colchón de abundancia, fueses educado para cumbre y degüello en perpetuación de la serie binaria?» ¿Honestidad de San Francisco de Asís, desprendido de ropajes y posesiones? Ja.

Durante los veranos en el norte aprendió muchas cosas, los surfistas locales eran hostiles, les jodía que un niñato de fuera viniera a aplastarles las olas, le pincharon las ruedas del coche, le robaron un neopreno en Bakio. El joven director general sabía que la prosperidad ajena es una porción difícil de engullir, en los rompientes desconocidos cedía el paso como un conductor viejito que no se atreve a franquear el cruce. Detrás de esa serie vendría otra, no tenía ninguna prisa, prefería una Lambretta 150 a una BMW 500.

Dimensión individual del trabajo. *El trabajo desarrolla y perfecciona las aptitudes del individuo. Cuando se ejerce de acuerdo con los gustos e intereses del trabajador, es una fuente de satisfacción y estímulo, es decir, una fuente de realización personal.*

Sea grato o ingrato el trabajo que realizamos, siempre debemos aceptarlo como un reto que nos obliga a capacitarnos y a exigirnos una verdadera ética profesional.

Sociedad 8, Educación General Básica.
Santillana, 1985.

Un verdadero artista. Su trabajo era el de un verdadero artista, no se mezclaba con la zafiedad de los agentes comerciales ni desgastaba su talento con el escrúpulo de los contables. Tomaba los planos incomprensibles de una nueva promoción de adosados —a tan sólo hora y media del centro— y a partir de aquel galimatías de cálculo de cargas, basamentos y puntos de luz elaboraba prodigiosas simulaciones con aceras limpísimas, elegantes marquesinas, jardines de ajedrez, perros esponjosos y niños comiendo helados. Era meticuloso como un artesano, dibujaba a pluma cada pieza y sólo después digitalizaba la viñeta con los cromos más puros del arco iris Pantone. Siempre llevaba camisa y corbata pero le habría encajado mejor la visera de un obrero de imprenta, la bata de un pintor figurativo.

Una ciudad de mediano tamaño surgiría de la nada si se ordenaran todas las simulaciones que diseñó durante los años del cuerno de oro; ciudad con seres individuales y esquinas concretas, *Short Cuts* e intrigas urbanas. A diferencia del repetitivo trabajo de sus colegas, Marco jamás copiaba y pasteaba, permitiéndose rarezas muy agresivas como, por ejemplo, que no fuera rubia cada mujer, que no fueran jóvenes todas las parejas, que una señora regara un cactus en lugar de un tiesto de hortensias. Es más, si el cliente que salía de la agencia con la carpeta llena de plazos de usura observara detenidamente el tríptico de la promoción, habría podido ver a una chica de quince años mordiendo un bocadillo detrás de los cristales de la cocina, a un anciano removiendo con nostalgia infinita un vaso de Nescafé, los ojos sofocados de un chaval que siempre viste de negro, escucha repetidamente discos de Cradle of Filth, lee con arrebato a Lovecraft y escribe poemas interminables donde aparecen palabras como plexiglás, cuervo, soma.

Marco era un artista, y por tanto prescindible e improductivo, propicio para ser pateado con la llegada del primer atisbo de la apoplejía financiera. Después vinieron los demás, uno tras otro hasta llegar al culito de Marta, la recolectora de florecillas silvestres. Marco quedó al margen desde el principio y por eso se le hizo largo, tan largo, larguísimo el recuento de damnificados y excluidos que mensualmente arrojaban las cifras del INEM.

Dimensión social del trabajo. *El hombre no sólo produce lo necesario para él, sino que dada su extraordinaria capacidad de trabajo, y gracias también a la acción de las máquinas y la tecnología, consigue excedentes que sirven para enriquecer a una nación y elevar su nivel de vida. De este* *modo, el trabajo individual contribuye al bienestar común de la sociedad.*

Sociedad 8, Educación General Básica.
Santillana, 1985.

Reflexividad. El venerable maestro Soros compró una casa en la ribera del río Nung. *La crisis fue generada por el propio sistema financiero, el defecto era inherente.* Rectificación: el maestro Soros cambió una yunta de yaks por una casa en el río Nung. *Esto contradice la teoría que sostiene que los mercados financieros tienden hacia el equilibrio y que las desviaciones ocurren bien de manera azarosa, bien por un suceso repentino.* Rectificación: Soros usurpó una casa, el campesino se fue a la ciudad, vendió los yaks a un tratante, se gastó el beneficio en burdeles. El maestro Soros encontró en las aguas del río Nung el sosiego que necesitaba para componer la Teoría de la Reflexividad. La grey de los financistas se humillaría a sus pies, oh bienamado, los consejeros delegados rechinarían dentro de sus corazas, los monos bonobos de la ribera celebrarían la llegada del nuevo habitante, aplausos, aplausos.

Distinguidos miembros de la Comisión, Sr. Presidente de la Cámara, comenzó así: sentado en una silla de caña y envuelto en una malla que lo protege de los zancudos, el maestro escribe un discurso que cambiará el eje planetario. La mano izquierda sostiene la mandíbula, la derecha garabatea veloz sobre el cuaderno, los pies prensiles aferran la malla y la cierran como una cápsula, de lejos parece un gusano de seda en fase de metamorfosis, de cerca parece un atracador de cómic dentro de una media, los zancudos excavaron un túnel y ya asoman al otro lado, el maestro escribe absorto igual que Pessoa escribió los treinta poemas de *O guardador de rebanhos*, 1914; del mismo modo Soros redacta en trance su discurso, 2008, *muchos aún lo niegan, pero es mi deber decirlo: los mercados financieros no reflejan la realidad, siempre proporcionan un retrato dirigido o distorsionado que modifica intencionadamente los precios del propio mercado.*

Una semana más tarde, 13 de noviembre, con traje, corbata y gafas de montura al aire pero picaduras de mosquito debajo de la camisa, el insigne George Soros leerá estas notas ante la atemorizada audiencia del Congreso de los Estados Unidos. Todos escucharán conmovidos, todos tomarán apuntes en sus tabletas de arcilla y harán cuentas con sus ábacos, sólo algún analista trepador pensará viejo loco, *existe una conexión que fluye en dos direcciones, como el torrente sanguíneo, uniendo la ilusión creada por el mercado y la realidad subyacente.*

Su teoría estableció la estrategia que el resto de la comunidad financiera (autoridades monetarias, grandes inversores, profesores universitarios) desarrollaría en acometidas posteriores: no defender la plaza, conceder al enemigo rabioso la oportunidad de rebuscar en el granero, *la ilusión modifica el sentido de la realidad, y la realidad condiciona la permanencia del espejismo*, compadecerse de su legítima frustración, no justificar el abuso del señor feudal, sentir simpatía hacia el bravo que se rebela, la misma que hacia el manso que humilla la testuz, y de ese modo evitar el enfrentamiento, prometer alguna reforma que mantenga intacto lo importante. *A esa íntima conexión que funciona como principio rector del sistema la llamaremos Reflexividad.*

Martita Flor de Autopista. Martita era el aglutinante porque lograba poner de acuerdo a la plantilla en una cosa: ninguno de nosotros es digno del buenos días que brota de sus labios, nuestra lascivia ensucia su santidad. Martita, tan cachonda y tan madre de los hijos que no tendremos. Ni siquiera el director general pudo seducirla, ni durante el relámpago de la prosperidad ni durante la melancolía de la bancarrota; lo intentó, todos se dieron cuenta de eso, pero ella se comportó como una perfecta mujer Norit. Si Él no pudo, ¿cómo podrían ellos soñar con el tacto de sus blusas aromáticas? No, Martita era un altar, Martita mantenía encendido el fuego de las vestales. El joven director general, tan atractivo y generoso, tan chico perverso que cae simpático, ¿fue por moralidad que Marta no quiso, fue por conservadurismo o ultracatolicismo?, ¿fue por vergüenza, por frigidez, por temor al despido si se resistía al gonzo con amigos de un club social? Su aspecto negaba cualquiera de esas posibilidades, ninguna opusina miedosa viste así, ninguna desganada.

El motivo era muy distinto, rareza, estrambote: Martita tenía sentimientos.

Verdaderos sentimientos.

Sentimientos siglo XX.

(Se escuchan risas, una carcajada que termina en mayúscula)

En serio.

Sentimientos como los de entonces: honestidad, sentido del esfuerzo, principios éticos, fidelidad a su marido. Nunca habría aceptado un regalo caro, rechazaría cualquier ascenso conseguido entre las sábanas.

(Las risas se convierten en nerviosismo e incomprensión, la sala se revuelve en sus asientos)

Y por eso no fueron los chicos medrosos de la agencia, ni los guapos de postal, ni los comerciales de exfoliación, ni los severos administrativos de cuentas, ni siquiera los arquitectos temporalmente contratados, sino el imbécil de Marco el único que tuvo una pequeña posibilidad de A de adulterio con ella.

(Silbidos como preludio)

Sucedió durante un almuerzo cotidiano, almuerzo de miércoles. Marco siempre volvía a casa para comer con Julia como un matrimonio de los setenta, pero aquel día las prisas y la desorganización del calendario lo obligaron a llamar por teléfono, me quedo, llegaré tarde, es una entrega, retraso en el plazo. Bajó a uno de los restaurantes que aceptaban los cheques de la oficina y, sentada en una mesa de dos, vio tan sola a Martita terminando un primero que no pudo evitar el cruce de miradas. Ella le ofreció un asiento, él lo aceptó. Martita se demoró en el segundo para alargar la secuencia y coincidir en el postre. Hablaron del trabajo y de otras cosas, sobre todo ella, que ocultó a su marido en la conversación. Marco no tuvo que fingirse despistado porque siempre lo estaba, esa falta de atención resultaba incómoda para la mayoría pero extrañamente atractiva para algunas chicas, también para Martita, que se vistió esa mañana con la blusa de ramilletes azules y arruga fruncida debajo del escote, una blusa de niña de ocho años obediente con mamá y cumplidora con la catequesis, era un día de languidez y rara tristeza.

(Se aproxima la lente al plano corto, detalle del bouquet de florecillas, los bárbaros de la segunda fila brincan)

Martita se sentía sola y poca cosa, ignoraba o le apetecía ignorar que toda la oficina y todos los conductores de la autopista y el vendedor de periódicos y los camareros del restaurante y el joven director general y George Soros y Leh-Bro y Alan Greenspan, todos, todos se habrían conmovido con su escote de blusa infantil, habrían abandonado a sus esposas y a sus amantes para pasar quince minutos al lado de Martita Flor, le habrían entregado a ciegas el código de sus cuentas corrientes, habrían renunciado a sus vidas apacibles a cambio de una vida lánguida junto a Marta, Martita, y sin embargo por unas horas sería ella quien habría hecho esas cosas si Marco le hubiera preguntado qué te pasa. Bastaría con qué te pasa, ella diría no me pasa nada, y si él insistiese, ¿seguro?, entonces ah (minúscula), Marco, me pasa que a veces te veo en la oficina tan trabajador y tan dispuesto y eres el único que no me mira de esa forma, ah, Marco, la mano extendida sobre el mantel, sería una locura que yo te pidiera quédate un rato conmigo, llévame a otro sitio, no volvamos a la oficina, cada mañana conduzco pensando otro día igual de aburrido e idiota, y no lo soporto, no puedo soportarlo más, Marco, eso me pasa, tú eres distinto, no eres como el resto. Pero Marta no lo dijo ni Marco procuró que lo dijera, terminaron el postre, no pidieron el café que los dos necesitaban, Marco resultó tan arisco al preguntar ¿nos vamos?, Martita suspiró sensiblemente y pensó tiene que ser así, no hay remedio. De regreso, mientras subían las escaleras, ella le contó que hace unos años, antes de que Marco llegara a la oficina, se enamoró de un chico tonto que repentinamente decidió marcharse, metió sus cosas en el coche y se fugó como si un cataclismo hubiera volcado su vida, un chico tan extraño como tú, Marco, que se llevaba bien con el jefe porque los dos eran surfistas y hablaban de viajes a Portugal y playas y coeficientes, un chico que de pronto dijo ahí os quedáis, fue una sorpresa, envidiamos su arrojo, los muchachos hicieron una fiesta de despedida, yo me volví tonta y quise besarlo pero él perdió la cabeza, comenzó a recitarme un poema, a decir cosas incomprensibles, yo escapé, él me persiguió en la acera, alguien llamó a la policía, fue la última vez, hace años, que hice una cosa tan tonta como esta que hago ahora contigo, porque aunque finjas que no te das cuenta, Marco, ahora me muero por besarte igual que no besé a aquel chico.

La agencia estaba en la primera planta de un edificio de oficinas, justo enfrente de la consulta de un dentista. El sonido del torno ocultaba las palabras de Martita Flor. Marco abrió la puerta, se sentó en su sitio, encendió la pantalla. Marta se quedó muy sola en la escalera, sin beso y sin excusa, flor en la taza.

(Indignación, se escucha entre el público será imbécil, hay quien patea y reclama la devolución de la entrada, ni siquiera un gramo de roce ni presexo minúsculo, habría bastado con un corchete desprendido, ¡puritanos!)

El Rescate. Antes de Leh-Bro hubo otros. Otros más sagaces y con mayores deseos de big bang. Gente que en lugar de coleccionar braguitas de encaje, coleccionaba a sus portadoras, madres e hijas hipotecadas en el armario de una kitchenette. Gente más despiadada que Leh-Bro, y también menos ingenua, gente que había estudiado en Harvard sin necesidad de llevar una camiseta de Harvard ni una visera que dijera Harvard. Gente que se llamaba Morgan, Goldman, Stearns, Merrill. Especialmente Goldman (los libreros nazis sacan del mostrador un diccionario de apellidos judíos y dicen ¿veis?, yo tenía razón).

Goldman fue el mayor coleccionista de todos, incomparable en su galería de compromisos adquiridos, rentas futuras, ingresos asegurados. *Goldman Gambling*, abierto 24 horas: dinero invisible en tus arterias y cocaína para el tabique nasal, no hay manera de soportar tanta felicidad continuada sin una pizca de nieve que sirva de anestesia. Igual que hizo el aprendiz Leh-Bro, Goldman y los demás desobedecieron las enseñanzas del maestro Soros. Se dejaron llevar por las inclinaciones malignas del emperador

Palpatine-Greenspan, jugaron al Stratego con las obligaciones de deuda garantizadas y a las prendas con los seguros de impago, granadas de mano, cereales de desayuno con dioxina, galletas Oreo que esconden hojas de afeitar en la nata. Fueron muy felices. Pero luego estalló la supernova financiera, una terrible radiación derritió la nieve anestésica y el juego se fue al cuerno para siempre. Cuando los servicios de emergencia abrieron la kitchenette sólo encontraron huesos de mujer mordisqueados.

El Séptimo del general Custer, con su corneta de contraataque de la NBA, acudió en ayuda del roto Goldman, del clochard Morgan. Y también acudieron Lincoln y Smith y un montón de pioneros e incluso el coronel Sanders, todos, para rascarse los bolsillos y poner sobre la mesa XXX millones de dólares.

Al rescate lo llamaron *El Rescate*.

Goldman dijo uf.

Merrill dijo benditos seáis.

Stearns, agonizante casi, apenas pudo balbucear un gracias de enfermería.

Morgan lloró de alivio.

Pero nadie se acordó del joven e incauto Leh-Bro, que no recibió besos ni abrazos ni sana, sana, culito de rana. Tuvo que ser Barclays, el buen Barclays-Cruz Roja quien, desganado y sin convicción, se hiciera cargo de su ruina.

Leh-Bro nunca volvería a cenar en familia, nadie lo felicitaría en su cumpleaños, nunca vería encenderse en la pantalla del teléfono un aviso del primo Goldman. *Siempre confié en la bondad de los desconocidos*, pensó.

Entonces recordó a Soros, su serenidad, sus enseñanzas y sus modales húngaros. ¿Por qué abandoné el camino de bien, qué implacable tentación me sedujo? De noche, Leh-Bro soñaba con un combate a muerte entre Soros y Greenspan, *Jaws versus Jews*. Soros-destripador le daría una buena paliza a ese Montgomery Burns del Upper East Side. Oh, maestro, me arrepiento tanto.

Como Lehman, Marco aguardó a que se produjera el rescate deus ex máchina. Pero, como le pasó a Lehman, el rescate nunca llegó. No vino el Estado a deshacer la injusticia sino apenas a ofrecerle un subsidio; no vinieron los felices compradores a agradecerle la fidelidad de sus simulaciones, todo era verdad, incluso la anciana del cactus acabó mudándose al adosado B3; no vino Adam Smith a decirle tu valor competitivo muy pronto será apreciado por el mercado, chaval, oferta-demanda. Y por eso, como le pasó a Lehman, Marco se desplomó en una soledad que Julia no pudo cubrir con sus rizos; igual que cuando era un niño y lloraba por cualquier cosa, y su mamá no le hacía ningún caso.

La mamá de Marco. La mamá de Marco era una vieja cascarrabias endurecida por treinta años de docencia con escolares pringosos. Fue una chica de barrio que leía, escribía y escuchaba a Leonard Cohen buscando el modo de huir del arabesco de las tapicerías en el salón familiar. Detrás de la misma escapatoria, se matriculó en Filología y se dejó seducir, tan boba, por un profesor de Lingüística que la dejó embarazada con un apéndice de Wittgenstein. Durante algún tiempo siguió yendo a clase pensando que los diccionarios y los manuales le servirían de espátula quirúrgica, pero el inquilino crecía, las células ejecutaban su función replicante, la invasión se consumaba.

Intentó olvidar la soba soberbia de puño cerrado que le infligió su padre cuando en los postres de un domingo ya no pudo mentirse y dijo, como en un chiste, vais a ser abuelos. Volaron las cucharillas, las servilletas de hilo e incluso las porciones de leche frita espolvoreadas de canela, la mejor manera de conseguir la finura del glasé es triturando el azúcar en un molinillo. La mamá de Marco se retorcía debajo de los cubiertos y de los dulces, manoteando como un niño mientras sus brazos, sus muslos y su rostro iban adquiriendo el color violeta y fúnebre de la despedida.

Algunas semanas más tarde, cuando ya desapareció el plaste de las magulladuras, la mamá de Marco se atrevió a salir de su cuarto, birlar de un cajón la cartilla en la que aparecía su nombre como firma autorizada —por si nos pasa algo, nunca se sabe—, ir al banco, sacar todo el dinero, guardar algunas cosas en una maleta, incluso el manual de Lingüística y una novela de Boris Vian que nunca devolvió a la biblioteca, subir a un taxi como una señorita resuelta, decir a la estación y allí tomar un tren hacia cualquier ciudad donde no percibiera el magnetismo del sofá de arabesco, la matrícula abierta en la universidad, el padre fumando cigarrillos, la madre lavando en la pila con la radio puesta, hora catorce, el consejo de ministros ha.

No era frecuente que una chica joven viajara sola contra la inquisición de las miradas, le vino bien que fuera invierno, el abrigo le cubría las rodillas. Buscó piso, visitó muchos hasta que consiguió arrendar uno muy lejos, los propietarios sospecharon de una jovencita sola, y tu marido, y tus padres, no tienes un hermano siquiera, ese acento, de dónde eres, temían que pusiese una casa de citas, ya comenzaba a hablarse de terroristas y pisos francos, quién sabe.

Respondió con una sonrisa a cada pregunta, recogió la llave, subió las escaleras cargando su única maleta, cerró la puerta y pensó por qué no llenar la casa de libros, comprar macetas, buscar un trabajo, reunir fuerzas, racionar el dinero, cuidar del bebé.

El bebé.

Se desplomó sobre la solería de terrazo, como en un vaticinio se vino abajo igual que la confianza del consumidor en el sistema financiero, cayó en la cuenta de que por más cine fórum, ediciones anotadas, compromiso político y poemas eróticos que pudiera escribir a la sombra de Anaïs Nin, ella sólo era una niña asustada que no servía de transporte para nadie cuando tanto necesitaba ser transportada por alguien; y no se refería a ningún brazo acogedor y masculino que construyera una madriguera con briznas de hierba seca y la defendiera de los osos, ni siquiera al atractivo y tahúr profesor de Lingüística General; apenas necesitaba un confortable alguien, cualquier alguien, un no importa alguien.

Lloró. Echó de menos a su madre. Se compadeció de sí. Quiso cena caliente y sábana limpia. Se dijo y si regresara suplicante y acobardada con el remanente del dinero guardado en el forro del abrigo y la promesa de devolver el resto muy pronto, y si lo hiciera, y si aguantara estoica las nuevas bofetadas con la certeza del colchón y el plato próximos, no me negarían eso, volver a casa.

Hacía frío. El suelo estaba sucio. En las paredes había marcas de antiguos cuadros. El salón tenía papel pintado. La cisterna perdía. Muebles pero no sábanas. Ni toallas. Ni platos. Sí una cocina de gas. Sí un somier. Abrió la maleta, volcó encima su ropa, le dio forma a una especie de lecho. Durmió sin sueños hasta muy tarde.

Es esforzado imaginar el detalle de su peripecia: ciudad extraña, suburbio, un autobús de línea, pequeñas tiendas de conveniencia donde comprar fruta, huevos y pan, además de proporcionarle al vecindario buen argumento para sus murmuraciones, nadie preguntaba ni saludaba apenas, un cuaderno donde apuntar los gastos y los meses de falta, será en mayo entonces, la clínica y el parto, las monjas que se compadecen y le dicen chiquilla, cómo no tienes a nadie, el cura viene a visitarla, besa al bebé como si fuera de la familia, no tiene fuerzas para espantarlo, piensa qué diría Simone de Beauvoir si la viera rodeada de monjas que la llevan al baño y airean las sábanas, el cura se sienta a su lado y habla con dulzura sin mencionar el evangelio, el niño estará mejor con una familia de verdad, cómo se llama la criatura, se llama Marco, Marcos, como el apóstol, no, Marco, como Marco Aurelio, como Marco Antonio, Marcos es más bonito, lo bautizaré Marcos. De algún lugar le brotaron las fuerzas o se inventó las que no tenía: endemoniada y a salivazos, lo largó de la habitación lanzándole el libro de Beauvoir que reposaba en la mesilla e incluso un jarroncito con flores de plástico.

Salió de la clínica con el bebé en brazos, caminó hasta la parada de autobús, esperó suplicando que no se despertara, subió temblando las escaleras de latón, se aguantó las ganas de llorar, llegó al piso de alquiler, vio que el niño estaba sucio, nunca arrancó la llantina, no hubo tiempo para eso.

Cuando Marco cumplió dos años, ella volvió a la facultad. Fue difícil rescatar el expediente y formalizar el traslado. Se matriculó de todas las asignaturas, tuvo suerte, una vecina se quedaba con el pequeño por las mañanas. Nunca como en esa época se sintió tan veloz de pensamiento, en un semestre acabó con las troncales. Suplicando favores en secretaría y saltándose la normativa, obtuvo el título y fue contratada en un colegio religioso como profesora de Lengua y Gimnasia. Por las tardes corregía exámenes, subrayaba libros y preparaba oposiciones para una vacante en un instituto público donde no tuviera que participar en el belén viviente ni repartir balones medicinales. Marco se acostumbró a jugar solo en la alfombra con las figuritas de Comansi, aprendió a trepar por la encimera hasta la caja de galletas mientras ella escribía en los márgenes del temario.

Era buena en el oficio, preparaba sus clases con entusiasmo, leía en voz alta los versos más hermosos e inventaba estrategias indoloras para memorizar las tablas de conjugación. Pero el paso del tiempo, la ansiedad de una vida desperdiciada y los poemas repetidos de Manrique la convirtieron en una profesora cascarrabias prematuramente envejecida, implacable con la desobediencia y el desorden, cruel con el rebelde, feroz contra el compañero compadrito de los estudiantes. En los claustros siempre levantaba el dedo y largaba terribles invectivas, delante del telediario establecía una disputa con el locutor. El pequeño observaba con ojos redondos y seguía jugando con sus figuritas mientras todo Marcuse y todo Simone de Beauvoir se le subían a ella a la cabeza.

Marco creció siendo el único niño de su clase que no estudiaba religión. También era el único que no tenía padre. A su mamá jamás se le habría ocurrido arrastrar el manual de Lingüística hasta aquel despacho llevando de la mano al crío para decirle aquí tienes a tu hijo, jamás; en realidad sí se le ocurría, lo pensaba muchas veces, sobre todo a media tarde cuando Marco rabiaba por cualquier cosa, rodaban los juguetes y ella salía a la terraza de su piso compacto a fumar un cigarrillo y arrugar las hojas de un geranio. Pero habría sido incapaz de esa renuncia, de representar el papel de mujer exhausta y embaucada y reconocer que se dejó seducir por el cárdigan universitario, la dialéctica del estrado. En la cama leían juntos los apuntes de Saussure en lugar de algún verso de Guillén, todo resultaba tan ridículo e hiriente.

Incertidumbre. *Las teorías anteriores a la Reflexividad empleaban modelos matemáticos para calcular el riesgo y convertir porciones de hipotecas débiles en negocios seguros. Olvidaban que la incertidumbre, por definición, no puede ser cuantificada.*

George Soros,
Discurso ante el Congreso de los Estados Unidos, 2008.

Existencialismo. No se puede. No hay manera. Bien durante las primeras semanas, placidez de sol y nadaquehacer, alivio. Pero pronto el diente. La azotea se hace estrecha. La ciudad grita y reclama tu ocio. De pequeño, colegio y tareas, dibujos al final de la tarde. Luego, láminas milimetradas, dibujo a mano alzada en cada descanso de la facultad. Después, horario fijo, ficción de vida adulta en el cuadrante de la agencia, ejercicio fiscal, fecha de entrega, pruebas de imprenta, dibujos de Julia con la televisión encendida, luz azul en su rostro, es verano. Siempre un asunto previo, obligaciones y tiempo robado. Esa estrechez de crono afila el trazo, no lo mejora ni lo hace más bello pero te permite pensar que no hay tiempo para más, así queda. Sin embargo, cuando el tiempo sobra y rebosa y burbujea, ya no queda excusa, eres tú, Marco, contra ti, Marco. No hay donde esconderse, no se puede. El tiempo entregado en tus manos es un espejo. Si no soportas la imagen que refracta es porque nada sirve, los años se perdieron en una distracción que no conduce a ningún lado, existencialismo repentino. Ni siquiera es una idea en tu cabeza, Marco: es una carencia. Marco carente de alguna cosa indefinible, indibujable.

Y por eso Marco se hunde, no puede, no sabe. Si no se

dibuja, no existe. Nada que no quepa en el cuaderno existe, alpha es el margen, omega es la espiral de alambre, non plus ultra, Marco dibuja monstruos marinos, el cuaderno es una carta de navegación, hay caimanes y tritones al final del océano, nada más allá, Marco es incapaz de imaginar ninguna cosa que ocurra la próxima semana, el mes próximo, ya no hay plazo de entrega, prueba de imprenta, briefing los viernes, cómo estás, chaval, artista, el palmeo bondadoso del joven director general, la curiosidad de Martita enigmática, los comerciales bulliciosos, se acabó, y aunque para cualquier otro la tragedia fuera minúscula, para Marco resulta insuperable. Las tribulaciones de un hombre en paro, qué mediocridad, Julia es demasiado sensible para soportar ese vacío.

Anzuelo. Conoció a Julia antes de terminar la carrera. Marco no era otra cosa que un universitario despistado que bebía sin ganas de jueves a domingo, bailaba con los ojos cerrados y juraba que no quería novia formal, aunque lo cierto es que ninguna chica le hacía caso. Julia había aprobado el Bachillerato con prisas para encontrar un trabajo, alquilar un cuarto y salir pronto de casa, donde se atrofiaban una madre tristísima y unos hermanos comodones, tenía diente y bravura, era morenita y pequeña como un instrumento musical, pelo rizado y sonrisa, hermosa en verano sobre sus sandalias de esparto y frágil en el cine cuando se abrazaba las rodillas. Qué anzuelo mordió Julia sería un enigma si no supiéramos que Marco entró desorientado en la agencia de viajes preguntando por cualquier oferta para Italia, media pensión, ¿seguro?, en Venecia querrás cenar fuera todos los días, mi madre se cansa, mejor cenamos en el hotel, eres el primer chaval al que le vendo un viaje a Venecia con su madre, a Venecia se van los novios a besarse en los canales, ahora le entró la fiebre por viajar, se compró un atlas Larousse y lo llenó de pegatinas, son muchos años de canelones, se merece una recompensa.

Julia se mordía el labio para contener la risa y cruzaba los pies debajo de la mesa, esos vaqueros gastadísimos sin impostura, de dónde habrá salido, le dijo tu madre también va al cine, y él no, al cine no, entonces con quién vas, a veces voy solo, yo también pensaba ir sola esta tarde, y él qué dan, y ella no sé, cualquier cosa.

Y así, de la manera más ingenua y alejada de la idea que tenía de abordar a una chica y arrebatarla a besos y caricias, Marco fue al cine con Julia a ver Cualquier Cosa, y ni siquiera pensó en llevarla al baño y lamerle el cuello. Hubo más películas, café, alguna copa de vino que Marco no sabía pedir y finalmente una habitación con mosaico de fotos recortadas, pañuelo extendido como un tapiz sobre una mancha de moho, varitas de incienso y dulce disco de Nirvana, ella misma se desnudó porque él no se habría atrevido.

Pasó el tiempo, Marco terminó la carrera cuando la hélice financiera se encontraba en el cénit, lo contrataron a ciegas en la oficina, vivieron juntos en un piso de alquiler hasta que aprovecharon una de las promociones que Marco ilustraba y firmaron una hipoteca a pesar de las protestas de su mamá, enemiga de cuanto sonara a anclaje y componenda. Julia prosperó en la agencia de viajes aprovechando la misma bonanza, viajaron juntos (los dos) a México y a Estambul y viajaron juntos (los tres) a Egipto, Noruega e Irlanda, gracias a las ofertas que lograba escamotear del catálogo de primavera. Su amor era plácido, suave, lento, Julia se sentía hermosa y querida junto a Marco, él la amaba como un fanático y dibujaba blocs enteros donde ella aparecía fumando todos los cigarrillos de hachís y bebiendo todas las coronitas con las que los viernes celebraban la llegada del fin de semana. Antes de que su historia se desmoronase, habían hablado de por qué no tener un bebé, seguro que con tus ojos, seguro que con tus manos, un bebé sonrosado y bobo que gateara sobre la tarima y se diera espantosos coscorrones contra los muebles, lo llamaremos Marco, Marquito, o Julia, Julita, pero luego llegó Lehman Brothers y mandó al carajo la fábula y la fórmula.

La fórmula Black-Scholes. En 1973 Myron Scholes y Fischer Black dedujeron una fórmula algebraica para establecer el precio de las opciones de compra sobre acciones bursátiles. El objetivo era reducir el riesgo que suponía fijar una tarifa sobre un bien futurible, verdadera abstracción financiera. El valor estimado de una opción de compra (C) dependía de cinco variables: el precio actual de mercado (S), el precio futuro pactado por el vendedor y el comprador (X), el tiempo máximo establecido para efectuar la compra (T), el interés (K) y la volatilidad (Σ).

Aplicando sus propias teorías, Myron Scholes fundó en 1994 la empresa Long-Term Capital Management, un fondo de inversión de alto riesgo que saldría al mercado con un capital de mil millones de dólares y que pronto obtendría beneficios superiores al cuarenta por ciento. Cautivados, todos los bancos y agencias de calificación adoptaron la fórmula Black-Scholes como modelo de referencia, oráculo y credo. La firmeza del álgebra proporcionó a los inversores una cálida sensación de seguridad en operaciones que antes habrían sido consideradas un disparate, ruleta rusa. Las matemáticas son infalibles.

En 1997 Myron Scholes recibió el Premio Nobel de

Economía junto a Robert C. Merton. Fischer Black había muerto dos años antes fulminado por un carcinoma.

En 2004 Myron Scholes compareció como acusado en el caso *Los Estados Unidos contra Long-Term Capital Management.* La Corte Federal lo consideró culpable de evasión de impuestos, después de que la empresa declarara pérdidas que, según la fórmula Black-Scholes, eran matemáticamente improbables.

Entre 2004 y 2008 la fórmula continuó aplicándose para calcular el riesgo y predecir el valor futuro de las acciones. Los chicos de Lehman, por ejemplo, utilizaban con frecuencia el icono de acceso directo al simulador Black-Scholes, optionspricevaluation.com.

REC. Marco graba un diario en la memoria de su teléfono móvil, REC los gorriones intuyen que no es un lugar seguro pero no son capaces de resistirse al balanceo del cordel, mi tendedero es el más elástico y divertido del bloque, se dejan hipnotizar por la comba suave, arrullan, se adormecen, yo salgo del escondite y me lanzo sobre ellos, logro atrapar dos de una manotada, es mi día de suerte, dejo que el primero vuele esparciendo plumas y heces mientras me aplico con el segundo, tengo buen pulso, con un par de trazos consigo una réplica del terror de su rostro, evito mirar el ojo diminuto igual que el escalador el abismo, el ojo es el extremo de un conducto por el que me deslizo como por la tubería azul del parque acuático, mi madre me llevaba cada verano, ella tomaba el sol en el césped y se bañaba en la piscina aburrida, yo hacía cola para lanzarme por la tripa de la serpiente, abro los dedos, el pájaro busca tcrpemente la ventana, me apiado, permito que escape, observo el boceto, sin testigos fabrico mis perfomances a despecho del público burgués, los gorriones son mi única audiencia, jamás dibujé mejor, jamás sentí ese arrebato ni se movieron mis dedos tan certeros, en el armario cuelgan las camisas de la oficina como pellejos arrancados, sonrío, dejo que la habitación me acaricie, redondeo mis dibujos, cuento las horas que faltan para que Julia vuelva y yo deba recuperar el gesto de profunda preocupación, la debilidad, la inacción, la desidia, etcétera, limpio a conciencia el dormitorio de plumas y cagadas, escondo los dibujos, borro este archivo, no permito ningún resquicio por el que ella pueda inmiscuirse en el verdadero pulso de las cosas que pienso, a solas es tan distinto STOP

Idea falsa. *Los esotéricos instrumentos financieros y las técnicas de control de riesgo estaban basados en una idea falsa, esto es, en la creencia de que el comportamiento desviado de los mercados sucede de un modo azaroso.*

George Soros,
Discurso ante el Congreso
de los Estados Unidos, 2008.

Dulce bebé. De un modo azaroso, sin pensar en fatum ni predestinación, a Julia le pasó esto:

0-3 años: dulce bebé, caricias de mamá, sonrisas de papá, una estampa de la virgen en su cuna que no evita que el hermano mayor la atosigue dando balonazos contra el muro, ella los esquiva como balas de cañón, papá trabaja mucho, mamá cocina rico, primera casa familiar con terraza desde donde se ve un bosquecillo, el bebé pasa mucho tiempo en el patio, mamá vigila, el bebé recoge piedras y las guarda en un jarrito, son semillas para darles de comer a los conejos que en el bosque saltan y corren y se reúnen con sus crías, los domingos se escuchan disparos de furtivos, papá llega con un conejo dentro de una bolsa de plástico, mamá se desespera, yo no sé pelar conejos, discuten, el conejo sigue en la nevera con sus ojos y su nariz y sus orejas hasta que un día se despierta, abre la puerta y vuelve al bosque.

4-9 años: Julia se mueve, camina y habla despacio, se acurruca en el brazo de mamá si queda sitio, nace otro bebé que usurpa a mamá, llora como si todo le hiciera daño, Julia no puede cogerlo en brazos ni besarlo porque en cuanto siente sobre él un dedo o un labio el bebé-nuevo arranca con llanto de desesperación, papá trabaja menos, segunda casa familiar sin terraza ni patio, Julia comparte cuarto con el mayor, que no estudia, no hace la cama, no baja la basura, trepa al marco de la ventana para fumar cigarrillos, es un tercer piso, le cuelga una pierna en el vacío, la otra doblada sobre el alféizar, nunca la llama Julia sino Idiota, Subnormal, Vete, Julia se lleva sus juguetes al salón donde escucha recoge eso, quítate de en medio, nace otro bebé, papá ya casi no trabaja, papá grita más que el bebé-nuevo y que el bebé-último, de una bofetada tumba al hermano mayor pero luego lo olvidan y ya son compadritos en el sofá esperando la bandeja de la cena.

10-16 años: papá no trabaja más, los bebés crecieron y confabularon contra Julia y contra mamá, ya eran cuatro bocas que piaban en el nido pidiendo salchichas y bocadillos, cuatro que dejaban la ropa sucia en cualquier sitio y que nunca hacían la cama, Julia se convierte en Cenicienta, mamá se convierte en lombriz que sólo sale de casa para hacer la compra, los bebés se convierten en micos que petardean con sus minimotos por el barrio, Julia se pregunta de dónde sale el dinero para eso y para llenar la panza aerostática de papá, el mayor sigue colgado del marco de la ventana, alguna vez duerme fuera de casa, zarandea a mamá hurgándole en la cartera, las horas que pasa en el colegio son paz y felicidad para Julia, que cuando toca el timbre no estalla como los demás ni se lanza hacia la puerta, siempre es la última en salir, dice hasta mañana a la profesora y al conserje, un hasta mañana suave y triste que a la profesora le hizo imaginar truculencias, muchas veces le pidió quiero hablar con tu madre, que venga a verme, no hubo respuesta a pesar de las citaciones y las cartas con el sello del centro, Julia aprueba algunas, suspende otras, estudia cuanto puede mientras los pequeños destruyen sillas, mesas, convierten en lianas las cortinas, Julia se acostumbra al ruido que los vecinos ya no toleran y tratan en vano de acallar golpeando la pared, llamando a la puerta, enfrentándose a cualquiera de la tribu en la escalera, papá no se achanta, ah no, y con la complicidad del mayor abofetea al vecino imbécil, la policía no dirá nada, atestado sin denuncia ni juicio, Julia no le perdonará a mamá que nunca se interpusiera, o que al menos, mientras estudiaba, se acercara a ella y le preguntara qué, te lo sabes ya.

Cuando cumplió diecisiete supo que pronto se marcharía de casa y que no volvería a ver a ninguno, eso le pasó a Julia.

La inundación. Qué fabuloso decir: se dio una ducha, preparó una taza de café, comenzó a pensar con claridad, como si en el sumidero del baño y en el filtro de la cafetera hubiera decantado la materia salobre de sus lágrimas.

No.

No.

No.

En lugar de eso, permaneció inmóvil con los dedos alrededor del vaso, haciendo círculos con el azúcar y lloriqueando como un idiota, y cayó en la cuenta de que no es necesario que la vida te reviente, que toda tu familia quede calcinada en un accidente de tráfico, que unos narcos capturen a tu hija, que te crezca un tumor en el escroto; basta con que el surco de labranza se tuerza para que puedas sentir el poder magnético y seductor de la depresión, el foso, la ruina, el hundimiento, así de frágiles, así de enclenques son las murallas que nos protegen de las amenazas exteriores, brum-brum, la Lambretta navega zigzagueante por sus conexiones neuronales, en cada sinapsis brilla la centella del guardabarros, el mundo de Marco revienta como en una novela de ciencia ficción.

Mientras, en el resto del universo conocido, la raza de los periodistas se entusiasma con la catástrofe y comienza a percibir la magnitud del coloso. Crece la excitación, las ondas del transistor no ocultan el crujido de las cremalleras ni la inundación de las braguitas, el Banco de Santander difunde una nota para tranquilizar a sus inversores, nota breve y desasosegante como un poema japonés, y los inversores, en lugar de suspirar aliviados, tiritan insensibles al nacimiento de un ictus, feo asunto si el jefe tiene que llamar a la calma. «Fuerzas corrosivas amenazan la estabilidad del mercado global», asegura Alan Greenspan (la Luz, el Faro) en la CNN, la gangrena crece en las extremidades del mundo, la aurora boreal de las finanzas se disuelve, el pequeño drama de Marco no es más que la oclusión de un vaso capilar frente a aquel gigantesco colapso, aquella apoplejía universal que hace retorcerse a un planeta llorica y debilucho como niño meado, fuerzas corrosivas, la entidad asegura que los activos de la compañía gozan de buena salud, el gobernador del Banco de España manifiesta su confianza en la fortaleza del sistema financiero, en unos minutos escucharemos el análisis del catedrático de Economía Aplicada de la universidad de.

Sonó el teléfono, y tras el timbre el susurro de una voz. Era Marta, Martita, la bondadosa recolectora de florecillas.

Marco.
Silencio.
Nos acabamos de enterar, nos lo ha contado a primera hora.
Silencio.
¿Cómo estás?
Silencio.
No dijiste nada, te fuiste así.
Silencio.
Todos te envían recuerdos, los tengo aquí detrás, escuchando.
Silencio.
Tiene una pinta de funeral esto...
Silencio.
Oye.
Silencio.
¿Vendrás? Todavía tienes quince días de… dice…
Silencio.
Y si no avisa y ya está.
Silencio.
Y yo te preparo los papeles.
Silencio.
Algo te queda, ¿no?
Silencio.
Hasta que encuentres otra cosa, algo.
Silencio.
Qué pena, tío, qué rabia.

Sube las escaleras de metal como quien aborda un barco enemigo, el director le hace frente con su espada cromada pero Marco es rápido como Peter Pan, de un mandoble lo desarma y lo obliga a caminar sobre la cornisa, muchos pisos más allá cruje el tráfico de la avenida con sus fauces de radiador hambriento, su lengua de correa de distribución, sus largos intestinos de caucho, la Lambretta no es más que un insecto desde la azotea.

Tiene las mejillas sucias como un niño futbolista. Se sienta sobre el hormigón y apoya la espalda en el murete, es temprano, el sol refracta esa luz blanca de mañana larga y disponible. La polea del ascensor traquetea descolgándose y rebobinando en su función de devolver a los vecinos al cauce. El bullicio de la calle transpira vitalidad y optimismo, rostro lavado y fresco. Las cafeterías resoplan, la varilla del hervidor silba como un flautista, los platos, las cucharas y los sobres de azúcar dispuestos sobre la barra son un ejército de escudo, maza y morral, imposible llorar allí, hundirse, preferir astillas en las uñas cuando todo funciona de un modo tan admirable, la pequeña maquinaria humana con sus circuitos de tubos y émbolos carnosos, el gran motor de la ciudad con sus órganos y ganglios transmitiendo información y sinergia, el mundo vive, palpita a los pies de Marco y Marco es su observador, bosteza como el poeta bajo la higuera mientras los demás pastorean y laboran, Marco sonríe, se duerme, el sol calienta, el hormigón es muelle.

Una semana después del colapso de los hermanos Lehman, el gobierno islandés decidió nacionalizar un banco volcánico que aparentemente sólo contribuía al reciclaje de los residuos de la economía planetaria. Los efectos de esa acción menor no tuvieron medida: la isla Islandia se desmoronó en melosos fiordos de helado de vainilla cuyos churretes ensuciaron las barbas de los pulcros financistas de la verdadera Europa. Consecuencia: reunión de urgencia en el Banco Central, toque de retreta del Ecofin, argumentos deshuesados en los periódicos estupefactos. Ese mismo día Marco tomó una decisión que estuvo a punto de cambiar la gravitación de su pequeño planeta: escribió una carta de despedida que decía de nada me sirve tu aliento de gatita si no soy capaz de subir a una montaña, cazar un ciervo, fabricar un refugio, ungirme de aroma de caverna y abjurar de mi afición por los juegos de rol, guardó sus cosas en una maleta y, justo cuando estaba a punto de entrar en el ascensor, las zapatillas deportivas de Julia alcanzaron el último tramo de la escalera, sorprendiéndolo con su peor cara de musgo. Marco cargaba al hombro una bolsa llena de vaqueros, jerséis y abatimiento; ella, cinco kilómetros a buen ritmo y unos auriculares donde se repetía la voz ultraesperanzadora de Jack Johnson, adónde vas, le dijo. Marco reaccionó como los boxeadores que no resisten el castigo: se abrazó a ella y ablandó su irritación con los mejores síntomas de un estado depresivo. Conmovida, ella abrió la puerta de casa, lo condujo hasta el dormitorio como a un enfermo, lo besó en la frente, susurró esas palabras dulces con las que se consuela a los bebés. A la misma hora algo muy parecido sucedía en la sala de juntas de Barclays: con voz transparente, el secretario general leía el texto de la resolución por la que la entidad se haría cargo de los despojos de Lehman. El mundo ni siquiera se atrevía a suspirar de alivio mientras Marco maldecía la oportunidad perdida de volatizar lo poco que quedaba de su antiguo yo.

REC 2. A solas es tan distinto, sin testigos el fiasco asoma menos, pero si ella está en casa ya vuelve el relato de trabajo diario y simpatía, ¡yo no sabía nada, Julia!, la centralita parpadea en sordina, los comerciales estiran sus corbatas y toman notas en el planificador, inmenso como un mapamundi, las noticias ya ajustan la catástrofe, ¡guarden todo el dinero en sus bolsillos!, ¡guarden los bolsillos en cajas de siete llaves!, ¡tráguense las llaves!, delante de Julia: análisis, discusión del caso; sin ella: horas blancas, dulce aburrimiento de azotea, calendario sin apuntes ni fechas de entrega, en el teléfono ejecuto la demo de un videojuego en miniatura +18, burbujas rojas y azules que estallan con un bee-boop placentero, las burbujas esconden una imagen pixelada con tosquedad, detrás hay ojos orientales, detrás hay el tirante de un vestido de gasa, y en el hueco del vestido hay una areola de píxel +18, cuando estoy a punto de despejar la incógnita de la primera pantalla se desliza un rectángulo que dice visita Apple Store para descargar la versión completa, nada después, sólo demo y miel de prosperidad en los labios, bee-boop.

No se defendió. Su rostro, sus manos, incluso las solapas de su traje reflejan sosiego y vigor, la alocución ha sido breve y fluida, perfecta. *Espero que mi testimonio haya ayudado a la Comisión a entender la complejidad de estos asuntos. Si no es así, responderé gentilmente a cuantas preguntas quieran formularme.*

Aún sobre el estrado, el maestro Soros encuadra los papeles como una baraja de cartas. Los congresistas observan, revisan sus notas, se aclaran la voz y aguardan a que alguno se atreva a levantar el dedo. Se sienten inseguros, las ideas previas que transportaban se desvanecieron antes de que Soros acabara con la lectura del primer folio. Furiosos contra los especuladores que habían noqueado al amado país, los miembros de la Comisión de Reforma solicitaron su comparecencia fantaseando con un duelo entre Economía Ruin y Noble Política, arrodillarían a ese robalmas con la fuerza de sus argumentos, descubrirían la verdad sobre la timba de Wall Street. La joven Gina Monk, demócrata, había confeccionado la réplica durante tres madrugadas seguidas. La noche anterior acostó a Molly en su cunita, preparó el biberón del desayuno, le dio a su marido algunas instrucciones redundantes por si se despertaba con malos sueños y se encerró para perfilar el ángulo de ataque; Soros, estás perdido.

Todos pensaron que el Gran Especulador, excéntrico y exhibicionista, adoptaría el papel de abogado del diablo, siendo el diablo los mercados traidores que quebraron la ley natural de la oferta y la demanda, caiga sobre ellos el fuego del sufrimiento eterno y la maldición de Adam Smith. Monk había recopilado en una carpeta comprimida diferentes curvas de crecimiento y deuda, estadillos y extractos, potente santabárbara para desarbolar cualquier intento de exculpación. Pero Soros no se defendió: afiló la punta de su lápiz y trazó un bosquejo simple e ilustrativo que dirigía el dedo condenatorio hacia ciertos mecanismos de ingeniería financiera (CDO, CDS, ABX, CMBX) cuyo funcionamiento ni Monk ni los demás congresistas entenderían jamás, si se les dieran bien los números y las abstracciones no se habrían dedicado a la Ruin Política sino a la Noble y Ventajosa Economía, las dietas que cobraba Gina apenas alcanzaban para pagar el alquiler del apartamento de dos dormitorios donde vivía junto a su marido, por suerte Mark estaba en el paro y podía encargarse de la pequeña, en Washington hace tanto frío ya en noviembre, se le partiría el corazón si tuviera que dejarla en la guardería del Congreso, abrazada a su mantita al salir del coche, no ha amanecido y la ciudad parece un glaciar, Gina piensa no debí ponerme esta falda, Mark juega con Molly sobre un tapiz de estimulación, los pies del bebé ignoran los elefantitos, sus manos no quieren saber nada de los botones de fieltro con forma de oveja, un altavoz dice beee, Mark insiste, Molly mira sin expresión.

Gina pulsa F5, conoce usted estos datos, señor Soros, y comienza a leer un fragmento de los libros de cuentas declarados por Lehman en 2007, donde nada se advierte del riesgo contraído a pesar de que (y la concesión es de Monk) ya habían ocurrido los desastres de Merrill Lynch y Citigroup.

Señor Soros, continuó, ¿por qué tendría el contribuyente que suplir con sus ahorros la imprevisión o la falta de escrúpulos de los consejeros de estas empresas?, la falda le quedaba demasiado justa, después del embarazo se sentía hinchada y aun así suculenta, Mark la llama Miss Culo Bonito, al levantarse para hacer la pregunta imaginó a los diputados de la segunda fila tan cerca de su cremallera.

Antes de que Gina cerrara la entonación ascendente de la pregunta, ya el maestro Soros había arrancado, la señora congresista conoce la respuesta tan bien como yo (sonrisa), el contribuyente pagará las imprevisiones y la amoralidad de los inversores porque el contribuyente *también* es un inversor (pausa), el contribuyente invierte en el Estado cuando paga sus impuestos y cuando compra un electrodoméstico a plazos pensando que dispondrá de una oficina de atención al ciudadano para reclamar las cláusulas de la garantía, el contribuyente, señora congresista, *confía* en la protección del Estado, por desgracia (nueva pausa teatral) el Estado *olvidó* vigilar el sector más sensible e inmaterial del sistema, y las consecuencias de ese olvido han sido funestas, los datos que usted acaba de leer así lo demuestran (última sonrisa), recuerde que el Estado lo forman hombres tan ambiciosos e inseguros como los propios inversores, los ingenieros de finanzas y los creadores de fondos de alto riesgo.

Gina Monk tomó asiento. En la primera pregunta sólo había utilizado una pizca de la información que disponía, apenas dos diapositivas de las cuarenta y siete que formaban el archivo. Sintió frío, los ojos azules de Soros aguardaban alguna clase de contraataque sosteniendo la misma sonrisa fraternal con la que comenzó su discurso. Gina retomó señor Soros, permítame que y pulsó el cursor para avanzar hasta el siguiente balance de cuentas, pero entonces pensó que el invierno no tardaría en llegar, Mark dijo que esas nubes traían nieve, le compraría a Molly un buzo que había visto en Marshalls, el pediatra aseguró que la psicomotricidad de Molly era normal, no deben impacientarse, a media mañana volvió a llamar a casa, ¿la pusiste a jugar sobre el tapiz?, diez minutos cada dos horas como si fuera un medicamento, es fundamental estimular el desarrollo de, señor Soros, muchas gracias por su intervención.

Maziacs. Maziacs, videojuego del Spectrum 48k, un héroe dibujado como la víctima del ahorcado, una espada, un monstruo Maziacs y un tesoro: Marco es el héroe, Julia es la espada, el tesoro son las letras consecutivas pagadas cada mes, Maziacs es el joven director general.

Pero Maziacs también es la bancarrota.

Y el Dow Jones.

Y la sobreexplotación.

La pregunta es: ¿por qué un laberinto? ¿Por qué no una calle recta sin más, arriates en las esquinas y farolas de hierro colado? ¿Era necesaria tanta complejidad? Archivo adjunto, zip con los datos catastrales del último semestre, secuencia de la variación del Euribor, tasas de carencia, CDO, CDS, permutas, actas del Congreso de los Estados Unidos: nuevo producto financiero Maziacs (folleto registrado en la Comisión del Mercado de Valores).

Rompecorazones. Marco era incapaz de elaborar un pensamiento complejo. Si no estuviera dotado para el dibujo y el diseño, probablemente habría sido un chico con necesidades educativas especiales que, al terminar la secundaria, se habría matriculado en un curso de formación profesional y habría trabajado en una empresa de saneamientos que en 2008 se iría a la quiebra, lo siento, estás despedido.

Pero no, Marco era un artista, un verdadero artista con sentido práctico y los pies en la tierra, decidido a rentabilizar su destreza volumétrica y a participar de un panorama de almuerzos de negocios, pagas extraordinarias y adosados en las afueras. Tenía talento, era bueno en lo suyo, en eso consiste el principio fundacional del utilitarismo: prosperar en lo tuyo sin importar ninguna otra cosa, sapos para el hombre renacentista. Al alejarse de su estrecho campo de intervención, Marco volvía a ser el alumno incapaz de resumir la idea principal de un texto, las letras se juntaban como dibujos en su mente, la o era un globo, la ese una serpiente, la uve un vaso vacío. A veces permanecía ensimismado en un gesto de profunda concentración que algún observador externo podría entender como agudeza mental, cuando en realidad se trataba de estupidez y cuelgue. Como un yonqui de los ochenta o un PC de los noventa, Marco hibernaba con frecuencia, constantes vitales en modo ahorro. Curiosamente, para algunas chicas esa languidez resultaba enigmática; no en vano era similar a la flojera de Kurt Cobain y Noel Gallagher que tantas perforaciones había causado unos años atrás.

También a Julia: se conocieron, se amaron, decidieron vivir juntos. Fue el tiempo del romance y de la construcción del nido, de las revistas de decoración y los catálogos de muebles, conversaciones donde proliferaban palabras como wengé, cenefa y pavés, el tiempo de la prosperidad, las hipotecas superreducidas, el cien por cien de tasación y los bajos tipos de interés, primeras calidades, preinstalación de aire acondicionado, dormitorio estilo riad, 11m, baño interior, gresite y acero, 6m, cocina oblonga, gas natural preinst., 12m, salón-comedor donde Marco y Julia se besarían con ternura, 21m.

El suyo fue un amor generacional, con atributos propios del grunge y otros imaginarios de fin de siglo, a pesar de que Julia, de vida apartada y prematuramente adulta, apenas participaba de esos códigos. A ella le encajaba mejor otra década de sufrimiento verosímil en lugar de aquel pesimismo gomoso, Julia sí que tenía motivos para llorar y putear, pero casi nunca lo hacía; Marco carecía de causa verdadera para tanta tristura salvando la tiranía de su mamá desnaturalizada y su papá NO, y sin embargo lloraba con cada lance adverso, precursor emo, decadente mod. También por eso se amaron.

Aunque Marco trabajaba en el negocio y por tanto debía de tener acceso a gangas y ofertas de última hora, lo cierto es que compraron su piso-nido en el apogeo ~~de la estafa~~ del mercado inmobiliario, precio astronómico y cepo a perpetuidad. Se mudaron cuando el edificio aún olía a escayola y cigarrillo de albañil, se adueñaron entusiasmados de aquel bloque desierto y blanco sintiéndose invasores de un hospital zombi o de un hotel de la RDA que nunca abrió sus puertas. Husmearon en todos los rincones, buscaron herramientas olvidadas dentro del cuarto de fusibles, coronaron la azotea como quien conquista el Tíbet. La ciudad parecía tan hermosa e inmóvil desde allí, ilusión de diorama, cada edificio era la pieza de una maqueta fabricada en el taller de manualidades, los azulejos de la caja de ahorros, el fénix, los fluorescentes, etcétera y página uno. Dijeron: cambiaremos la cerradura, sólo nosotros tendremos la llave, será nuestro territorio, yo dibujaré, yo leeré un libro de viajes, romance de canción pop, subiremos un sofá y miraremos las estrellas y el curso de los aviones, quizá veamos un ovni.

En la cama eran serios y moderados como portavoces parlamentarios, demasiado cariñosos como para jugar a la saliva y la gota de esperma en la nariz, a los zapatos de ella sobre las sábanas y a comer y a hurgar hasta provocar eritemas. Para Marco el único referente sexual era una chica del instituto llamada Luisa, algo demasiado infantil y lejano y voraz que no servía de ejemplo.

Marco y Julia: amor profundo y honesto, sexo de supervivencia, caricias reconfortantes, confidencias, hachís, cerveza de importación, David Bowie. A Marco le bastaba así, también a Julia, ninguno soñaba con fantasías cinematográficas de vagón de metro. Marco podía gastar el sexo sobrante en el porno y la observación de chicas desconocidas en la calle; Julia se compró unas bolas chinas que casi nunca usaba, suelo pélvico sin vigor.

Todo era distinto durante aquellas noches de verano tan teatrales, cuando acampaban en la azotea como scouts y obedecían un guión indie de Sundance. No ocurría muy a menudo, pero el hecho de que alguna vez sucediera les daba aliento para continuar aburriéndose juntos. Nada habría vulnerado ese sistema de amor, amabilidad y reconocimiento si el cosmos no hubiera conspirado en su contra: Leh-Bro rompecorazones, maldito seas, ¿cómo te atreves a romper la unidad de una familia, cómo pudiste? La familia es el huevo cósmico, la pauta del universo, oh Leh-Bro, caigan sobre ti todos los males del inframundo.

Tamaño Nenuco. No había tenido hermanos ni primos menores, ni siquiera se recordaba a sí misma jugando a las muñecas, carecía del entrenamiento maternal que proporcionan esas rutinas, la llegada del bebé-Marco fue una invasión alienígena. En el hospital le dieron una bolsa con ropilla de segunda mano, pañales, esponjas, gasas y latas de leche materna. Dispuso sobre la mesa los pertrechos y lo acostó en su propia cama.

El parto había resultado limpio e indoloro, en el espejo se vio linda, pensó no tienes cara de madre, pensó no tienes cara de nada distinto, pensó ni siquiera de miedo. Cayeron densos coágulos en el retrete, como las sanguijuelas de *La reina de África.* Se dijo eres tonta cuando se le empañaron los ojos, fue una de las pocas cosas que hicieron juntos: ver esa película, tomar un gintonic y acostarse no tantas veces, cinco, quizá siete veces; mala suerte.

La barriga había desaparecido, magia neumática. Se secó la lágrima con papel higiénico y volvió a mirarse en el espejo. Si el pequeño cuerpo de Marco no se agazapara en el cuarto, bien podría imaginar que nada había pasado, unos meses de agujero y olvido para regresar después a la existencia interrumpida: la universidad, las lecturas recomendadas, seminario de cine, leve militancia política, verano con amigos en Portugal, playas sin huella, radiador del coche que hierve, kilómetros de caminata por la carretera, el sol los aplastará como en un desierto, en el puerto comerán sardinas con las manos y beberán cerveza, en el cuarto alquilado cuelgan las fotos de una familia sombría, en octubre comienza el último curso de la universidad, el profesor pidió una licencia y se marchó al extranjero sin despedirse, no dijo nada, no avisó, nos vemos después del verano, claro, yo sigo aquí el año que viene, Departamento de Comparada, pasillo izquierda, bromeó, por si te pierdes. En septiembre una asociada se mudaba a su escritorio. Mejor así, se dijo, disolución, éter sin rasguño casi.

Pero no.

Ella era transporte de lo suyo. Ya no transporte, ya manufactura expedida y aleteante sobre el nido improvisado en la cama, un llanto, un llanto muy largo que no es lloro sino grito amoratado, escala tonal ascendente hasta la inmediata fase del desconsuelo, la mirada en el espejo mientras suben los agudos y ya es un desgarro ronco, quiebro de hambre y pánico al abandono.

Se sienta en la cama junto al ovillo, observa, siente un dolor en el pecho. En el hospital le dieron medicamentos para interrumpir el proceso, bien porque la creyeron incapaz o bien porque confiaban en que se desprendería de él y lo daría en adopción.

Abre los botones de la blusa, pechos densos y rosas, inflamados como heridas. Toma al niño con una mano como si fuera un gatito. Ocurre, ella se duele y se resiste, pero el bebé ya no lo permite.

Magia no neumática, de otro tipo: la figura del profesor se desvanece.

También Portugal y el cuarto alquilado, las sardinas del puerto.

Y el vestido de hilos de colores, Matisse, Marcuse, un artículo de Kristeva.

Incluso las hostias con ganas de hacer daño sobre la alfombra, el puño cerrado contra la nuca como se golpea a los gazapos al sacarlos de la conejera. Tan terca y ruda, ni sangró ni perdió el conocimiento, qué valiente, no le daría esa satisfacción.

Nunca tomó suficiente droga para saber cómo era eso, con las encías del bebé haciendo presa en ella se imagina un sumidero cósmico y psicodélico que la absorbe y destruye al mismo tiempo que le insufla algún reconstituyente, si hubiera sido más osada con el ácido ahora tendría un referente más parejo, hacen falta modelos para comprender por analogía lo que pasa cuando lo que pasa es tan raro como un bebé tragándote.

Milagro del Corazón de Jesús: venciendo el freno de las píldoras, la espita se abre, el bebé devora, se sacia, la boca rebosa de leche aguada, el pecho cae blando, el bebé duerme y busca un hueco en su blusa, ella se deja, también duerme.

Pasan dos, tres horas y no la despierta un nuevo llanto tierno y confiado sino el timbre de la puerta.

Llaman.

Pero quién.

En una enorme bandeja de plástico, promoción de galletas Marbú, la vecina carga una bandeja de macarrones, un pijama y un chaleco tamaño Nenuco.

Fundamentalismo. *El fundamentalismo de mercado está basado en premisas falsas, pero ha servido bien a los intereses de los dueños y rectores del capital financiero.*

GEORGE SOROS,
Discurso ante el Congreso de los Estados Unidos, 2008.

Orograu. El primer Gonzalo Grau fue su bisabuelo, que heredó dineros y una casona rodeada de buenas aranzadas de cultivo. A su mujer le repugnaba el campo; le chiflaban, en cambio, los dramones tardorrománticos, las tardes en el café y las verbenas de verano, y para no aburrirse durante el invierno le propuso que abrieran una joyería en la ciudad. Vendieron algunos terrenos, contrataron a un orfebre de Córdoba y a un corredor grande como una montaña que traería la mercancía de Zúrich, en el abrigo siempre llevaba un doble fondo donde guardaba las piedras más valiosas y un pistolón de duelista.

Así se fundó Orograu, desde 1912 en Mayor 16, Orograu, seducción y distinción, relojes, grabados, encargos. El capricho se convirtió en un negocio fructífero que multiplicó la fortuna familiar, se desprendieron del resto de los campos, compraron automóviles, edificios, un pequeño hotel-balneario donde pasaban los veranos. El segundo Gonzalo Grau se enamoró de la camarera del servicio de habitaciones, para evitar el folletín lo enviaron a Londres a estudiar y espabilarse, volvió hecho un hombre, se casó con una inglesita arruinada que aportó cosmopolitismo a la familia.

Llegaron los años treinta, al comprobar el paño de los acontecimientos los Grau decidieron ser prudentes, recogieron, cerraron, escondieron, guardaron en un estuche los títulos de propiedad y se marcharon a Francia protegidos por el corredor del pistolón. El bisabuelo regresó después del 39 tan sólo para morir en la vieja patria, fue enterrado con honores militares en gratitud a los donativos que contribuyeron al Glorioso Alzamiento, con honra póstuma fue nombrado hermano mayor de una cofradía y sepultado en el altar. Ya de vuelta, su hijo tomó las riendas, se ajustó las gafas, ordenó los libros de contabilidad, contrató a varios abogados y recuperó la mayor parte de las propiedades. Algunas fueron cedidas voluntariamente al Régimen, igual que el collar de perlas regalado a doña Carmen por su cumpleaños y el hilo de oro para el bordado de la insignia del primer regimiento, que brillaba como una custodia durante el desfile de la Raza.

El tercer Gonzalo Grau nació torpe y perezoso, no anduvo hasta los cuatro años ni dijo una palabra antes de los cinco, los médicos del hospital de Berna no se atrevieron a firmar ningún diagnóstico distinto de lenta maduración intelectual y motriz, le recetaron sales minerales y aire puro. Con la ayuda de una tata muy cariñosa, fue despertando. Aprendió a leer a los siete, a los diez ya lo hacía de corrido sin poner el dedo, a los doce pudo ingresar en un colegio interno, los compañeros lo llamaban Besugo de tan blanquito y tan estúpido.

Besugo era lento, pero conocía sus limitaciones: nombró un director general, un gerente, un tesorero, un secretario y un administrador, y de esa manera modernizó sin pretenderlo la estructura familiar de la empresa. Dedicó su tiempo a la vela y a los toros, se casó con una mujer audaz que quiso inclinar el negocio hacia la moda, crearon una marca de relojes de caballero, contrataron a futbolistas y estrellas del pop, invirtieron mucho dinero en relaciones públicas, fiestas y publicidad, ella siempre aparecía en las revistas vestida de negro, cada vez más delgada, se recuperó tan pronto del embarazo, los veranos seguían yendo a San Sebastián, como toda la vida, Talo aprendió a surfear en la izquierda de la Zurriola, madrugaba y bajaba en el ascensor con el neopreno ya encajado, Pukas 6'3" al hombro, caminaba descalzo por la acera, salía del agua antes de que llegaran los turistas y desayunaba en la terraza, hablaba con la abuela en inglés del mar y de economía, no se dio cuenta de que su padre era idiota hasta mucho después, los disgustos volvieron a mamá muy aprensiva, dejó de ir a las fiestas, la marca de relojes quebró, las estrellas del pop envejecieron, el patrimonio familiar perdió un veinte por ciento, los sueldos del consejo eran cada vez más elevados sin que nadie se atreviera a decir basta.

El cuarto Gonzalo Grau, es decir, Talo, quiso huir de todo eso; huir de San Sebastián a Mundaka, de Mundaka a Caparica, de Caparica a Tahití, de Tahití a Bali. Cuando cumplió los dieciocho se sacó el carné de conducir y dijo adiós.

REC 3. Espera, Marco, no pierdas el juicio. Piensa, respira. Nada tan grave sucedió, nada distinto de ayer y anteayer. Es temprano, Julia tardará en llegar, tienes la azotea y el cuaderno a tu disposición. Las cuentas hechas. El subsidio domiciliado. Cualquiera se cambiaría por ti, Marco, una mañana disponible para tu simple provecho. O para arruinarla sin hacer ninguna cosa. Eres improductivo, Marco, inservible, primera pieza desechada, primer lastre que se desprende del transbordador espacial después de la ignición. No es tu identidad, Marco: es tu función. Talo no tiene nada contra ti, él mismo se encargó de repetirlo muchas veces. ¿No has escuchado las noticias? Hay que prevenir el golpe, ser prudente, cerrar el granero. ¿Comprendes, Marco? Entonces deja de mirar como un loco la flor del desagüe, no busques el destornillador, no la desmontes, no abras la tuerca, oh, no separes la arandela, no formes una serie con el aro de goma, el tornillo, la tuerca, la arandela, no dibujes, por favor, no dibujes la secuencia de montaje, no hagas planta y alzado, no escribas fig. 1, no traces flechas, no hagas un cómic del montaje de una flor de desagüe de lavabo, Marco, escapa de eso, es tan humillante.

Hilo de tanza. Marco, buen chico. Obediente en la escuela, atento con mamá, muy silencioso el viernes por la noche cuando permanece despierto mientras el profesor de Matemáticas fuma y bebe en la sala, el profesor se ríe a carcajadas, la mamá de Marco presiente una mañana de sábado y camisa masculina sobre el respaldo de la silla, prefiere largarlo antes del corchete, el profesor se resiste, se pone tierno en el dintel, un poco borracho, finge poses de actor de cine, se despeina a propósito frotando la frente contra el tapajuntas de la puerta, el filo de un tornillo le araña la sien, ella dice anda, vete ya, él pide clemencia, beso y algodón con mercromina, ella dice qué pesado, cierra, no es un ogro, no golpea la puerta exigiendo la descarga prometida, tan sólo toma el ascensor, baja pateando suave el marco de aluminio, pasea de vuelta a casa con las manos en los bolsillos y apenas una erección pequeñita, piensa si recurrir a un club pero se asusta, se arroja en la cama sin fuerzas para eso, mamá entra en el cuarto de Marco, Marco ya no finge que duerme sino duerme de veras, mamá besa a Marco, Marco en sueños percibe muy nítida la atmósfera de tabaco y alcohol, soñará cosas feas, obediente en la escuela y muy atento con mamá, tan buen chico.

Julia, ocho años. La peor dibujante de su clase, incapaz de colorear la barriga del ratón sin salirse de las líneas gruesas que separan la panza del lomo, la más torpona recortando la silueta, la más pava haciendo el agujero para ensartar el hilo de tanza con el que colgar la figura del techo, la escalera enorme, la grapa en la escayola y el ratoncito que baila sujetado por hilos invisibles, los demás dibujaron pájaros o insectos que obviamente vuelan, obviamente tiene sentido que cuelguen del techo pero Julia se empeñó en un ratoncito y allá sube el roedor paracaidista que pendula siniestro sobre las cabezas de los muchachos lumpen, la profesora no sabe cómo entretener a esa recua en la clase de manualidades, cualquier cosa que inventa recibe burla y algarabía como respuesta, cuando llega a casa llora desconsolada diciendo ya sé que sufren y tienen vidas horribles pero son unos mamones y unos tarados, ocho años y carne de presidio, ninguno se salva, mierda de barrio, mierda de colegio, si acaso sólo la tonta del ratoncito que se entera de la mitad y un día sin saber por qué se levantó en medio de la jauría que lanzaba bolígrafos, témperas, cualquier proyectil a discreción y se acercó a mí y me tomó de la mano como diciendo ya pasó, ya pasó, me enterneció la muy, qué niña tan rara, en su casa un infierno, que si muchos hermanos de quién sabe el padre, todos en el mismo cuarto como si vivieran en Bombay, la niña es bonita y vaga como una flor, no hay manera de que saque un cuaderno, se pudrirá de tonta, los macarras del cole la engañarán en los lavabos, y si voy y la salvo, quiero decir, y si no me separo de ella ni un minuto, si me siento al lado y le enseño sólo a ella lo que esa masa vulgar de mocos y escupitajos no aprenderá por mucho que grite y los expulse al despacho del director. Julia se sentaba en la mesa de la maestra, de espaldas al resto con todos sus libros encima pero sin tocar ninguno, tenía paciencia de roca, era capaz de estar cinco horas sin moverse de la silla mirando cómo la maestra se partía el alma, linda y perezosa con ocho años, Julia era la peor dibujante de su clase.

Marco dibujaba a mano alzada los mejores segmentos y bisectrices, y a carboncillo las figuras más veraces, el torno, los escolares con bata blanca y el profesor con ínfulas repartiendo pliegos y pinzas para cada caballete, la clase de dibujo transcurría en un parpadeo, Marco empuñaba el lápiz 8B y trazaba los perfiles sin necesidad de ninguna línea de guía, el chico puede, le dijo el profesor a su mamá, si se le educa el gusto y aprende color y figuración se convertirá en un buen dibujante, ¿un buen dibujante?, ah, no, yo quiero que sea un GRAN artista conceptual y no un dibujante pintamonas, para eso no me gasto mi dinerito en estas clases, maestro engreído, ¿no será que siente envidia de un joven con talento?

Marco, doce años: no hace otra cosa que dibujar, asiste dos tardes por semana a un taller de artes plásticas, su madre sin remedio se ha convertido en una mujerona solitaria y encabronada contra el mundo. Ya no acuden a su casa hombres nocturnos que fuman, beben e intentan besarla sin conseguirlo. Acodada sobre la baranda de los geranios, se pregunta qué diablos hice mal.

Mientras, sobre la alfombra en la que un par de años antes jugaba con indios y vaqueros, Marco dibuja cada cosa que ve en un mismo pliego de rara composición: moldura, aplique de lámpara, pata rizada de sofá, portada de libro Espasa, pie de mamá, rodilla de mamá, variz verdosa como un alien que trepa en la corva, blusa de mamá, manos apretadas en el esfuerzo de agarrar algo invisible, tal vez una lágrima sobre la hoja arrugada y seca del geranio.

Cal. Julia entra en el baño, abre el grifo, ve el agujero en la loza, los restos de cal adheridos al círculo vacío, la pieza desmontada y limpia junto a la pastilla de jabón, Marco, ¿quitaste esto del lavabo?

Escrúpulos. George Soros estrechó una docena de manos aduladoras y esquivó la mirada despreciativa de un senador republicano que escribiría en su blog: «El magnate húngaro, cínico y manipulador, quiso seducirnos con sus teorías de falso aperturismo.»

Hubo un receso. Ya en el pasillo, Soros se acercó a la joven congresista, ¿tanto le desagradaron mis palabras, señora Monk?, al contrario, fue usted muy didáctico, siempre tuve vocación de docente pero mi padre no habría permitido que me dedicara a dar clases, no creo que fuera el tipo de chico que se deja aconsejar por su padre, todos necesitamos un consejo de vez en cuando, señora Monk, supongo que por eso estoy aquí, no le pedimos consejo, señor Soros, le exigimos una explicación, me temo que algunos también buscaban un escarmiento, ¿cuándo ingresó en el partido?, hace algunos años, ¿cuántos, seis, siete?, en 2001, eso fue cuando Bush ganó sus primeras elecciones, ¿no?, sí, justo, y supongo que se afilió enfurecida por la llegada del hijo ultraconservador del padre conservador, la saga maléfica, ¿me equivoco?, nunca habría militado en el partido si no hubiera sido por la ferocidad del oponente, su estupidez, su ardor guerrero, imagino que antes de eso usted formaba parte de diversas asociaciones de librepensamiento, quizá una asamblea vecinal, tendría poco más de veintiocho años y un expediente brillante pero cierto desinterés y mucha desconfianza hacia la política, especialmente después del fiasco de Bill Clinton, señor Soros, es un placer hablar con usted pero debo volver a la cámara, me pregunto cómo consiguió desprenderse de sus escrúpulos y convertirse en miembro electo de la Cámara de Representantes, ¿qué quiere decir?, creo, señora congresista, que a usted le sucedió lo mismo que a los inversores, reguladores, fiscales, funcionarios y demás personas implicadas en este caso, que vieron cómo la burbuja crecía delante de sus narices y no hicieron nada para evitarlo porque todos pensaban que existía un beneficio plural y mayor para el resto, ¿no está de acuerdo conmigo?, no: usted tributa en las Islas Caimán, yo pago mis impuestos en los Estados Unidos, cuyo gobierno tolera y financia la existencia de las Islas Caimán, congresista, si quiere encontrar culpables, no busque entre los que se enriquecieron sino entre aquellos que permitieron que sucediera, ja, ¿ahora quiere hacerme creer que gente como usted no es culpable y que el Congreso sí lo es?, señora Monk, escúcheme, pelee ahí dentro para que el gobierno imponga una regulación severa contra la especulación a gran escala, usted bromea, yo soy viejo, pase lo que pase no ganaré ni perderé más dinero del que pueda gastar en vida, todo mi patrimonio está dedicado a la consecución de nobles ideales, ya, es usted un filántropo, hermosa etimología, «philantróphia», ¿ha leído a Karl Popper?, ¿ha leído a Confucio?, si quiere entender el sentido íntimo de la crisis, señora Monk, lea a Confucio.

Una mano palmeó el hombro de Soros, que se despidió con reverencias y un destello de ojos azules. Gina entró en la cámara, aturdida por el párrafo e irritada por la petulancia de su oponente, los ricos se creen con el derecho de dejarte con la palabra en la boca, nobles ideales, se me escapó crudo.

La sesión se reanudó con las comparecencias de James Simmons, Kenneth Griffin, Philip Falcone y John Paulson. Falcone, tan arrogante, advirtió: «Para salvar el sistema financiero de este país y por tanto la economía mundial y por tanto la paz y el progreso, háganme caso, no refloten nada, no rescaten nada, pongan sobre la mesa el dinero de la Reserva Federal y aparten las manos del pastel.» Paulson se mostró tímido y escurridizo, aseguró que en la cima de la montaña nadie es capaz de ver con nitidez lo que ocurre en el campamento base. Griffin y Simmons se sintieron muy ofendidos ante las insinuaciones de un congresista de Indiana sobre la financiación de ciertas fundaciones supuestamente altruistas. Pero en realidad las distintas exposiciones y las discusiones posteriores no sirvieron para aclarar gran cosa, y tampoco para calmar el sofoco de Gina Monk, que mantuvo silencio durante toda la tarde dibujando en un cuaderno una rara imagen de George Soros con rasgos orientales y túnica de santón. Cuando llegó a casa, Mark ya había bañado a la pequeña Molly, dormida en su cunita. Se besaron e hicieron el amor mientras la CBS emitía un episodio de Kung-Fu. Cerca del amanecer, Gina se desveló, encendió el ordenador y tecleó en el buscador Soros/Confucio.

Es permisible. *Si el Estado es, en esencia, una tiranía de clase, entonces es permisible, por un lado, la violencia y, por el otro, todo aquello que pueda hacerse para reemplazar la dictadura de la burguesía por la del proletariado. Afligirse demasiado por la demo~~cracia~~ formal sólo revela falta de sentido histórico; después de todo «la demo~~cracia~~... es solamente una de las etapas en el curso del desarrollo histórico», como dice Lenin.*

KARL POPPER,
La sociedad abierta y sus enemigos.

Empresa. El joven director general irrumpió en el negocio sin formación ni idea concreta de hacia dónde, ensayo-error. Formó cuadrillas, contrató arquitectos, consiguió financiaciones extraordinarias gracias a su apellido, reinvirtió los beneficios para volver a comprar terrenos y hacer girar la ruleta. Al principio él mismo diseñaba los dípticos y redactaba los reclamos; después decidió contratar a Marco para eso, y también agentes comerciales y nuevos intermediarios y abogados, el desempleo bajó hasta el ocho por ciento, Talo ignoraba cuántas urbanizaciones se levantaban, cuántos terrenos volvían a recomprarse o a venderse con su firma, la mayor parte del tiempo la dedicaba a revisar los índices de valores y a leer confidenciales que aconsejaban nuevos productos de alta rentabilidad. Jugador de casino, para el joven director general aquel aparataje de grúas, licencias y permisos de obras no era más que una factoría de fichas de dólar. Siempre ganaba, el sistema parecía seguro y multiplicador, Talo no lograba entender cómo no se hacía rico todo el mundo con algo tan sencillo, si esto se supiera sería el fin de las clases sociales, de la hambruna, de los niños desnutridos.

Fueron los años de la prosperidad, de los viajes a Indonesia y del sexo interracial, ocho años mágicos en la vida del joven Talo, de sus empleados y de las parejitas que firmaban la primera letra de aquellos bloques mesetarios que Marco convertía en Palm Beach.

Luego
Leh-
Bro
y
fin.

Cloe. La bautizaron con el nombre más horrible que pueda imaginarse: Clotilde, que incluso en aquella fotografía sepia de pila bautismal y cura de posguerra ya resultaba rancio y en desuso. Muchas veces escuchó el argumento de que Clotilde eran su tía y su abuela, entonces no se le daba tanta importancia a esas cosas, ahora todo parece ciencia y dilema, no es un nombre tan feo, le dijeron, aunque nada le servía de consuelo cuando sobrevenía el llanto de niña humillada. Clotilde era nombre de tebeo o de pájaro tropical en una jaula, inseparable de doña, ninguna niña mona y feliz podría llamarse Clotilde, qué acto tan irresponsable y cruel habían cometido sus padres a la luz del cirio pascual.

En el colegio las niñas la llamaron Cloti, que apenas resultaba menos horrible, no sonaba a vieja pero sí a gallina ponedora, a tortuga.

Una noche vio una película cuya protagonista era hermosa y disparatada, hacía reír a un señor muy sofisticado y enamoraba a un jovencito rubio, la llamaban Cloe.

Cloe.

Le pareció el nombre más cosmopolita y excitante del mundo, y decidió apocopar el suyo y cambiar el orden de las vocales para hacerlo propio, no más Cloti ni Clotilde, a partir de ahora se llamaría Cloe, se investiría de la mundanidad de Cloe, anglófilo Cloe, resultaba tan bello y magnético.

Muy cierto, porque el profesor universitario pensó que sería bueno acostarse con una estudiante llamada Cloe, como en un cuento de Cortázar, en una novela de Puig.

Feliz, saludable y robusta, capaz de pasar la noche en vela si el pequeño se desconsolaba, pero casi no lo hacía (estómago eficaz, durmiente plácido), Cloe rompió una sábana y, tan audaz, fabricó un portabebé anudado al cuello. Marco se balanceaba adherido a ella como un cachorro. Bajó las escaleras con tiento, se sintió fuerte y arrogante cuando en la calle la vieron pasar como una india de película junto a su bebé comprimido. Hubo señoras que se acercaron curiosas pero no tanto como para meter el dedo en el fardo ni decir cosa pequeña, nene guapo. Distante y excéntrica, se sentó en la plaza y jugó con él, tuvo la osadía de darle de mamar al sol como en la tribu de dondequiera que proviniese, qué vergüenza, como los animales, en medio de la calle.

Imaginó una vida extravagante junto a Marco, con quien se habría atrevido a hacer cosas que a solas nunca emprendería, como raparse la cabeza, tatuarse con henna, comprar un coche de segunda mano y viajar al Cabo, fabricar pulseras de cuero y brazaletes con conchas marinas, amar a varios hombres a la vez, el pequeño dormiría con ellos en el mismo cobertizo o incluso en una furgoneta que huele a pienso de perro, crecería fuerte y tostado por el sol, no iría nunca a la escuela, bucearía como un pez, seguiría tomando el pecho hasta muy tarde, nacería una hermanita, se llamaría Mariola, mar y ola: esa fantasía la entusiasmaba, observaba el cuerpo mullido de Marco dentro de la sábana y se convencía de que debía ser así.

Decidió volver a la universidad y terminar la licenciatura. La sensatez dibujó un plan de salvación en su cabeza: noches de estudio y café, excelentes resultados en los primeros exámenes, título firmado por el rey, convocatoria de oposiciones de secundaria, horario humano, catorce pagas, subsistencia garantizada, ascenso en la escala social, de madre abandonada al pie de la beneficencia a mujer abandonada pero con mensualidad, despensa, recibos al punto, quince días en un hostal de la playa, la decisión más importante de su vida fue entrar en aquella librería especializada en temarios de oposiciones, lejos quedó la ensoñación de conchas marinas y pulseritas de cuero en favor de nómina mensual y facturas pagadas.

Libertad formal. *Lo que los marxistas llaman desdeñosamente «mera libertad formal» se convierte en la base de todo lo demás. Esta mera libertad formal, es decir, la demo~~cracia~~, el derecho del pueblo de juzgar y expulsar del poder* *a sus gobernantes, es el único medio conocido para tratar de protegernos del empleo incorrecto del poder político, su esencia consiste en el control de los gobernantes por parte de los gobernados. Y puesto que el poder político puede controlar al económico, la demo~~cracia~~ será también el único medio posible para poner el control de la supremacía económica en manos de los gobernados.*

KARL POPPER,
La sociedad abierta y sus enemigos.

Cloe miraba a Marco. El sol calentaba la terraza como un refugio por las mañanas. En un capazo de caña, sobre una mesa no demasiado estable, el bebé se adormecía con el humo de los cigarrillos, imposible guardar un recuerdo de eso, tan pequeño, quizá sí una sensación o un reflejo de tibieza cuando Marco sube a la azotea por la escala de navío y sin importarle las losas de pringue se sienta en el suelo, la espalda apoyada en la cal, expresión de hipotenso o plácido nadaquehacer que sólo puede compararse con bebé adormilado, siesta de perro.

Cloe miraba a Marco, sonreía. El niño era lindo y bueno, por suerte muy parecido a ella, sin ningún asomo del profesor, no habría soportado eso, en el mismo capazo lo llevaría al hospital para que las monjas lo cuidaran o lo trituraran, pero Marco era una miniatura suya, resultaba tan tierno. Muy pronto comenzó a hacer gestos, a agitar las manos, incluso demasiado pronto descubría las encías en una especie de sonrisa, la mamá lo besaba y jugaba con él como si todo fuera distinto. *Felicidad* es palabra de calendario, título de libro de autoayuda, pero a ratos le servía.

Los sentimientos maternales iban y venían, inconstantes. En ocasiones pensaba mi vida interrumpida por una interferencia, estorbo, lastre envuelto en pañales con el que cargaré para siempre, sus diez, sus quince años ahora se me vienen encima como un yugo, yo convertida en mamá de un chaval que habla de fútbol y de kárate, de un muchachito que quiere presentarme a su novia; pero lo cierto es que Marco nunca hizo rodar ningún balón de reglamento, sólo se sabía la alineación de los Lakers, pensaba que Bruce Lee era un reclamo de animación a la lectura, ocultó la existencia de Luisa, alguna vez se escabulleron los dos a su cuarto cuando mamá no estaba, después no hubo más que besos con pavitas sonsas hasta que llegó Julia, Marco era todo virtud, cualquiera lo habría amado sin recelo, y no es que Cloe no lo quisiera, es que no lo quería siempre. Se habría marchado lejos si un contrato laboral y un atavismo no se lo impidieran, comprendía el arquetipo del marido que un día se levanta, besa a sus hijos, desayuna despacio con su mujer, coge las llaves y se marcha. En su fantasía se imaginaba conduciendo hacia alguna parte sin nada en el coche, deteniéndose en una tienda de barrio para comprar unos vaqueros, una camiseta, ropa interior, comiendo donuts en una estación de servicio. No es que Marco fuera un incordio; es que siempre estaba ahí, cada mañana de lunes que debía despertarlo, abrigarlo, darle el desayuno y dejarlo con la vecina para irse a trabajar; cada mañana de sábado que rompía a llorar a las siete sin motivo, y a las siete y veinte ya era todo simpatía y quería jugar con ella en la cama, siete y veintitrés de una mañana vacante de sábado, los sentimientos maternales de Cloe eran pasajeros e inconstantes, le faltaba resignación cristiana, asunción del cometido, he aquí la esclava del señor, hágase en mí según tu palabra.

Otras veces Cloe no se imaginaba sin Marco a su lado, daban un paseo por la ciudad que apenas conocían, tomaban el sol, hablaban en algún idioma, Cloe arrastraba el cochecito hasta alguna cafetería con velador y pedía un palo de nata, le ofrecía una pizca con el dedo, Marco se relamía y daba saltos, a Cloe le parecía tan triste pensar que todo fue un accidente, que Marco no formaba parte de una idea previa sino que aconteció del mismo modo que se contrae una enfermedad, la figurita de Marco con su camiseta manchada y sus pantalones de muñeco, en casa lo tumbaba sobre una estera y se arrastraba a su lado, jugaba con él como con un cachorro, se empujaban, se lamían, maullaban, reían a carcajadas y cantaban las canciones de los payasos salvo en el coche de papá nos iremos a pasear.

Primera victoria contra el orden establecido. Marco deambula lento como un viejito, incapaz de ver las calles, los edificios, las glorietas y los postes del alumbrado sin imaginar el PGOU que se esconde detrás de cada cosa, igual que el director de cine ya no sabe ver películas sin pensar en travelines, cortes de secuencia y posproducción. Para Marco la ciudad es un vídeo HD proyectado en el Mac que le fue arrebatado, igual que su mesa de escritorio, su taza con flores de autopista, su trabajo, su ataraxia.

Camina con punzante cefalea, compra el pan, se sienta en un banco de forja, respira, teme una angina de pecho o un simple desmayo que lo ridiculice en el ambulatorio, la enfermera llama a Julia por teléfono, nada grave, sólo un desvanecimiento, crisis de ansiedad, ¿sabe usted si es alérgico?, se recupera despacio, puede venir a recogerlo, hay obras en la calle principal, mejor aparque en el subterráneo y vaya a la puerta de urgencias, se encuentra bien, en serio, no se preocupe.

Consigue recuperar el pulso, piensa en un documental sobre Tai Chi que vio de madrugada, la grulla extiende las alas y abraza el campo de trigo, en los arrozales del río Nung serpentea la culebra de agua, flip-flop.

Sólo ha desayunado un café meditabundo, se acostó sin cenar, el estómago centrifuga, entra en un bar con mesas de Pepsi, pide tostadas, encuentra un lápiz cuando busca la cartera, el servilletero también dice Pepsi con más de cien hojas comprimidas.

Coge la primera, la abre, dibuja el tobillo hinchado de una señora que arrastra bolsas de la compra.

Coge la segunda, la abre, dibuja los radios de una bicicleta que se escurre en el tráfico.

Coge la tercera, la abre, dibuja el cabello de una mujer de negocios que compra un periódico en el kiosco, viste traje masculino y zapatos planos, da un poco de pena, se sienta cerca de Marco y dice café solo, lee, Marco descubre que también a ella le acaban de dar la patada y por eso las cejas en forma de uve, el puntapié es tan reciente que no se atrevió a vestirse de otro modo pero le pareció tonto calzar tacones ni siquiera de cuña, se puso unas bailarinas y salió a desayunar, no tiene apetito, con diligencia busca en la sección de anuncios por primera vez en su vida, no me van a joder, no, me lloverán las ofertas, pide sacarina y un bolígrafo, pasa las páginas velozmente, el camarero le presta un bolígrafo de Pepsi, deja la sacarina junto a la taza, la mujer busca en la columna de anuncios, lee, escruta, bebe el café, mira a ningún sitio, se levanta, entra en el baño, paga y se marcha, el bolígrafo queda sobre la mesa, Marco lo atrapa, coge una servilleta, la abre, dibuja el bolígrafo con trazo hiperrealista, primer curso de diseño industrial, lo descompone, dibuja el muelle, el botón, la carga de tinta, recuerda *La chaqueta metálica*, el recluta duerme en el catre junto al fusil como con una novia, debe aprender a montar y desmontar el percutor con los ojos vendados, el cañón es el sexo, la grasa son los fluidos, la recámara es el cuello del útero, el gatillo es el clítoris, la guerra es el porno, la bayoneta es el sado, el sargento es mi amor, dibuja diferentes perspectivas, anota fig.1, fig. 2, escribe pie de imagen y recuadros explicativos, dibuja la secuencia de ensamblaje, las servilletas van formando una baraja a su derecha, muerde las tostadas, se siente mejor, al principio el camarero lo mira raro pero no dice nada, al rato se aproxima, qué haces con todo eso, vas a tener que pagarlo, ¿eh?, Marco no comprende, las servilletas valen dinero, ¿eh?, Marco no escucha, déjame en paz dice, se asombra de atreverse con esas palabras, el camarero insiste, Marco se enfurece y se maravilla al oír sus propios gritos, quién habla en mi boca —piensa—, qué ventriloquía fascinante mientras manda al carajo al camarero y de una manotada recoge los dibujos y se marcha entre insultos, Marco siente electricidad y excitación en sus dedos, entra en una papelería, compra un sobre acolchado y guarda amorosamente cada hoja, después haraganea en el poyete de unas escaleras con una lata de cerveza en las rodillas, celebra la gesta; no en vano, es su primera victoria contra el orden establecido.

Deuda. El orden establecido dice *produce-vende-suma*, ocurre así desde el Neolítico, pero al joven director general enseguida se le fueron las ganas de fabricar ninguna cosa, empaquetarla, distribuirla, ingresar el cheque en el banco y después cobrarlo, ¡en ese lapso se te marcha la vida, se derriten los daiquiris, cumple la póliza del Bentley! No, Talo necesitaba algo más inmediato, ya habrá tiempo para dejar que el dinero trabaje con plazos seguros, sentado en la terraza de la Zurriola como la abuelita inglesa. La agencia y las promociones sólo eran una excusa. Igual que su escroto le pedía descargas inmediatas y chicas escocesas, su capital recién adquirido le exigía torrentera y pelín de riesgo; riesgo controlado, por supuesto, no es una cuestión de azar sino de cálculo de probabilidades e información preferente. Talo se creía muy listo: deuda, compraventa de deuda, invisibilización del negocio, lejos de mí el viejo concepto de la plusvalía sobre el producto, qué pereza infinita.

Portugal. Marco duerme en el asiento, Cloe se detiene cada cien kilómetros para refrescar el motor y lavarse la cara con el agua de una botella que, al cabo, hierve en el maletero. Pensão das Dunas, calle empedrada, contraventanas azules, arriates de margaritas, una alberca de azulejo, habitación con suelo de barro y camas tiesas, cocina compartida, bon día, pão y manteiga antes de bajar a la playa, colección de caracolas y cuernecitos, Marco ve a mamá desnuda, bucea en el océano tan frío hasta que le duelen los ojos, en un extremo de la cala, cerca de la poza donde orinan las bañistas y hacen el amor los incontenibles, hay un roquedo cubierto de lapas y mejillones, Cloe dice que son demasiado pequeños, bebés mejillones, pero Marco ya regresa con una bolsa dispuesto para la recolección, al hervirlos quedarán consumidos, lengüitas naranjas, guisantes, mamá tenía razón, pobres, pobres bebés mejillones.

Detlef no se hospeda en la pensión, tiene casa propia en el pueblo. Llegó en el 84 huyendo del apocalipsis de la sociedad occidental, la hipocresía capitalista, el genocidio soviético y el invierno de nueve meses. Trabaja de carpintero, él mismo fabricó los muebles de su casa, y la techumbre y la valla y el cenador, las planchas de la tarima crujían como una galera. Se sienta en la cocina compartida a tomar café, asegura que no quiere saber nada de la vieja y decadente Alemania, dividida en dos hemisferios cerebrales, lobotomizada y castrada; pero si un compatriota aparece en el umbral enseguida comienza el interrogatorio, qué fue del PSD en las regionales, quién entrena al Dortmund esta temporada, el rumor de la unificación, cuándo.

A Marco lo trata con afecto, cada cual habla en su idioma como caballeros de un club inglés que no necesitan decirse nada. Detlef calibra los dibujos de Marco, Marco se acostumbra a mantener esas conversaciones ciegas, cuando hay niños en la alberca o en el patio arranca con lo mismo, siempre llegan a un acuerdo sobre a qué jugar y cuáles son las reglas, subido a este poyete no puedes cazarme.

Cloe y Detlef se estrechan sobre una de las camas de la habitación, Marco bosteza a lo ancho en la otra. Al día siguiente, Detlef tuesta el pan sin camiseta mientras Cloe se lava en el bidé y Marco finge que duerme.

Playa desierta después de un carril de rally, Detlef no asoma un pie fuera de la sombrilla, las olas revientan contra la roca, bocadillos de fiambre, regreso, los cristales del coche son una pasta ocre, expresionismo alemán.

Marco revolotea por el patio antes de irse a la cama, ellos beben y fuman sentados en sillas de tabla, Marco cae rendido, la luz permanece encendida hasta muy tarde.

La secuencia se repite durante muchos veranos, especie de amor interrumpido.

Nunca ocurrió que Detlef los visitara en España o que Cloe propusiera un viaje inesperado a Portugal más allá del plazo de quince días a mitad de las vacaciones.

Es posible que durante el resto del año él la añorase con ansiedad no confesada.

Es posible que ella sintiera nostalgia en el sopor de las clases invernales.

Es seguro que Marco imaginó muchas veces una vida distinta en la casa de madera del sur de Portugal. Aprendería a lijar, pulir y barnizar como en *Karate Kid*, pescaría chernes y haría surf en Cordoama, en verano observaría con sorpresa a los turistas que llegan dentro de sus coches recalentados, pálidos y ansiosos como perrillos encerrados en un trasportín.

Impresión reciente. Gina llegó al Congreso a media mañana, después del reparto de correos. En su casillero encontró un volumen de las *Analectas* de Confucio, ed. Penguin Classics. No había remite ni tarjeta entre las páginas, pero sí muchas líneas subrayadas. El ejemplar era nuevo, olía a impresión reciente. Se imaginó al viejo Soros encargándolo en Amazon, esperando con ansia el paquete y subrayando para ella sus frases favoritas. El ocio de los ricos, pensó Gina, y quiso olvidarlo sobre la mesa con cierto desprecio. Pero a la hora del almuerzo no pudo evitar cogerlo, sentarse en una mesa apartada y leer algunas páginas, el plato quedó intacto. Luego se fue a casa, aprovechó la tarde para llevar a Molly al parque, intentó sin éxito que agarrara con sus manitas las orejas del caballo que pendula sobre una espiral como en un rodeo diminuto, le pareció ver en sus ojos una extraña expresión de idiotez, se alarmó, llamó al pediatra, pidió una nueva cita, Molly y yo nos vamos de compras, sal a correr antes de que llegue la famosa nevada, vendremos en un par de horas, ¿te acuerdas de aquel buzo?, lo vimos en Marshalls, ¿no?, Molly se queda dormida en la sala de espera, Gina abre el libro, lee *Sé como el sándalo que perfuma la hoja del hacha que lo corta*, la puerta se abre, Gina se sobresalta, la enfermera dice ¿Molly?, Gina contesta yo, ella, sonríe señalando a su bebé dormido, entran en la consulta, ¿qué le ocurre a la pequeña?, Gina no sabe qué decir, sostiene el libro, me gustaría que le repitiesen las pruebas, ¿qué pruebas, señora Monk?, esas pruebas que les hacen a los bebés al nacer, su hija está sana, no le haré ninguna prueba más, mire, creo que es usted quien debería ir a una consulta, estoy aquí para eso, doctor, no me refiero a pediatría, señora Monk, sino a otro tipo de consulta.

Molly se despertó, vio un lugar blanco y extraño, rompió a llorar como una explosión.

Stanley Kubrick. Marco era un aprendiz, Julia no se atrevía, los viernes acababa tan cansada que no quería otra cosa que acurrucarse a su lado y adormecerse con cualquier película aburrida del videoclub, a veces bebían y fumaban hachís, a veces se besaban de otro modo, por la mañana desayunaban muy despacio hasta el mediodía, luego paseaban al sol como un matrimonio, se sentaban en el parque, hacían planes, sonreían, Julia había soportado la irritación y la necedad de algunos amantes airados, Marco transmitía la mansedumbre que ella buscaba.

En la facultad pusieron un ciclo sobre Stanley Kubrick, *Kubrick y la estética de la posmodernidad.* Fueron a ver la exposición de carteles originales y fotografías del rodaje, viñetas de storyboards, artículos de prensa que arremetían contra la ultraviolencia de *La naranja mecánica*, en un monitor se repetía sin fin la intervención de un portavoz de Scotland Yard describiendo el asesinato de un indigente. Debajo del epígrafe *¿Autocensura?*, se exponía la copia de una carta firmada por Mr. Stanley Kubrick solicitando a Warner Bros Entertainment Inc. la retirada de todas las cintas del Reino Unido, como consecuencia de la profunda crisis de conciencia que le había provocado la sucesión de crímenes ejecutados por adolescentes británicos en las últimas fechas. Un testigo aseguró haber oído al acusado cantar sin afinación *Singin' in the Rain* mientras pateaba una bolsa tirada en el suelo, resoplando como un tenista en Wimbledon.

Julia observaba cada cosa con ojos curiosos, no se ruborizó cuando Marco le enseñó los fotogramas de *Eyes Wide Shut*, las clases dirigentes de las sociedades avanzadas sienten fascinación por el sexo colectivo, considerado un ejercicio de confraternización entre pares pero vedado como estigma para las clases inferiores, el sexo en grupo aparece en las comunidades preindustriales más alejadas de la civilización y en la cúpula de las sociedades hiperindustrializadas, *Ciclo y regresión*, se titulaba el texto impreso en poliespán.

Julia miraba las fotografías, se dejaba morder, se imaginaba mordiendo. Marco prefería la espiritualidad de *La naranja mecánica*, atravesaba su etapa más anarcoide, coincidente con la juerga altermundista de finales de los noventa, coloreaba sueltos de *El País* que hablaban de José Bové y la resurrección de Daniel Cohn-Bendit, coleccionaba las pegatinas de conmemoración de los treinta años del mayo francés, se imaginaba a sí mismo subido a una caja expeliendo arengas, en el dormitorio colgó un póster plastificado de Alex DeLarge junto a una fotografía de la proclamación de la Segunda República recortada de la colección *Imágenes para la Historia* de *ABC*, Marco habitaba dentro de sus contradicciones con relativa comodidad, tenía veinte años y el sexo no le resultaba tan divertido como había imaginado, insistió para que vieran juntos la película, habló con deleite de la escena en la que Alex Rehabilitado engulle espaguetis y bebe vino en una copa de cristal, Julia no entendía nada, a Julia le parecía una comedia salvaje, fingió distraerse dentro de sus pantalones pero Marco quería ver la peli hasta el final a pesar de que se sabía de memoria los diálogos. Julia se sintió un tanto decepcionada. De todas las películas del ciclo, Marco había elegido la menos excitante.

REC 4. Curso de diseño industrial, cuadro sinóptico uno: secuencia de montaje a mano alzada. Modelo: lámpara de pie. Base, contrapeso, conector, transformador AC/DC, interruptor, vara de ensamblaje, embellecedores, cilindro, cierre, bulbo, bombilla, cuadro. Fig. 1, contrapeso: caja, tornillo de sujeción, aro, elemento desconocido A, chapa perforada en cuatro puntos, elemento desconocido B. Fig. 2, conector...

Época. *El Maestro dijo: «Para sobrevivir en una época como la nuestra, no es suficiente con tener la belleza del príncipe Zhao. Se requiere tener la lengua ágil del funcionario.»*

CONFUCIO, *Analectas.*

Clan de varones voraces. Oh Julia, esforzada Julia de treinta años, tan distinta de los chicos manumitidos por la nevera de mamá, Julia de ojos cansados sin cristal salvo si Marco tiembla en sueños. Termina el Bachillerato, recoge sus cosas, busca un piso, cualquier empleo, soporta demasiado joven, soporta tampoco tan guapa para trabajar aquí, soporta se busca compañero de piso, habitación soleada, no es una niñita recogiendo plásticos en Medellín pero todo se le hacía bruma y problema, en casa no había manera, quién aguanta a esa madre insignificante sin morder los cantos de las puertas, el cuello enroscado en las solapas de la blusa mientras el clan de varones voraces (padre y cachorros) esquilma lo que haya, grita, aúlla, a Julia no le sirve eso, Julia se emboba con las series norteamericanas de adolescentes hermosos y emprendedores (qué buena idea crear una emisora de radio en el instituto, en el elenco siempre hay un chico acomplejado que sabe mucho de electrónica), se imagina otro mundo donde basta una pizca de atrevimiento para que la escena termine en beso y melodía suave, Julia lo manda todo al cuerno y se cuelga al hombro una mochila de acampada, duerme algunas noches en una estación, se protege con un gorro de lana, suerte que no haya mendigos ni gente rara sino sólo viajeros que no pueden pagar un albergue, Julia lee un libro de Pedro Salinas, el profesor de Literatura dijo que lo leyera ne-ce-sa-ria-men-te, no es muy buena en Lengua ni en Historia pero sí en Geografía, compró el libro en una de las casetas verdes de la feria, edición académica con notas al pie e incómoda maqueta, el verso no cabe en la caja, un corchete cubre las palabras colgantes como una C mayúscula, *la verdad trasvisible es que camino sin mis pasos, con [otros,* casualidad encontrar el mismo libro después de la última clase del curso, cuando el profesor se despidió sin contenerse y soltó un discurso sobre el entusiasmo, la energía, los baches necesarios, *estoy besando flores, luces, hablo* con una voz atribulada tan distinta de cuando desplegaba el atlas de gramática, científico y minucioso con la terminología, trazando sintagmas arborícolas con mano de administrativo, dibujaba una pizarra tan cargada de vectores y tramas que escribía con el canto de la tiza para achicar la caligrafía, los bachilleres arrugaban los ojos sin atreverse a preguntar qué pone ahí, le resultaba tan difícil despedirse de ellos con un tono solemne o conmovedor y sin embargo no quería estirar las gomas y cerrar la carpeta del curso 94-95 sin más, como si no fuera otra cosa que una quinta de reclutas que se despide y no vuelve a pisar la losa del cuartel, desde la acera le dedican sapos y guasas, la noche anterior estuvo escribiendo una especie de guión porque temía quedarse en blanco, quiso rimar sus propios versos pero después dijo mejor Salinas y por eso recitó suave

La vida —¡qué transporte ya!—, ignorancia
de lo que son mis actos, que ella hace,
en que ella vive, doble, suya y mía.
Y cuando ella me hable
de un cielo oscuro, de un paisaje blanco,
recordaré
estrellas que no vi, que ella miraba,
y nieve que nevaba allá en su cielo.
Con la extraña delicia de acordarse
de haber tocado lo que no toqué
sino con esas manos que no alcanzo
a coger con las mías, tan distantes

pensando seguro que la mayoría no sabe de qué hablo pero tal vez alguno se sienta herido y busque el libro en la biblioteca o en la feria que pusieron en la plaza con casetas verdes como barracas de tiro, ayer mismo vi que lo vendían de viejo en una edición horrible, quién sabe si la chica de la tercera fila que habla poco pero redacta bien y comprende y anota y parece que tuviera cinco años más, qué le pasará, tres horas semanales de proposiciones subordinadas, *Castilla miserable, ayer dominadora*, krausismo, perífrasis aspectual y sin embargo no tengo ni puta idea de lo que le pasa a la chica de la tercera fila, los poemas no dicen más que mentiras o estupideces, a veces las dos cosas, Juan Ramón era especialista en eso, Machado escribió cinco poemas buenos y media docena de comedias burguesas, Miguel Hernández es el único escritor con huevos del siglo xx, en el 39, en una fiesta de la Alianza de Intelectuales, se lo dejó bien claro a Alberti, el marinerito culeaba con todas las mujeres revolucionarias de Madrid pero no estaba dispuesto a jugársela por nadie, no se puede escribir poesía ni escribir cuartillas ni renglones ni nada cuando no se tiene un gramo de honestidad, pero la actitud del éxito es el escepticismo, declararse frívolo y divertido, el éxito, vosotros, muchachos, vosotros que leéis con ojos vivaces e ignoráis lo que os espera, vosotros tan ingenuos aún, salvaos, huid de este país antes de que os devore, llevad en los bolsillos el libro de algún poeta honesto, no son muchos, la lista se enumera con los dedos, apuntad. Julia sólo apuntó Salinas.

En la estación de autobuses, cerca de un piloto de emergencia que permanecía encendido durante toda la noche, Julia leyó versos que no le hicieron llorar, qué bobada llorar por lo que dijo alguien a quien no conocí y que ya está muerto, pero son bonitos los poemas, hablan de amor de una manera rara, no es amor exactamente, es otra cosa, como cuando dice *no te vayas, dolor, última forma de amar*, parece una balada de Bon Jovi, es bonito, mañana buscaré una habitación cualquiera, un trabajo, la ciudad es enorme, no puede ser tan difícil.

No era una niña de Medellín ni una jovencita de la favela Cruzeiro que trocaba su ombligo por sobrecitos de crack, pero le cayó encima una vida perra, solitaria, abandonada de la fortuna y el afecto que otros consiguen con menos daño. En aquella estación, Julia no se sentía *sola*, se sentía *vulgar*, qué importa si en un banco o en el colchón de casa si todo es lo mismo, si Julia sólo tiene a Julia, linda con sonrisa de chica rara que medita sobre el futuro y dice el futuro es alquilar una habitación, no necesito más futuro por el momento, le dijeron bueno, tu cuarto es el pequeño, en qué facultad dijiste que.

Cuadro de ansiedad. De madrugada, los ojos abiertos de Marco barren la habitación como reflectores antiaéreos hasta que el despertador de las 07.10 zarandea a Julia. Marco finge que duerme, escucha cada pequeño sonido a través del pladur, y por eso sabe que se unta mascarilla de yoyoba (tan temprano y a mitad de semana), se demora en el depilado de las cejas, se afeita las axilas, se frota con jabón íntimo, orina dos veces (nerviosismo), utiliza hilo dental sin haber desayunado, tarda cuarenta minutos en salir del baño y no tiene tiempo para calentar café ni besar a Marco como se besa a un niño dormido, gruñe al estirar sus botas de caña alta, se maquilla frente al espejo del pasillo, busca con prisa las llaves, sale despavorida sabiendo que llegará tarde como nunca.

Si la sensación de derrota y el estado depresivo no lo hubieran desactivado, Marco se habría dado cuenta de que tantas precauciones higiénicas eran impropias de un día de trabajo; pero el pobre de Marco se encuentra muy lejos de alcanzar ninguna forma de sospecha, la honra y la fidelidad de su mujer no se cuestionan dentro de su atribulada cabeza de recién desempleado, botas de caña alta.

La puerta se cierra, pasos ligeros en la escalera, Marco aguarda unos minutos para comprobar que no regresará de improviso por un olvido, puede imaginársela bajando a la carrera, abriendo el portal, trotando en la acera. Sólo después se atreve a languidecer hasta el baño, donde el tubo de mascarilla permanece abierto sobre el gres de la ducha.

Sin pensar en ella ni en la serie de causas y consecuencias que conducen de la yoyoba al gel lubricante, Marco se desmorona de autocompasión, incapaz de levantarse del retrete. El pijama es un lazo que atrapa sus tobillos, corzo abatido. Como en el cine, imagina un plano medio de sí mismo y se muere de dolor al verse tan acabado y fantoche, icono del Hombre Miseria, ideal repetido cada mañana en millones de cuartos de baño, como celditas de colmena: orín en el pocillo, olor a pelo sucio y a sábana, piernas boscosas, ingle inerte señalando el vacío, barba del tercer día. Que todos los ayuntamientos del país reserven partidas para erigir una reproducción de Marco Miseria, figuras templadas en bronce y emplastadas en el centro de las rotondas, cada mañana los conductores se reflejarán en ellas, todos los ayuntamientos deberían hacerlo como exorcismo.

Marco, qué lástima das. Y no porque seas feo ni flaco ni porque ninguna tragedia te haya hecho pedazos —te ocurrió lo mismo que a tantos, de dónde sacaste el melodrama—, no; lástima porque ya lames tus heridas y te alejas del mundo verosímil, lástima porque la pringue de tu lengua es repelente para insectos y sonrisas, Marco.

Pero despierta, no caigas tan pronto, estira el cordel del tendedero y atiende a los gorriones de Micromaquia que esperan su turno como en una consulta. En el salón, tan discreta, con el piloto prendido por cualquier emergencia, la televisión te aguarda y añora, bendita programación matutina dirigida a amas de casa, estudiantes que dejaron la secundaria, inmigrantes que necesitan un crédito y desempleados recientes, bendita sea.

Convocado por esa llamada, Marco logra ponerse en pie, atarse el pantalón y pulsar el aro de la cisterna. Frente al televisor encuentra los estímulos necesarios para sobrevivir.

Blanco plató, verde moqueta, butacas grises, azul degradado en el forillo. El encuadre concentra el ojo en la conversación reposada de dos mujeres. A la izquierda, la presentadora madura e intensa, también jovial y de pierna estilizada por una sandalia romana. A la derecha, la terapeuta de traje-pantalón, blusa evangélica y zapatos con cierre de pulsera, erótico contraste. No, en realidad no hay ningún contraste erótico frente a nada: todo es erotismo, cada pulgada y píxel, el debilitado escote de la presentadora —pecas que ya son manchas de la edad, un pliegue que habla de estrías en la base de los senos—, el cuello nudoso de la terapeuta que indica la tensión de los trapecios musculados para compensar la pérdida de prolactina, después de la lactancia el pecho se ablanda como un globo de cumpleaños y sin embargo la blusa evangélica sugiere dedos entre los botones, tipismo de porno de oficina, realscandals.com, matureatwork.com.

La presentadora fue investida de prestigio con un magacín radiofónico, feroz en la crítica y sagaz en la pesquisa, siempre atenta a injusticias silenciadas, irónica con la incompetencia de las clases dirigentes y tan divertida cuando aliviaba el peso de la escaleta con cualquier frivolidad, los diez mejores pinchos de tortilla de Donosti, tendencias de ropa interior masculina, carabineros al gratén en Cabo de Gata, sexo sado que no duele pero pica. Recibió la llamada de una productora que le propuso cambiar la onda noble e invisible de la radio (ruinmente pagada) por la gloria del hercio televisivo, el Infinito Hercio, Misericordioso e Inmaculado Hercio, Dador de Paz y de transacciones bancarias espléndidas.

No obstante, la presentadora dudó.

Dudó entre mantener su nombradía de líder de opinión severísima o bien exponerse al foco diario sobre las mejillas espolvoreadas.

Dudó entre permanecer intacta, fortalecer su discurso moral, servir de ejemplo en las facultades o bien metamorfosearse en figura de cera perfumada.

Dudó entre «Señor Presidente, se lo preguntaré una vez más: ¿de verdad pretende hacerme creer que *usted* fue el último en enterarse?» o bien «¿qué sentiste cuando tus propios compañeros te expulsaron de la isla?».

Dudó un par de horas.

Pasado ese tiempo, levantó el teléfono y devolvió la llamada.

No tendría por qué enfangarse, probaría durante una o dos temporadas, lo suficiente para pagar el préstamo de aquella casa costera de jardín diminuto y ni siquiera amarre propio pero tan casita de sus sueños cuando era una chiquilla y dibujaba tonterías en el cuaderno de cálculo, no había manera de concentrarse con las ecuaciones, en cambio escribía unos cuentos hermosísimos, lo suyo siempre fueron las letras, puso la cruz en Periodismo sin pensarlo, tenía una bonita voz, la primera vez que entró en el estudio y leyó aquella nota breve e insípida se dio cuenta de que había nacido para eso, los técnicos y los reporteros levantaron la vista de sus pantallas y babearon, lluvias en el centro y norte peninsular, se convenció de que no había nada malo en sentir un poco de avaricia.

Secuencia posterior: sección de cultura, contrato en firme, meses de producción sin decir una palabra en antena y al fin un espacio propio. Cuando le propusieron el programa nocturno dijo uah, se abrazó al directivo con un desparpajo tan juvenil y disparatado que carecía de ningún impulso sexual, el directivo ni siquiera se excitó, fue como si abrazara un árbol o un pararrayos, a pesar de que no hay nada tan caliente como una locutora jovencita.

De aquello habían pasado veinte años, tres presidentes de gobierno hostigados, un divorcio, una orden de alejamiento, nueve mudanzas, dos libros escritos a medias, una prueba rutinaria, un diagnóstico pesimista, dos cirugías, un legrado, cero ovarios, cero hijos, cuarenta y tres años, dos piernas que terminan en ángulo vacío: verdadera máquina de follar sin objeto exprimiendo las bolas de decenas de amantes no siempre menores que ella.

La duelista de la derecha estiraba la punta de los zapatos cada vez que intervenía, basculando sobre el filo de la butaca como los estudiantes que no pueden esperar el turno para responder a la pregunta lanzada por el profesor. Durante toda su vida no había hecho otra cosa que exhibirse de un modo u otro: en clase, en las prácticas clínicas, en las oposiciones que ganó tan fácilmente, en el dormitorio junto a su marido delante del espejo, en la asamblea escolar con preguntas comprometedoras contra la joven tutora de su hijo, en la placa de latón orlado que decía Dra. Orcha del Valle — Estados Depresivos — Dipsomanía — Trastornos de la Personalidad.

Como una atleta entrenada en un centro de alto rendimiento, la terapeuta había acumulado logros y blasones suficientes para sentirse tan satisfecha de sí que bastaría con mantener abierta la consulta y publicar cada dos o tres meses un artículo revelador. Sin embargo, habituada a la alabanza y al embeleso, ni las ponencias académicas ni la excitación provocada entre sus colegas ni la prosperidad económica le servían de estímulo, y por eso aceptó la invitación de la productora, que le ofreció coche oficial, servicio de peluquería y vestuario, pequeño estipendio pero notoriedad incalculable, piense en la promoción, doctora, más de un millón de clientes potenciales.

El infortunio quiso que el primer programa coincidiera con una discusión doméstica definitiva: después de algunos meses de hostilidades, su marido cogió una copia de la escritura, algo de ropa y las llaves de la moto GP, y se largó diciendo estás como una puta cabra, no hay quien te aguante.

Las cápsulas no lograron calmar su ansiedad, sobre el respaldo de la silla colgaba el traje-pantalón y la blusa evangélica, en el suelo se alineaban como en Nochebuena los zapatos con cierre de pulsera mientras la terapeuta se deshacía de rencor y humillación, primer sentimiento honesto que albergaba en cuánto tiempo, se estremecía, tiritaba pensando en sus manuales, en sus artículos, en los argumentos que mañana expondría en el plató, diez consejos para escapar de la depresión, la noche se hizo tan larga, los niños dormían en sus camitas antes del portazo, a la mañana siguiente la tata los llevaría al cole, por la tarde se sentarían en la sala y preguntarían como hombrecitos dónde está papá.

Al amanecer se sorprendió de verse guapa en el baño, como si el llanto hubiera hidratado su rostro y el insomnio lo hubiera estirado, no hay quien pueda contigo, dijo, y se besó en el espejo. Después sentiría el frío del cristal en los labios cuando la grabación estaba a punto de comenzar y no conseguía borrar de su mente los portamaletas repletos de la moto, tal vez aparcada en un apartotel de cuatro llaves, quién duerme a su lado, en la habitación huele a vodka de minibar y a sexo de madrugada, el sexo es tan distinto de madrugada, cuántos años que no lo hace después de las doce, joder si ahora me sentiré menor y dependiente por su culpa.

Ese aire de institutriz la convirtió en una estrella emergente de las páginas de capturas de vídeo. Ninguno de sus perseguidores pasó por alto el corchete que cerraba sus zapatos, los internautas elevaron plegarias a los dioses para que la cadena le hiciera un contrato duradero y un plano lento desde el tobillo hasta el cuello de la blusa.

Derrumbado sobre el sofá, apenas seis días después del colapso de su propia vida y de Lehman Brothers, Marco fue testigo del duelo erótico entre presentadora y terapeuta sin saber nada del subtexto que gorjeaba debajo de aquellas lenguas sonrosaditas. Todos admiraban la refrescante dicción de la presentadora, la terapeuta estaba acostumbrada a hablar despacio para que los bultos que moquean en la silla se convenzan de que deben seguir acudiendo semanalmente a la consulta, las dos eran un prodigio de entonación y asertividad, el combate dialéctico hipnotizaba a Marco, que escuchó la breve semblanza de la reputada doctora especialista en blablá, se dejó cautivar por su temblorosa voz diciendo depresión, cuadro de ansiedad, causas múltiples, factores ambientales e incluso genéticos, algunos consejos para superar los primeros estadios antes de la caída, cuide la higiene y su aspecto personal, siga una rutina íntima, cocine nuevas recetas, haga un poco de ejercicio, busque un empleo, sonría, mucha autoestima y nada, nada de autocompasión, como despedida unos versos de Rubén Darío *la virtud está en ser tranquilo y fuerte, con el fuego interior todo se abrasa*, consiguió terminar tal y como había planeado para que los versos quedaran colgando hasta la próxima semana, había acumulado una bonita colección de poemas reconstituyentes que, además de servir de rompecabezas para la audiencia, la condecorarían con la tiara de su altísimo bagaje cultural, no se le escapó el gesto de sorpresa de la presentadora cuando dijo Rubén Darío, el nombre del poeta sonó tan fuera de lugar dentro de aquel plató, nadie pudo darse cuenta de que la terapeuta apretaba los dedos dentro de sus zapatos y se conjuraba para resistir hasta la publicidad y no salir corriendo al baño, donde a falta de cocaína masticaría nuevos ansiolíticos, qué hijo de puta hacerme esto a mí, se derrumbó sobre el lavabo sin remedio ni cura porque los psiquiatras nunca van al psicólogo.

Marco, niño bueno y obediente, aplicó el método enseguida. Se metió en la ducha. Se enjabonó dos veces. Salió de la ducha. Se secó cuidadosamente cada pliegue. Se perfumó. Se vistió con ropa limpia y planchada. Bajó a comprar el pan. Hizo café. Desayunó con la ventana abierta. Recogió la casa. Encendió el ordenador. Buscó ofertas de empleo. Pausa. Fin del método. Eran las once y veinte y ya no tenía nada que hacer. Puso la televisión. Orfandad. Tiempo extensible.

Marco rebulle, barre la habitación con los ojos como si de nuevo fuera de noche, mira el reloj, piensa en las horas que faltan hasta que Julia regrese.

Entonces suena el teléfono.

Y no es Martita diciéndole ¿estás mejor?

Ni el joven director, arrepentido y mortificado, vuelve con nosotros, muchacho.

Ni siquiera mamá ni la terapeuta, sus mejillas se posarían sobre la blusa blanca como alas heridas.

No.

Es Julia.

Julia, que dice que no vendrá a comer, que mucho trabajo, que cierre de trimestre y papeles para la gestoría, hay sobras de anoche en la nevera, da un paseo, no te quedes en casa.

No te quedes en casa.

Y Marco obedece, no se queda.

Porque si lo hiciera, el techo, los tabiques, la mampara del baño, todo se derrumbaría y lo sepultaría bajo una escombrera de desolación.

Marco carece de sentido de la mesura, no es capaz de analizar la causa de su ansiedad con valores objetivos, le sirven de muy poco los consejos de la terapeuta, pero quisiera que ella le permitiera extender un saco de dormir sobre la moqueta de su gabinete y acampar allí durante algún tiempo para sentirse abrigado y protegido por su sabiduría y su templanza, prometería no interferir en las sesiones de los demás pacientes, observaría cada cosa en silencio, si le dieran permiso dibujaría en un bloc.

Nada de eso sucede; la realidad es que la terapeuta sólo interviene una vez por semana, lo que significa un lapso de tiempo geológico hasta el siguiente encuentro, diez mil minutos de ansiedad sin el consuelo de la blusa evangélica, Dra. Orcha del Valle, Marco teclea su nombre, anota su teléfono, se pregunta cuánto tardarán en darle una cita.

Neurodepresor. A escondidas, Gina acudió a nuevos pediatras que respondieron del mismo modo, a su hija no le pasa nada, váyase a casa y juegue con ella.

Puso a Molly sobre el tapiz sensorial, intentó que apretara el patito sin resultado, coge el patito, Molly, probó todas las técnicas de estimulación que había leído en los libros, cógelo, mi amor, suspiró desesperada, ¡cógelo!, se sentó en el sofá, encendió el ordenador, buscó *trastornos desarrollo infantil*, encontró un estudio que aseguraba que el ácido cianocóbico, componente habitual de algunas marcas de leche materna, puede provocar déficit de atención, dificultades cognitivas, retraso mental, está demostrado que actúa como neurodepresor en ciertos organismos vulnerables.

Gina corre a la cocina, regresa con un bote de leche en polvo, lee la etiqueta, encuentra el tabú *cianocóbico* entre los ingredientes, yo tenía razón, mi pobre Molly, qué bastardos, en un enlace lee «El cianocóbico, prohibido en Suecia y Noruega», y ya se imagina a sí misma pleiteando contra feroces multinacionales como Erin Brockovich. Con la ayuda de un grupo de madres de la liga de apoyo a la lactancia, podría presentar una iniciativa en el Congreso, pero habría que encargar un estudio riguroso e independiente, cómo reunir tanto dinero, si le escribiera una carta al tiburón Soros, por qué no, dijo mi fortuna dedicada a defender nobles ideales, Estimado Señor Soros, tal vez se acuerde de mí, hace unos días discutimos en el Comité de Reforma sobre su participación en los acontecimientos que provocaron el estallido de la crisis financiera, ahora no le escribo por ese motivo, dejemos a un lado la disputa y permítame explicarle un caso que quizá se ajuste a lo que usted llamó *nobles ideales*, señor Soros, sospecho que la industria farmacéutica ha introducido en los preparados de leche de continuación un componente extremadamente nocivo para los bebés, tengo una hija de nueve meses, se llama Molly y he percibido ciertos problemas en su desarrollo que los pediatras no logran detectar, temo que pueda haber sido víctima de esa toxina, señor Soros, escribo esta carta desde la angustia de una madre compungida, pero también con la esperanza de que usted entienda mi situación y se compadezca.

Antes de que Gina terminara el párrafo, la pequeña Molly logró asfixiar al patito entre sus dedos, cuac, apoyó los codos en el tapiz y sonrió satisfecha buscando la complicidad de mami. Absorta en el procesador de textos, Gina no se dio cuenta de la hazaña, CTRL-S.

Una estrella de la televisión. Aquel productor tenía razón: la gloria televisiva sería una extraordinaria oportunidad de negocio, los pacientes formarían colas en el rellano, crecería la inquietud, aguardarían su llegada como la aparición de una estrella de cine; y ella, como una estrella de cine, aparcaría en el garaje su berlina e, invisible y despreciando el clamor de sus seguidores, subiría en el ascensor hasta el apartamento habilitado como gabinete, aparecería mágicamente detrás de la puerta de cristal al ácido, ya sin necesidad de la impostura de la bata blanca que solía llevar al principio para arrogarse cierta distancia y protección, no hacía falta, ella era la guapa doctora de la tele, todos la conocían, todos estaban dispuestos a depositar su sueldo o su subsidio en la caja de lata que custodiaba la enfermera, una cajita de caudales igual que aquellas que los niños reciben como regalo de primera comunión, con su llave y su candado, humilde y desprotegida junto a un terminal de Visa Electron. No, ya no hacía falta la bata blanca, nunca fue necesario, no se trataba de abrirle el cráneo a nadie con un escalpelo y que la sangre rociara sus solapas, ojalá fuera así de fácil, ojalá toda la psiquiatría consistiera en eso, ojalá fuera tan sencillo como la cirugía cardiovascular, una obstrucción, una incisión, un drenaje, algunas semanas de reposo y listo. La psiquiatría es un universo ignoto, lo dicen los manuales de medicina y las novelas del XIX; los psiquiatras son médicos igual que son chamanes o echadores de cartas, exploradores del gran enigma de la mente humana, batiscafos en las llanuras abisales donde habitan criaturas monstruosas que sólo alguna vez nadan a la superficie y aparecen varadas en un muelle, el calamar prehistórico que se exhibe en el Museo de Historia Natural, 79th St., la terapeuta tenía menos de treinta años y caminaba de la mano de su marido, recién casados, ni siquiera parecían europeos, ella tan bonita y tan ingenua como una chica americana que pide martini y ensalada de langosta, él con su simplicidad geométrica en busca de todos los escaparates con promociones de ropa de marca y gadgets impensables en el viejo país, la boda había sido tan fútil y pretenciosa como debía, con muchos invitados envidiosos y con la delicadeza de evitar la charanga y el baile, se fueron a Nueva York de luna de miel para amarse en un cuarto del Astoria que cada noche costaba lo mismo que doce consultas suyas, descubrieron que no se folla mejor en el Astoria que en una pensión de Fuencarral, en el baño había un baldosín suelto y un resto de óxido en uno de los agarres, resultaba tan deprimente ese resto de óxido, el olor del desinfectante le transmitió el recuerdo del asilo de ancianos donde de pequeña visitó a su abuela, el Astoria es un geriátrico, pensó, la terapeuta daba vueltas alrededor de la enorme sala donde el calamar abraza a la ballena, leía el texto de una consola y teorizaba en silencio acerca de la psiquiatría como un mundo submarino mientras su marido, flamante dentro del cortavientos Northface, observaba a una pequeña corte de estudiantes de secundaria, como un rebaño, detrás de su profesor Hamelín.

Y aun así Marco se atrevió a llamar y pedir cita, lo lamento, todo está completo hasta dentro de dos meses, señor, la doctora no admite nuevos pacientes para la terapia, no se trata de ninguna terapia, dijo Marco, sólo quiero preguntarle una cosa, tal vez con media hora sea suficiente, si pudiera hablar con ella aunque fuera por teléfono, la doctora no atiende el teléfono, señor, una consulta muy breve, de verdad, déjeme que vea la agenda, la semana próxima, el viernes a las diez de la mañana quizá pueda hacerle un hueco, pero no más de veinte minutos, a las diez es perfecto, veinte minutos es perfecto, la tarifa sería la misma que la de una sesión convencional, no importa, el viernes a las diez entonces, no se retrase.

Marco no le dijo nada a Julia, mitad por la vergüenza que provoca sentirse tan flaco y tan necesitado, y mitad porque lo consideraba una especie de aventura, romance brevísimo y repentino, veinte minutos con una estrella de la televisión. Marco había perdido a Cloe, había perdido su trabajo y perdería a Julia; la televisión, sin embargo, permanecía tan fiel como el mono Amedio, quietecita en su sitio esperando la caricia del mando a distancia.

De los Apeninos a los Andes. Muchas veces sufrió el pequeño Marco la broma del mono Amedio, la reposición era continua, llegó a detestar esa sonrisa entusiasta, ese lagrimeo hiperbólico, la sintonía cantada con voz infantil, *en un pueblo italiano vive nuestro amigo Marco*, no había un chaval en el patio que no viera la serie, *en una humilde morada*, aunque después de tanta copia ya había perdido su dramatismo original, resultaba cómica, *se levanta muy temprano para ayudar a su madre*, los chistes y las chirigotas eran frecuentes, *pero un día la tristeza llegó a su corazón*, Marco habría preferido llamarse de cualquier otra forma, *mamá tiene que partir a otro lugar, a otro país*, Chicho Sibilio, Julio Iglesias, Hugo Sánchez, *no te vayas mamá*, incluso Miguel Bosé, llamarse Marco era como llamarse Espinete o Caponata, *no te alejes de mí*, aún circulaban chicles, camisetas, llaveros con la efigie del niño estúpido, la cara tan redonda y el flequillo delicuescente, *no te vayas mamá*, en el patio los más pequeños cambiaban estampas, no había nada tan lúgubre como un cubito de playa con el rostro de Marco despintado, *pensaré mucho en ti*, sentía una profunda angustia cada vez que escuchaba la canción, miraba a Cloe y se imaginaba lejos de ella, sin nadie más en el mundo, Cloe marchándose a otro lugar, a otro país, Marco abandonado en una estación de tren decorada con el artificio de principios de siglo, la serie era insoportable, Marco corría a su habitación y se encerraba a dibujar, le habría dado tanta vergüenza que mamá lo viera llorar delante de la televisión, no te alejes de mí, Marco en tránsito de los Apeninos a los Andes, los únicos accidentes geográficos que conocían todos los niños de la clase.

Comida de domingo. La fuga de los Apeninos ocurrió durante una comida de domingo, Cloe dijo por qué no venís y Marco aceptó, no tuvo otra. Cloe cocinó canelones, Marco trajo pastelitos, Julia se disculpó, no me dio tiempo a preparar nada, no importa, hija. Cloe apreciaba a Julia por dos motivos: por cargar con su hijo y porque había muchas similitudes entre las dos. En realidad, Cloe pensaba que Julia había heredado a Marco, Julia era Cloe con el vigor de veinte años, ya treinta. Huir de casa, la familia-clan, aprender a estar sola, supervivencia, etcétera.

La cocina estaba llena de tiestos, Marco no movió un dedo porque se acostumbró a vivir en aquella cacharrería de mugre, Julia se ofreció a fregar, Cloe dijo quita, ya está casi mientras removía la bechamel, los canelones eran el único plato que sabía cocinar de veras, el resto no más que guiso aguado, pasta alimenticia sin ninguna gracia.

En el televisor atronaban las noticias a un volumen tres veces mayor del necesario, el gobernador del Banco de España advierte de los riesgos que conlleva la burbuja inmobiliaria para la economía de un país tan dependiente del sector de la construcción, Cloe vio el campo abierto y comenzó el combate, largó terribles invectivas contra la falsa prosperidad, el engaño consentido, la avaricia, un discurso habitual que Marco solía masticar con desgana.

Cloe sacudía indiscriminadamente como Van Damme en una melé, cada dardo iba dirigido no sólo contra el gobernador y contra la Reserva Federal, sino también contra el propio Marco, los diseños y simulaciones de su hijo chorreaban de culpabilidad, nunca le perdonaría que tanto talento y tantas horas dedicadas a ejercitar su destreza acabaran enriqueciendo la plusvalía de un promotor inmobiliario.

Marco carecía de idea y sensibilidad social, sentía cierta aversión hacia el hombre rico y poderoso, la fortuna conseguida sin esfuerzo, el abuso y la explotación, pero no movería un dedo ni arrugaría las cejas contra eso. El Mal no era un balance de cuentas ni un expediente de regulación de empleo, el Mal tenía rostro de villano de cómic. En el universo Marvel los ricos se alineaban en dos bandos, el Doctor Octopus y el Duende Verde frente a Tony Stark y Ojo de Halcón, cada cual en su villa de lujuria tecnológica, los soviets y las cooperativas quedaban muy lejos, tres mil voltios de corriente eléctrica centelleaban en la alambrada.

Cloe sirvió los canelones sin dejar de ensartar el telediario con réplicas e insultos, en el plato se espesaba la salsa de bajadas salariales, renta de las personas físicas, índice interanual y otras harturas. La tormenta no arreció durante la ensalada. Llegaron al postre, Marco abrió la bandeja de pasteles, Cloe trincó un palo de nata y lo agitó con cólera diciendo la misma estafa de siempre, parecemos idiotas, nos creímos que.

Y entonces sucedió.

Sucedió que Marco, apenas en un susurro, dijo no pasa nada por querer ganar un poco de dinero.

Cloe se detuvo. Era la primera vez que su hijo montaba una frase ligeramente parecida a un punto de vista.

Quiero decir, continuó Marco, que todo funciona de ese modo, alguien pone algo a la venta, alguien lo compra si le gusta y si puede pagarlo. Una casa, por ejemplo.

Cloe sostenía el palo de nata ya mordido, en el labio una uve de merengue. Nunca había escuchado un pronunciamiento así por su parte, prototipo del chaval desentendido, sin criterio ni ganas de formarse uno; sólo sus dibujos lo alejaban de la turba de coches rampantes, tatuajes, tabla de abdominales en el gimnasio.

Dinero con el que comprar cosas sencillas como estos pastelitos.

Qué dices, Marco, de qué hablas.

Digo que todo el mundo sueña con una casa en la playa, por qué sólo los ricos pueden tenerla. Los bancos quieren prestar dinero y cada cual se gasta su sueldo como considera. No es un complot de nadie contra nadie, son casas vacías y gente que quiere casas, en eso consiste la democracia.

La réplica de Cloe fue un estallido, qué hay de malo, te diré lo que hay de malo, y con la uve en el labio largó una embestida contra muchos enemigos, como el fusilero del Rif que carga el máuser, vuelca la recámara y vuelve a disparar, ¿democracia, Marco? ¿Democracia?

Y cuál es el modelo, dijo Marco enseguida, ¿la comuna?, ¿nadie tiene nada propio y todo es de todos? Siberia, campos de reeducación, treinta millones de muertos.

A Marco le había crecido en la tripa un comentarista radiofónico, no era posible que repentinamente germinaran tales ideas dentro su cabeza, cuándo se ejecutó la siembra y el implante, de dónde provenía el argumento.

Cloe mordió el último pedazo y dijo a ti sí que te reeducaron bien, siberiano, no te reconozco.

Soy yo, soy el mismo.

No, a mi hijo Marco le gustaba dibujar y a ti te gusta ganar dinero.

Julia observó el boxing sin decir nada, conocía bien la aspereza de Cloe, tan erizo y verdugo con el contrario, le producía ternura su capacidad de resistencia. Cuando después de alguna escena destructiva volvían a casa, Julia solía decir tu madre en el fondo tiene razón, Marco más silencioso que de costumbre, sabiendo que Cloe no le perdonaría que se hubiera integrado tan cómodamente en el ejército enemigo. Pero siempre encajaba la tunda, amortiguaba los golpes con afecto filial, sonreía y decía mi madre loca encabronada con el mundo, terrible profesora, sus alumnos la odian, a ver si se jubila, mucha mala hostia en un cuerpín tan flaco que sólo se alimenta de palos de nata y pan de molde, ¿viste la cocina?, está así desde no sé cuándo, y la mesa de la sala llena de platos sucios, había una lata de salchichas sobre una pila de exámenes, ¿la viste?, mi madre loca, todos los exámenes estaban suspensos, rojo y mayúscula NO TIENES NI IDEA, NO APROBARÁS CON ESTA LETRA, mi madre muy loca, ni te imaginas vivir con ella, desnutrición de niño del Perú si no fuera por la vecina. Julia se acostumbró a aquellas galernas que rompían con furia y terminaban en beso, hasta luego, como si nada grave hubiera pasado.

Esta vez era distinto, Marco se había revuelto en el ring con un uppercut de derechas. Julia se contuvo para no reírse porque la cosa era seria, casi se sentía orgullosa de Marquito en rebelión contra mamá dominantona.

Dijo no, no me hicieron socio, pero me pagan bien, aunque te parezca imposible las cosas no son siempre como tú las ves. Piensa en este país hace quince, veinte años y mira ahora, cambiaron las ciudades, los coches, las casas, y todo funciona, no es un error de los demás, es una rabieta tuya, nadie te hace caso porque lo que dices no tiene ningún sentido.

Acostumbrada a imponer obediencia y asentimiento o bien a largar al disidente de la clase, Cloe no supo cómo rehacerse del puñal de Bruto y tampoco supo contener la ira sans-culotte que hizo que lanzara por los aires la bandeja de pasteles, ya mediada y sin ningún palo de nata en la superficie, y dijera ¿sentido?, vete a disfrutar de esos jardines, de las parcelas de adosados, del riego por aspersión y la piscina comunitaria, ¿qué haces aquí perdiendo el tiempo con una vieja que no se entera de nada?, márchate con tu mujercita a tener hijos, ábreles una cuenta infantil en la caja de ahorros, paga tus impuestos, contribuye, vende tu casa dos veces más cara, participa de la felicidad de tu demo-demo-democracia, tartamudeó.

Marco ya no jugaba con ninguna idea que hiciera retorcerse a Cloe sino que sinceramente buscaba el hueco donde hacer daño, Cloe sintió asco y rabia, qué importa que sea mi hijo si es un imbécil colaboracionista.

Cerraron sus embajadas, se declararon enemigos verdaderos con bloqueo comercial y aislamiento, dejaron de verse y de hablarse durante mucho, mucho tiempo.

Marco no echó de menos a la vieja loca.

Cloe se sintió muy sola, pero no tanto como para mendigar una pizca de afecto.

Poco después enfermó, pidió la baja, comenzó a acudir en zapatillas al bar de hombres de la plaza y a beber también como un hombre, es decir, sin peinarse y con la ropa sucia. En la televisión sólo veía el canal de noticias, ejercicio de penitencia por sus pecados, qué madre desnaturalizada abandona a su hijo, se prefiere a sí misma y a sus ideas, renuncia a ver crecer a sus nietecitos por culpa de la expansión del capitalismo.

Eso ocurrió antes del colapso.

Merrill Lynch y Nothern Rock ya habían caído, pero Lehman aún no.

Marco tampoco.

La consulta. La consulta comenzaba a las diez, una hora tan meridional. Marco ocupaba el lugar del primer paciente, que avisó de que llegaría tarde por culpa de una firma ineludible. Casi todos eran hombres de negocios adictos a la cocaína y a la suavidad de las tapicerías de sus BMW, o mujeres brokers con zapatos Clarks, desarreglos menstruales y falta de plenitud, gente que podía pagar el bárbaro importe de cada sesión. Marco no podía pagarlo. Si Julia se enterase de que el pardillo-Marco se iba a gastar el subsidio mensual en veinte minutos de charla, se habría desmayado aferrada a la cartilla de la cuenta corriente que compartían.

La sala de espera era funcional y refinada, revistas caras, ningún plasma, suelos de madera oscura, tamizadores de luz para que los pacientes se sientan confortados y hermosos como en un balneario. A las diez y cinco se abrió con un silbido una hoja de cristal como en los centros comerciales. La enfermera dijo su nombre, Marco traspasó la puerta como si entrara en un plató de televisión, faltaban los aplausos de ánimo, el uh de expectación en las gradas del público.

En el gabinete había un inmenso escritorio de madera restaurada, halógenos, ningún cuadro, un pequeño netbook, un cuaderno de notas, una mujer madura y bellísima. No divanes ni péndulos ni figuritas de arcos voltaicos, ni siquiera un título enmarcado, ningún diploma, ninguna estantería con enciclopedias, cero. Las paredes estaban curtidas de vinilo adhesivo, como el probador de una tienda de ropa.

La terapeuta sonrió con estudiado ejercicio de su profesión, siéntese, y extendió la mano en un gesto imprudente que haría que los feroces adictos al sexo y los fóbicos del contacto físico se sintieran intimidados, porque el dorso de la mano de la terapeuta era anguloso como el hueso de la cadera cuando se sostiene entre los dedos para hacer que la chica salte sobre ti, y la palma era tersa y ligeramente húmeda como el interior de una vagina que ni siquiera en estado de reposo necesita lubricante, bien, qué le ocurre, me duele aquí, debería decir Marco, definiendo con claridad su trauma, me falta esto, siento cierta debilidad en tal cosa, debería decir.

Pero el problema, el gran trauma y problema inmenso consistía en que Marco no tenía ni idea de lo que le ocurría, a excepción de
no sé qué hacer por las mañanas
Julia es tan eficiente y ordenada y atroz en su perfección
dónde esconderme
de quién escapar
no hay sitio, no hay la esquina de un mueble contra la que percutir mi cabeza hasta que la frente estalle y brote un hilo de sangre que destile la mierda y la pérdida. Una banalidad.

La vi a usted en televisión el otro día, dijo. Seguí sus consejos.

¿Y funcionó?, preguntó ella.

No funcionó. ¿Qué debo hacer ahora?

¿Qué debe hacer para conseguir qué?

Las manos me duelen. Los dedos.

Señor, no puedo ayudarle si no me explica qué le pasa.

¿No debería *ayudarme* a saberlo?

¿En veinte minutos?

En veinte minutos.

Bien, yo le ayudo. Comencemos: ¿qué le pasa?

No lo sé.

¿Alguna adicción?

No.

¿Muerte de un familiar?

No.

¿Accidente, enfermedad?

No.

¿Familia, divorcio, hijos pequeños?

No.

¿Trabajo, ansiedad, estrés?

No tengo trabajo. Ya no.

Entonces es eso.

¿Eso?

Encuentre un trabajo. En una sociedad utilitarista ningún buen chico puede ser feliz sin trabajar. Usted tiene cara de buen chico. Encuentre un empleo, aunque no sea el trabajo de sus sueños. Consagre su actividad diaria a la consecución de un objetivo, analice los medios necesarios para alcanzarlo, divida el proceso en diferentes etapas, otórguese tiempos de descanso y disfrute, lleve una vida saludable alejada del alcohol y las drogas.

¿Eso es todo?

Eso es todo en veinte minutos. Pídale cita a la enfermera. Tiene que cumplimentar un cuestionario. No olvide anotar qué tipo de medicación toma actualmente, si consume drogas, si...

No consumo drogas, ya se lo he dicho.

Bien.

Y no puedo pagar la terapia, sólo me alcanza para esto.

Ah. La Seguridad Social tiene un servicio de... En cualquier ambulatorio le informarán. Y ahora, si me disculpa...

Es usted mucho más guapa que en la televisión.

Gracias.

No debería haberlo dicho, ¿verdad?

No, no. Sí. Ahora márchese.

Lo siento.

Márchese.

Aguantar las papanatadas de enfermos mentales formaba parte de su oficio, cobraba por ello; soportar chiflados, demasiado; soportar chiflados teleadictos que quieren pellizcarle el culo para ver si es real, *muy* demasiado. Tenía que haberlo pensado antes, la televisión es el circo, los tipos que ven esos programas matinales son residuos sociales, nadie equilibrado y limpio enciende la televisión por la mañana, nadie *normal* se desactiva al mediodía delante de una pantalla, tengas un trabajo o no lo tengas hay tantas cosas que hacer a esa hora, no quiero tarados que busquen mi nombre en internet y me persigan y cuelguen sus calzoncillos en el pomo de mi puerta, este imbécil muerto de hambre quiere que le arregle la vida en veinte minutos, le pregunté ¿en veinte minutos?, me contestó en veinte minutos, tan capullo y tan asertivo como en una peli de gángsters, tengo que recordarle a Elo que apunte su nombre con dos asteriscos para que cuando vuelva a llamar (lo hará) le diga que no hay hueco hasta el 2023, le salió cara la erección, espero que no lo haya grabado todo con uno de esos teléfonos o una minicámara en el ojal o cualquiera sabe qué mierda inventaron ahora los pornógrafos, mañana me pongo un jersey anchito de cuello de cisne, el azul con la chaqueta gris que imita a Valentino.

Dos fotografías de Kerouac. Después de su intervención en el Congreso, George Soros quiso pasar unos días en Nueva York antes de volver a la cabaña del río Nung. Tomó un vuelo interno, evitó el apartamento de Park Avenue y se hospedó en un hotel de dos plantas que eligió a través de Google Earth, seducido por el damero que le ofrecía la vista aérea del Alphabet desde el satélite. No le importaron la suciedad de la moqueta ni la aspereza de las toallas. Abrió la ventana, la habitación daba a la calle, justo enfrente se anunciaba un restaurante húngaro, tuvo que contener las lágrimas para no abrazarse a las cortinas pringosas. Bajó las escaleras entusiasmado, saludó en esperanto como cuando era niño, se sentó muy cerca de la cocina y pidió halászlé y gulash, los camareros eran mexicanos.

Caminó por East Village con una sonrisa, compró libros de segunda mano, dos fotografías de Kerouac y algunas manzanas rojas de Blancanieves. Al atardecer se sentó en un parque donde unos niños jugaban al baloncesto. Recordó su infancia en Budapest, el despacho de su padre, el diccionario de esperanto, los señores de traje que venían a casa a tomar el té y se marchaban de madrugada, los gritos, las discusiones, las carcajadas desde su dormitorio, guerra y miedo, habitaciones saqueadas, el terror que provocaba decir ejército soviético, nueva autoridad militar, ciudad liberada, salvoconducto y puente de escapatoria entre Ginebra y Londres, no volver nunca más, no pensar en volver, graduación con honores, primera teoría económica auspiciada por Karl Popper y largo viaje en barco (muchas maletas, muchos cuadernos) hasta la bahía de Manhattan, donde se sometería al mismo control de aduanas que los demás extranjeros, aunque a ellos les aguardara la peregrinación de escaleras de piedra y pila de fregar mientras él ya saludaba a un pasante enviado por el despacho de Mayer & Wertheim, bienvenido a América, señor Soros.

Mordió una de las manzanas, anochecía, los niños castigaban al más pequeño lanzándole el balón como un proyectil, se resistió a correr y abrazarlo, era verano, brillaron luciérnagas como en un cuento de los hermanos Grimm, las mismas luciérnagas que le fascinaron la vez aquella al salir de la oficina, tan tarde, no había cumplido treinta años y ni siquiera tenía la nacionalidad estadounidense pero en una cuenta a su nombre se amontaba el resultado de las primeras tiradas de dados, las luciérnagas eran botones de oro en la librea del ascensorista.

El parque cerraba a las diez, volvió al hotel, leyó hasta que se quedó dormido, apenas tuvo sueños, despertó muy descansado, quiso visitar algún museo, comió empanada argentina en un pequeño local. Los camareros también eran mexicanos.

Al día siguiente tomó un taxi hasta el aeropuerto y se despidió de la ciudad a través de los cristales sucios. Echaba de menos el zumbido de los zancudos, el torrente verde del bosque, el asma que le provocaba la humedad de la jungla.

Nunca llegó a su destino la carta de la congresista Gina Monk. Desamparada, Gina busca en la farmacia un preparado libre del ingrediente maligno, se resiste a reconocer que Molly ya grita, palmea y aúlla como un bebé-mono normal, Gina ha perdido el sentido de la realidad, Mark encuentra un empleo, se marcha con Molly a casa de los abuelos, no permitiré que le hagas daño, Mark presenta en el juzgado una demanda de divorcio, el juez le otorga la custodia después de un informe pericial que establece la incapacidad de Gina, Mark recibe una llamada del partido, hace meses que Gina descuida sus deberes en la cámara, demasiadas ausencias injustificadas, se retrasó en la presentación del informe sobre el tratamiento de aguas residuales, no asistió a la despedida de Harold, qué le ocurre, Mark cuenta todo lo que sabe, es la última paletada sobre la tumba de Gina.

Vagabundo. Con táctica de arteriosclerosis, las paredes oprimen y se estrechan sobre Marco, sin terapia ni protección. Cálculo aproximado de

horas restantes
para que Julia regrese en su auxilio;
días para que la blusa evangélica
se materialice de nuevo,
instrucciones, recetas
y zapatos de broche;
siglos, décadas, eones
para que vuelva a su rostro
un gesto distinto de la compasión,
el conformismo,
variable indefinida.

Aturdido, Marco entiende que si se queda en casa habrá
esclavitud de tiempo elástico,
yugo de aburrimiento,
nadaquehacer en el cuello,
reducción del espacio como
pleura que anega
los pulmones.

Y siguiendo un débil principio de supervivencia, se marcha.

Se marcha y camina sin objeto, toma una avenida, cruza un paso a nivel, esquiva un nudo de rotondas, deambula como mariscal de campo entre los pabellones donde se acantonan las legiones perseguidas, el enemigo tomó el puente, sólo queda el recurso de huir hacia el bosque o bien batirse en campo abierto, ninguna posibilidad de victoria: recuerda los sobres de soldaditos que compraba en el kiosco, las piezas se unían a una guía de plástico como vértebras, batallas crueles dispuestas sobre la mesa plegable de la terraza, las Ardenas, el paso del Rin, Indochina, Pompeyo y Escipión.

Entretenido con recuerdos infantiles, Marco deja que sus zapatos lo conduzcan por accidente hasta el lejanísimo barrio donde vivió de chico y del que Cloe, tan testaruda, se resiste a mudarse a pesar de los bidones ardiendo en invierno como en una película yanqui y de los machos de manada que en verano se pasean sin camisa igual que en Ipanema pero con mugre, panzas de zepelín y oros si cuarenta años, esqueletos y oros si veinte, tatuajes azules en ambos casos, ese folclore.

En medio del inframundo de la fealdad (dentaduras astilladas, desahucios, huidas inmediatas), Cloe y Marco parecían patricios de Belgravia visitando por compasión un campamento de refugiados. Era difícil hacer amigos en el bloque, todo redundaba en presidio y embarazo, y Cloe no se parecía en nada a aquellas adolescentes pintuquedas que estiraban el elástico con sus barrigas descomunales, pero quizá por eso se resistía a mudarse, cepa y raíz idénticas con otra pose, con otra cara. A veces, desde el patio de luces ascendían a gritos sus miserias. Marco y Cloe se sentaban en una banqueta a escuchar el nuevo episodio del serial como en otro tiempo frente a una radio de galena.

Creció nutriéndose de chabacanería e infortunio, y de los macarrones de la vecina benefactora y, en menor medida, de las lentejas aguadas de Cloe, pero también de sus besos y sus cuentos, los cuadernos, ceras y lápices Alpino, el color carne era el primero que se gastaba, el blanco permanecía intacto y afilado mientras los demás se reducían, para qué sirve el blanco, pintar en blanco sobre qué superficie distinta de un cuaderno, el blanco era estatua de mármol erigida en el foro y el resto sólo cuerpo, carne blanda que a cada trazo se descompone, la estatua subraya la volatilidad de los demás, llueve y ventea, terremotos agitan los edificios, invasiones derriban las puertas de los templos pero la estatua permanece cuando todos ya murieron comprimidos por el cono cortante del sacapuntas.

Se sentó en un poyete, cerca de la parada de autobús que lo llevaba al colegio. No necesitó ningún esfuerzo para reproducir el tedio de la espera y la lluvia sobre la techumbre de lata. En la marquesina se anunciaban caldos Knorr y cafeteras Krups, los pasajeros eran los mismos de entonces.

Esquivó las ventanas del salón y el ángulo de la terraza por si Cloe anduviera asomada y pudiera distinguirlo, qué hacías allí como un vagabundo, por qué no subiste a verme. Evitó también la farmacia, la tienda de conveniencia, el bar, a veces Cloe bajaba a media mañana, como un hombre, entraba sola, pedía un gorrión de vino, ya no asustaba a nadie con su cara de chiflada, aquellos vestidos que se arrojaba encima.

Cruzó los soportales corroídos. En el techo, dibujados con humo de mechero, se abanicaban diferentes tamaños de penes, aturde la fruición genital que los dibujantes callejeros desarrollan en cada espacio decorado, homoerotismo que excluye vulva, nalga o seno, claro que pintar pitos es más sencillo que pintar totos, por mucho esmero que se aplique los totos siempre parecen ranura de futbolín, barbilla de superhéroe.

Siguió hasta que fortuitamente se detuvo delante de la papelería donde hacía fotocopias para renovar la beca, en blanco la casilla de apellidos y nombre del padre, asterisco y nota aclaratoria en un anexo, el formulario no concibe casos como el suyo, inflexible ante cualquier anomalía. También compraba cartulinas para hacer manualidades y las lecturas del instituto, *Capitanes Intrépidos*,

Réquiem por un campesino español, Miau, La Regenta, El Banquete. A medida que pasaba de curso, mayor era la angustia que le provocaban. Nunca encargó allí ninguno de sus aparejos, ni lápices blandos ni láminas ni presillas ni lienzos ni óleos, toda aquella utilería la procuraban en viaje expreso al centro de la ciudad, de donde regresarían cargados de bolsas enormes como sábanas, mamá era espléndida con esas cosas porque estaba convencida de que Marco sería la reencarnación de Amadeo Modigliani.

Detrás del mostrador atendía una chica sonrosada.

Entró.

Los mismos expositores, la misma vitrina con plumas Parker, los recordatorios de primera comunión con panes y peces troquelados, ¿no pasaron los años aquí dentro, cápsula del tiempo detenido? Sólo la fecha de los periódicos parece distinta, la fecha y la chica sonrosada en sustitución del hombre miope que como avaro contaba las monedas, ciento cincuenta pesetas por un cómic. Marco sufrió una dolorosa regresión, es ingrato volver a la primera casilla, los demás ya te llevan tanta ventaja mientras la partida sigue.

La chica lo miraba, él no dijo nada al entrar, se quedó pasmado delante de la vitrina, quizá papá tenía razón, no debería bajarme sola a la tienda, el barrio está lleno de desgraciados, el barrio y el país entero, el país y el universo lleno, no me fío, que se vaya, que se vaya de una vez o que entre alguien más, los dos solos no, y ahora viene y se acerca y señala los libros de detrás y dice no sé qué cosa, no quiero darme la vuelta, por qué no hice caso y dejé que alguien me acompañara, pero quién se imagina que entra uno y señala los libros, son tres, dos obligatorios y uno opcional, sólo quiere eso, los libros, ya se marcha, un poco perdido parecía, sólo los libros para un hermano, no es posible que curse Bachillerato a su edad, me sonaba de algo, de por aquí.

Baudelaire. Alberti. Miguel Hernández.

¿Quién, qué profesor chiflado mezcló a Baudelaire con esos dos, qué clase de experimento para desquiciar bachilleres hacerles leer a Baudelaire, incomprensible Baudelaire en cada verso?

Marco se va, ya no quiere saber nada del barrio ni de la terraza de Cloe.

Busca otro sitio, una esquina, un banco incómodo.

Se sienta y lee.

Lee de una embestida los tres libros, desde el sello editorial hasta se acabó de imprimir en, índice, prólogo, estudio preliminar, poemas, notas, títulos, aclaraciones, números de páginas.

Lee como quien sorbe espaguetis, sin respirar.

Lee hasta que se hace de noche y le duelen los ojos, las palabras son criaturas, espinas, detonadores.

De ahí lo que sigue.

Cada cosa tiene una explicación ajustada.

Aunque a veces resulte difícil encajar la pieza perdida.

Marco lee el último poema de *Las flores del mal*, los versos son una pasta densa, cierra el libro, las palmas sobre las rodillas, el estómago vacío.

Ya la luz del alumbrado público.

Ya los coches que regresan a casa, los pasajeros que bajan las escaleras del autobús, los pasos percutiendo sobre el peldaño metálico con estruendo robótico, los pies que se arrastran blandos por la calzada, el día termina, fin del horario comercial, televisión y ducha, tortilla, arroz precocinado, hay afortunados con cascabel en casa que tendrán baño de albornoz y papilla de bebé, un pijama al que arrullar y arropar.

Marco barbotea. Nunca leyó demasiado. Cumplía

con la exigencia escolar, de vez en cuando leía las novelas que Cloe le regalaba sin insistencia. El dibujo le servía de justificación para el resto de cosas, podía ser perezoso si dibujaba, podía suspender alguna asignatura como reflejo del tormento interior del artista. Los tres libros que descansaban sobre el banco de forja, lanzaderas de Cabo Cañaveral, estallaron con pólvora y entusiasmo, supernovas, el cerebro lector de Marco era una pizarra blanca.

Le palpitaban las sienes, los ojos sostenían el microfilm de cada página. Aletargado por su pequeño drama, de algún modo sus sentidos se habían abierto como Daredevil, los versos lo zurcieron, dique en voladura, inundación.

Marco no puede estarse quieto, hay tanta electricidad y estímulo en su cabeza como en un frasco de éxtasis.

Se levanta, corre, tropieza con viandantes que lo insultan igual que en un videoclip, se escabulle hacia una tienda de pinturas, exterior-fachadas-interior-decoración, justo antes de que echen el cierre pide una lata de esmalte rojo, brocha siete, sale disparado y apenas a unos metros abre la lata, se deja salpicar el pantalón y los zapatos, humedece el pincel como en un tintero. Muy despacio, como caligrafía japonesa, escribe de rodillas sobre las losas del pavimento.

Hace falta estar ciego, hace falta tener en los ojos raspaduras de vidrio, escribe y no siente urgencia, ya todo es demora y pensamiento oriental, cada electrón de su cabeza circula hacia la yema de los dedos que danzan con el pincel, poco le importa el disgusto de los que pasan, escribe o dibuja todos los versos en una sola línea, hiedra que se enrosca y avanza tomando cada pliegue, ascendiendo hasta que de puntillas la mano no alcanza, apenas se separa del caligrama para volver al esmalte y empaparse y ya cargada la mano recupera el trazo, Alberti se convierte en Baudelaire citado de memoria sobre el dintel de una casa de vecinos, *hoy reverdece aquella espina seca, hoy es día de llantos en mi reino*, en equilibrio sobre una reja *frecuentemente, para divertirse, los tripulantes capturan albatros*. Hay quien le dice que se vaya, quien le insulta por ensuciar la calle y amenaza con llamar a la policía, y no es que Marco desoiga sino que realmente no oye, sus oídos se conectan al verso como un astronauta que perdió el contacto con la Tierra, en órbita hasta que el respirador se agote, los pulmones revienten.

La noche avanza, las calles quedan vacías, sólo Marco permanece, laborioso y guardián de los demás, escribiendo una cuerda de versos desde los bloques de fogata hasta las manzanas residenciales. Siente vigor y rara energía, el ayuno y la meditación favorecen la elegancia de las letras, paños de escritura nasjí que en lugar de *Alá es Misericordioso* dicen *los picos y las quijadas de los cuervos y de las panteras negras que trituraban mi carne.*

No interrumpe su trabajo hasta que la pintura se agota, muy madrugada.

Cantos de vida y esperanza. La presentadora se sintió conmovida cuando escuchó los versos de Rubén Darío en el plató. Recordó a la anciana que en el colegio recitaba con voz de cobre sus apuntes amarillos, *¿piensa, acaso, en el príncipe de Golconda o de China, o en el que ha detenido su carroza argentina para ver de sus ojos la dulzura de luz?*, hubo un tiempo en el que ella misma soñó con convertirse en una maestra de niños pequeños a los que leería la *Sonatina*, o quizá en la especialista certera que establece punzantes relaciones entre *Cantos de vida y esperanza* y *Hojas de hierba*, los asistentes del simposio aplauden entusiasmados, *¡ay!, la pobre princesa de la boca de rosa quiere ser golondrina, quiere ser mariposa, tener alas ligeras, bajo el cielo volar.*

En un cuaderno cuya portada decía *Poesías*, copiaba versitos y letras de canciones de amor, mucho Bécquer y *Quien lo probó lo sabe* al principio, después sólo Rubén, *ámame así, fatal, cosmopolita, universal, inmensa, única, sola y todas; misteriosa y erudita: ámame mar y nube, espuma y ola.* Recortó una fotografía de un libro de texto, la pinchó con chinchetas en su cuarto, le parecía guapo vestido de generalito.

Pasó el tiempo de la adolescencia y se le fue la fiebre poética, igual que las groupies se olvidan de sus ídolos y acaban pensando en ellos con ternura y cierto rubor, qué tonta fui. Llegaron los novios, la universidad, las asambleas y las prácticas en un diario local durante el verano, aquel fotógrafo no apartaba la lente de su escote mientras un concejal anunciaba el cartel de las fiestas de agosto. En la cama tuvo una regresión y le recitó al oído *yo encenderé los incensarios y junto a mi unicornio cuerno de oro, tendrán rosas y miel tus dromedarios*, pero él no supo de qué le hablaba y quiso probar por detrás, a ver si. Luego vino la radio, y con la radio el triunfo, la autoridad intelectual, el liderazgo, el prestigio, los versos de Rubén no encontraban intersticio por donde colarse, ni siquiera *crees que la vida es incendio, que el progreso es erupción; en donde pones la bala el porvenir pones*, ya todo era prosa y estupidez, amores muy hermosos y pasajeros, desayunos dulces, Rubén derrotado, los tigres y elefantes de Darío atrapados en el lodo.

La lisura de Rubén Darío fue la hoja de guadaña que decapitó a la presentadora, que en el siguiente bloque, tras la publicidad, hablaría con el presidente de la sociedad española de geriatría, los pies cruzados debajo de la silla y la voz trémula, era incapaz de pensar en otra cosa distinta de *plural ha sido la celeste historia.*

Al llegar a casa se sintió sola y sin consuelo, *¡ay!, la pobre princesa de la boca de rosa.* Sobre la cama, doblada en cuadro, la ropa del gimnasio aguardaba la reanudación de la costumbre del lunes, Valentina cocinaría para ella cien gramos de carbohidratos y una porción de proteína, almuerzo ligero que le permitiría dormir la siesta con suave digestión, tarde de primavera disponible para cuanto quisiera, sin obligaciones, sin premura, sólo leer la escaleta de mañana aunque tal vez lo hiciera de camino al estudio, al principio se esforzaba por preparar cada cosa pero desde hace unos meses ya no importa si desfile de moda en Barcelona o drama del trabajo infantil, nacimiento en el zoo, reportaje de denuncia desde el interior de.

Se sienta al borde de la cama, la licra de brillante textura a su lado, piensa en el cuaderno de *Poesías,* lo conservó con nostalgia boba durante mucho tiempo, recordaba haberlo visto en alguna mudanza, fueron tantas, el piso compartido, el primer contrato, la vieja casa del casco antiguo, luz y muebles prestados, la primera vez en la furgoneta de unos amigos, la última con una empresa de transportes recomendada por el director del programa, los operarios usaban guantes blancos como restauradores o asesinos yakuza, decían buenos días, disculpe, se deslizaban por la casa como si anduvieran sobre patines, las cajas enmohecen en el trastero, nunca tuvo tiempo de abrirlas todas, en una de ellas, cerrada con cinta adhesiva, debía de estar ese cuaderno.

Valentina deja sobre la encimera una manzana, una botella de agua mineral y una toalla perfectamente limpia y esponjosa. La presentadora se desnuda evitando el espejo, busca unos tejanos y se finge personaje de película, baja al garaje, abre las cajas, encuentra una que contiene sus libros de la facultad, por qué no los tiró, y debajo, dentro de una carpeta azul como una reliquia, el viejo cuaderno cuya portada dice *Poesías*, mucho más amarillo y deshecho que los apuntes de la profesora anciana. Sobre el suelo de cemento, la presentadora insigne y hermosa que cuajó su reputación de perro de presa durante cuatro campañas presidenciales, se derrumba, moquea, llora, ubi sunt, cómo sucedió, dónde quedaron Rubén, Machado, Alberti, dónde las canciones de Brassens que aquel chico se sabía de memoria aunque no hablara una palabra de francés, dónde el versito de Neruda escrito en el margen de la agenda, qué tristura tan tonta e inútil la de llorar por la intangible pérdida, *juventud, divino tesoro, ya te vas para no volver, cuando quiero llorar no lloro y a veces lloro sin querer*, el mundo está tejido de severísimos dramas que en su boca adquieren el tinte de la gravedad existencial cuando los enuncia durante la batería de noticias, terrible hambruna en Somalia, violentos enfrentamientos en Darfur, niños de la calle en Tánger, una mujer madura y bella se derrumba en el garaje de su casa, en qué me he convertido, yo quería escribir endecasílabos, besar bocas de jugo que no hablaran de inversiones ni ferias náuticas, encender la inteligencia de niñitos desconsolados con la métrica de un verso alejandrino, *ir al sol por la escala luminosa de un rayo, saludar a los lirios con los versos de mayo o perderse en el viento sobre el trueno del mar.*

Pasa la tarde leyendo el cuaderno. Valentina se va a las siete, deja la cena en el horno como una mamá que sale de noche con un amigo, no se atreve a interrumpir ni a decir hasta mañana, sabe que no es un buen día, a la mañana siguiente encontrará la cena intacta en el horno, la cama sin deshacer, *¡pobrecita princesa de los ojos azules!, está presa en sus oros, está presa en sus tules, en la jaula de mármol del palacio real.*

Acude al estudio, se deja peinar y maquillar, enumera los minutos que faltan para que acabe la pantomima, en el plató todos se dan cuenta de que se arrastra zombi pero nadie se atreve a preguntar qué te pasa. Si lo hicieran qué podría responderles, qué frase de sincero deseo de comprensión y afecto no sonaría infantil y preparada, no, mejor que finjan del mismo modo que yo lo hago, piensa, y que murmuren y digan ya no es tan guapa, pasaron los años, ni siquiera lee las pantallas con aquella miel irresistible, que hablen y hagan apuestas para adivinar quién será mi sustituta cuando la productora me amortice, *la princesa está pálida, la princesa está triste*. De regreso, le pide al conductor que salga de la circunvalación y tome cualquier otro camino, las naves, los polígonos industriales, los concesionarios y los centros de bricolaje le provocan una angustia indefinible, quiere ver edificios, casas, ventanas donde haya una jovencita asomada, no tengo prisa, nadie me espera, coge el camino más largo, se siente Marilyn Monroe, exprimida y sola, ¿estás casado?, le pregunta al chófer con el que nunca habló, ¿tienes hijos?, ¿cuántos?, ¿son buenos chicos, estudian?, deja los zapatos en el asiento, se acuesta en la enorme butaca del monovolumen, cruzan un parque periurbano, recién plantado y ridículo con sus arbolitos enclenques, toman una avenida, las calles se estrechan, sobre una pared blanca lee *el cementerio está cerca de donde tú y yo dormimos, entre nopales azules*, para un momento, dice, y como una verdadera estrella de cine se baja del coche, corre descalza, lee los versos, se derrite de ardor y conmoción poética, quisiera licuarse con la tinta roja del muro, transfusión de plasma poético en su sangre plebeya, convertirse en un poema hermoso y perdurable.

No habla con su abogado, no habla con su asesor fiscal, no habla con su agente: se dirige bien dispuesta hasta el despacho del jefe de producción, pasa sin llamar, se sienta, cruza las piernas y dice me marcho, lo dejo, se acabó para mí, mañana no vengo, estoy harta de decir tonterías para vender bolsitas de detergente. Esas bolsitas pagan tu casa y tus caprichos, dijo él, y ella se levantó, estiró la falda y se dio la vuelta neutralizando cualquier frase de piénsalo, verás que, dónde vas a.

Fue el acto más heroico y desprendido que nadie se atrevería a realizar jamás, jamás. Verdadera heroína de cuento, verdadera adalid en la gresca diaria, *ya no quiere el palacio, ni la rueca de plata, ni el halcón encantado, ni el bufón escarlata, ni los cisnes unánimes en el lago de azur.*

Unos días más tarde, Marco se sienta frente al televisor y aguarda la repetición del duelo entre la terapeuta y la presentadora. Cuando llega el momento del trance ve aparecer a la terapeuta con traje, blusa y ceñidor, zapatos de pulsera, rizo delicado y ronquera en la voz, pero al otro lado del ring no hay más que una muchacha inquieta y porcelánica que no sabe tejer una frase. La terapeuta vence en un solo asalto y termina diciendo *la vida es misterio, la luz ciega y la verdad inaccesible asombra; la adusta perfección jamás se entrega, y el secreto ideal duerme en la sombra,* aguda, existencial y magnífica en la pose, pero descolorida junto a una figura tan mediana.

Incruento. El divorcio Laynez/Orcha-V. fue incruento. Los abogados tasaron y dividieron cada una de las propiedades para establecer un acuerdo amistoso que evitara la intervención del juez. La terapeuta se mostró compasiva, no quiso beneficiarse de la ley. En la consulta había visto a decenas de mujeres que, después de desangrar a sus maridos, se sentían tan huecas y culpables, incapaces de aplicar las técnicas de relajación que ella les indicaba, mujeres perdidas en el pasado, mujeres solas adictas a la televisión y los ansiolíticos, viejas prematuras que en el gimnasio se exprimen para nadie sin que ninguno de sus consejos les sirviera de ayuda. Algunas veces pensaba que su trabajo no era distinto del de cualquier sacerdote. Los dos aplicaban las doctrinas de un libro, seguían un método, no resolvían nada.

Cerró el gabinete durante las vacaciones escolares, arriesgando el negocio y la salud mental de algunos extremistas. Sabía que, tras el divorcio, el primer verano a solas con los niños establecería la pauta de las relaciones familiares, la mayoría de los conflictos surgía con la interrupción de la rutina. El programa de televisión también se aplazaba hasta septiembre, era un alivio. El contrato seguiría en vigor durante la próxima temporada, su pequeña sección tenía una audiencia competitiva, se recibían llamadas al estudio, ni siquiera había que inventar suplicantes ni contratar actores que se fingieran deprimidos, realmente existía gente tan chiflada.

Conocía bien la horma de los padres divorciados que, tras perder la custodia, se transmutan en monitores de deportes de riesgo, exhibiendo su liberalidad y su capacidad de disfrute, infantilizándose para recuperar el amor que mami les arrebató.

Ella quiso hacer lo mismo: se adjudicó la primera mitad de las vacaciones, alquiló una casa con piscina en la Costa Brava, se inscribió en todos los cursos de kayak, rafting y pesca submarina que pudo encontrar en los alrededores. La tata también disfrutaría de aquel verano, alguien tenía que hacer las camas y preparar la comida mientras ellos navegaban, buceaban, se deslizaban por un barranco, la tata era una más de la familia. Pero ninguna de esas diversiones pudo evitar que el mayor preguntara muy serio ¿entonces papá y tú ya no estáis juntos?, y antes de que la terapeuta elaborase la frase adecuada (resulta tan grave mentir a esas edades, el principio de honor aún se encuentra intacto) el muchacho saltó del porche al jardín, del jardín a la valla y de la valla a la calle, y corrió, corrió, corrió como en una novela juvenil. Los guardias lo encontraron, ya de noche, en un pinar cercano, agotado, hambriento, perdido.

Se confinaron en la casa de alquiler durante el resto de las vacaciones. El pequeño buceaba, pero en la piscina; jugaba al fútbol, pero en el patio; el mayor pasaba las horas encerrado en su cuarto sin que ningún engaño sentimental, ningún soborno pudiera servirle de consuelo.

Las luces ya estaban apagadas, los niños dormían, la piscina brillaba de optimismo. Sentada en una butaca de mimbre, la terapeuta quiso probar por una noche qué se siente a la deriva, y se dejó inundar por la frustración y el abatimiento, ejercicio mental de autoflagelo, imaginó una lente cósmica que la observara desde lo alto, ella derruida sobre la silla de mimbre, los niños solos en su cuarto, la tata tan sensible a sus preocupaciones gimiendo qué pena tan grande, señora, la lente gira en busca de su nariz, las arrugas de sus ojos, su boca menoscabada. Suficiente, a punto estuvo de soltar alguna lágrima incluso, su-fi-cien-te. Terminado el ejercicio, la terapeuta quiso reflotarse recitando para sí misma el *Pegaso* de Rubén como en un autorromance: *Cuando yo iba a montar... Cuando yo iba... Cuando iba yo a montar...* Aterrada, descubrió que era incapaz de recordarlo, incapaz de decir *rudo y tembloroso* y menos aún *la vida es pura y bella*, y entonces sí que lloró de veras, sí que se hundió en el naufragio y supo que en septiembre renunciaría al programa, mantendría cerrado el gabinete, hablaría con su abogado para negociar un nuevo acuerdo de divorcio, sácale todo lo que puedas a ese imbécil, vamos a juicio.

La terapeuta sabía tratar con esquizoides, paranoicos, depresivos, bipolares y neurasténicos, pero no con adolescentes. El hijito mayor se le escapa por culpa del terrible egoísmo de su marido, que de pronto pensó que ya no la amaba, ¡que ya no la amaba!, eso no se hace, oh no, qué simpleza de sentimientos, los adolescentes son criaturas tan delicadas, blandos tejidos que se endurecen con golpes y arañazos, la piel sólo resiste si hace costra; divorcio, abogados y pensiones alimenticias son el escudo.

Pulgarcito. Regresó a casa, no quiso ensuciar el ascensor y subió por las escaleras, Pulgarcito podría haber seguido su rastro detrás de cada gota de pintura. Abrió la puerta con temor y culpabilidad, pensamiento infantil, me van a pillar.

Se desnudó, metió la ropa en una bolsa de plástico y la guardó en la despensa. Tuvo que frotarse con jabón verde hasta los codos, el agua caía en cascada sobre la pila, imaginó las preguntas a las que no podría contestar, no tuvo fuerzas para planear la escapatoria ni la excusa, durmió hasta el mediodía.

Amanece, Julia observa a Marco desnudo sobre la sábana como un cristo: la serenidad de su rostro, la blandura de las manos, las piernas apenas flexionadas. Al principio ni siquiera piensa dónde estuvo, por qué desnudo y desabrigado pero sin frío, su cuerpo desprende calor como una radiación, qué rara energía, no piensa nada de eso.

Piensa no me atreví, piensa ese chico intentó besarme pero al final yo no quise, piensa cómo intentarlo otra vez, se habrá cansado, habrá dicho imbécil, para eso tanto roneo ridículo, no tienes catorce años, hasta las niñas de catorce muerden la lengua de sus novios, y tú, niña imbécil, me tenías a mí tan dispuesto y limpio para lo que quisieras, para lo que llevabas tiempo intentando que sucediera en el trabajo o en la cafetería, y luego llevarte a casa o a un aparcamiento como en una película, pero tú no quieres ninguna película, tú quieres a ese Marco bobo diciendo pobre de mí.

Sentada sobre la encimera, Julia balancea los pies y al fin cae en la cuenta: qué hizo Marco anoche, qué pasó, por qué llegó tan tarde, de dónde. Durante los últimos meses ha cuidado de él con amor materno, imaginando su frustración y el tedio de cada mañana, justificando la oscuridad con el argumento de no sabe enfrentarse, es un buen chico sin capacidad de rencor, una porción de rencor es necesaria para clavar las suelas y resistir, lo echaron a él y no a otro porque no movería un dedo, lo sabían. Pero ahora parece distinto, un punto más ensimismado que de costumbre, arruga la frente como si planificara alguna cosa, dónde estás, te busco en la azotea, llamo a tu teléfono y nada, y al amanecer te encuentro desnudo y hermoso como nunca vi, qué ocurre, Marco, qué está pasando, no me asustes.

Ya vestida y a punto de salir para el trabajo, Julia ve manchas rojas en la pila, abre la despensa para hacerse un bocadillo, encuentra una bolsa cerrada, se lleva las manos a la boca como en un cómic de terror, el globo del diálogo dice !?

Artista adolescente. La carrera de Marco-artista-adolescente era imparable: medallas, juegos florales, exposición en la biblioteca municipal, mención distinguida al

Mejor Joven Artista de la provincia, un cheque para gastar en material fungible y un talonario de corticoles tras el segundo premio del Certamen de Carteles de Carnaval, accésit y diploma en Pintura al Aire Libre. Cloe acristaló la terraza, desterró los geranios y habilitó un estudio-invernadero. Se contuvo de contratar a una prostituta que le sirviera de modelo junto a una botella de absenta y un mono sujeto con una cadena.

Cloe adoraba a Modigliani, había visto la película de Becker y con morboso sentimiento imaginaba a su pequeño transmutado en aquel trueno. Compró una enciclopedia ilustrada, un proyector de diapositivas y varios carros vagamente clasificados en Arte Antiguo, Arte Clásico, Arte Moderno. Su hijo sería la vanguardia artística del siglo que terminaba, pondría de rodillas a marchantes, a críticos y a comisarios de exposiciones estatales, Cloe estaba convencida de ello pero no contó con algunos factores decisivos que troncharon el arbolito:

1. Marco no vivía en París, Londres, Nueva York.
2. Marco no conocía a ningún otro artista adolescente, ni siquiera a ningún chaval parcialmente interesado en cualquier acto creativo.
3. Marco no pertenecía a ninguna familia burguesa que pudiera atormentarlo con su hipócrita felicidad.
4. Marco no tenía otra cosa que buen pulso y buen ojo para la copia.
5. Marco prefería un cuaderno y un lápiz donde dibujar escorzos de superhéroes antes que ensuciarse de pintura, meter los dedos en un bloque de arcilla, estrujar bolas de papel maché.
6. En realidad, Marco sólo quería dibujar. Cuando se subía al autobús que lo llevaba al colegio donde

la murga adolescente brincaba y palmoteaba, el ensimismado Marco permanecía quietecito en su asiento dibujando cada cosa que veía a través de la ventana, y a veces también las cosas que veía con los ojos cerrados, casi siempre a Luisa.

Luisa. Quince años, Marco acaba el colegio, entra en el instituto donde trabaja Cloe. Soporta saludar a mamá en los pasillos y taparse los oídos para evitar ciertas conversaciones; no soporta imaginarla en la sala de profesores sentada junto al de Química, bromeando con camaradería.

Marco recoge sus cosas y se marcha a la biblioteca durante la clase de religión. No está bautizado ni sabe nada de misas ni de curas, las oraciones son transitivas o intransitivas. Mientras sus compañeros estudian la taumaturgia, Marco prepara sus exámenes, completa sus deberes, se aburre sobre un asiento de cuero tensado con tachuelas como los clavos que atravesaron las palmas de Nuestro Señor Jesucristo, ¡Osana-eh! En una estantería descubre enormes libros de arte que no caben en el hueco, se apilan desordenadamente sin ofrecer el lomo al lector, pasa muchas horas observando las láminas, en casi todas aparece un jesusito torturado o una virgen llorosa y celestial. Un triángulo de sol se dibuja sobre la mesa.

A mitad de curso llega una chica que también sale de clase, es morena y bajita, los ojos muy oscuros, habla con acento, compartirán la biblioteca. Durante las primeras semanas no se saludan. A la chica le cuesta avanzar, le faltan apuntes, suspende cada examen. Marco se compadece. Aunque no sepa nada de caridad ni de otras virtudes teologales, Cloe le enseñó a ser amable y desprendido. Se acerca a ella y temblando dice necesitas algo. La chica sonríe, se sientan juntos, Marco hace dibujos de mitocondrias, vacuolas, bacilo de Koch, ella desliza folios y él los llena de mapas y figuras, los libros de arte se desordenan olvidados en la estantería.

La chica se llama Luisa, es su primer amor. Lui-sa.

Se sabe que la adolescencia es una cancha cruel y cuesta arriba, se sabe que las chicas son despiadadas con otras chicas, que los chicos son salvajes y puercos, que es preciso un auxilio y que a veces se encuentra de improviso en la persona más cercana y distinta, por ejemplo en Marco.

Los demás la odiaron desde el principio, quizá porque llegó a mitad de curso o por el acento o porque era bonita, eso pasa. Marco-ácaro fue el único asidero, se hicieron amigos inseparables, se contaron muchas cosas, él se sintió un tanto decepcionado cuando supo que si Luisa no estudiaba religión no era porque su madre también dijera ¡Marco, la vida es esto que ves, no hay otra cosa!, sino porque su padre era pastor de una iglesia mormona recién fundada, y ella se iba a casar con un hombre bueno con el que tendría muchos hijos a los que educarían en la fe y el temor a Dios, si no crees en Dios eres un vaso vacío que se rompe y no derrama, pero si crees en Dios el vaso rebosa de agua y regará la tierra, hará crecer flores y plantas, las flores serán polinizadas por las abejas y nacerán nuevas flores, la vida será perpetua, yo rezo todas las noches para que eso ocurra, y también rezo por ti porque sé que eres bueno aunque estés equivocado, y al decir *bueno* Marco pensó si podría llegar a ser *tan bueno* como para casarse con ella y tener muchos hijos, en Navidad siempre daban *Siete novias para siete hermanos*, Marco se imaginaba a sí mismo levantando una casa de madera, tirando de la polea para sacar agua del pozo, cortando astillas sobre un tronco de dibujo animado.

Luisa besó a Marco después de las ecuaciones de segundo grado. Se arrepintió enseguida pero también sintió un calor muy intenso y húmedo entre las piernas, bosquecillo ecuatorial.

El siguiente martes lo besó después del pronunciamiento de Pavía, y tuvo que correr al baño porque pensaba que se había hecho pis.

El siguiente lo besó entre dos sintagmas adverbiales, con los dedos arañaba la mesa, apretaba los codos para rozarse los senos, se resbalaba en la silla buscando el borde, volvía atrás y de nuevo a resbalarse.

El siguiente ni siquiera entraron en la biblioteca, se escondieron juntos en el baño, se desnudaron, la puerta no tenía pestillo, eran unos precursores, nadie había follado nunca en los baños de ese instituto, tampoco sabían cómo hacerlo, ella jamás había visto porno y él no lo suficiente, salió mal, Marco estuvo a punto de correrse dentro pero consiguió evitarlo y ensució las paredes, a ella no le desaparecieron las ganas, se metió dos dedos, se arrodilló, él le tapó la boca con la camiseta porque los gritos se oían en todo el pasillo, Cloe explicaba el Siglo de Oro en la clase de al lado, Luisa se dijo ahora sí que me he meado encima, se moriría de la vergüenza y del pecado cuando acabara pero mientras durase era incapaz de pensar en ninguna cosa, Marco en cambio pensaba que aquél era el lugar más tibio del universo, chof-chof, Cloe recitaba *en tanto que de rosa y azucena se muestra la color en vuestro gesto*, y las mejillas de Luisa se aplastaban contra los azulejos.

Todo eso se repitió muchas veces, en un parque de noche, en otros baños, en los portales. Ella mordía y golpeaba, daba miedo, furia, combate de Luisa contra Marco en lugar de amor de Marco y Luisa, también combate de Luisa contra Luisa mortificada, soy horrible, no merezco formar parte de esta familia, fuego y condenación eterna para mí, debería marcharme lejos, mendigar, lanzarme al vacío, pero al rato suplicaba fóllame como si no me quisieras tanto, Marco estaba enamorado.

Un mes después, Luisa dejó de ir al instituto. Desapareció, nadie preguntó por ella. El piso estaba vacío. El local de las reuniones, cerrado. Marco no supo nada más, si no tuviera sus dientes marcados en el escroto pensaría que había sido una invención.

Suspendió todas las asignaturas, Cloe lo atribuyó a la misantropía del artista adolescente, en el instituto insistieron, a tu hijo le pasa algo, a regañadientes lo llevó al psicólogo, soportó tres sesiones sin decir nada, era dinero perdido, ya se le pasará, angustia de quince años y poemitas escolares.

El Verso Azul. Tina, tómate el día libre, hoy no te necesito, pero señora, nada, nada. Valentina no insiste porque tiene que hablar con el tutor de su hijo. Sucedió después de aquella disputa desproporcionada en el pasillo, Christian se golpeó el pecho como un gorila y apuntó con el dedo, *que tu último sound sea bang*, el jefe de estudios gritó y pataleó, Christian mantuvo la sonrisa de gángster y colgó los pulgares de las axilas de su camiseta de Kobe Bryant, siete días de expulsión, dos en el aula de convivencia, hasta mañana entonces, señora.

Una rara electricidad recorre los nervios de la presentadora, satisfecha de sí igual que en el pugilato con los presidentes de gobierno. Cien ideas se agolpan en su cabeza, corre al escritorio, abre el dietario y toma algunas notas, sonríe, se acuerda de la cara de aquel idiota cuando le dijo me marcho. Sube a la azotea, a la que el arquitecto llamaba ridículamente *solárium*, el sol calienta tibio las hamacas, se desviste, se acomoda en una de ellas y escribe el esqueleto de un programa de televisión sobre libros, poesía, música, se llamará «El Verso Azul», subraya el título dos veces, muy excitada coge el teléfono y marca el número de un productor con el que trabajó hace tiempo, ¡Eduardo!, ¿te acuerdas de mí?, le dice que por fin ha dejado ese programa de mierda, hiciste bien, guapa, ahora soy libre, ¡libre para hacer lo que yo quiera!, y se me ocurrió llamarte, Eduardo, se me ocurrió llamarte porque tengo una idea fabulosa, escucha, y entonces le cuenta atropelladamente todo lo de «El Verso Azul», como despedida yo recitaría un poema de Rubén Darío, *aquel que ayer no más decía el verso azul y la canción profana*, qué te parece. Hubo un silencio largo al otro lado de la línea, y luego estás de broma, ¿no?, te quedas conmigo, ¿eh?, qué dices de Rubén Darío ni hostias.

La presentadora se siente tan ridícula, su cuerpo arrugado y desnudo, despojo sobre una azotea desolada, la batería del teléfono aún caliente en la mano, ¿qué hice?, piensa, ¿Rubén Darío?, se pregunta, no encuentra una toalla con la que cubrirse y baja desnuda las escaleras, su cuerpo se mueve en cada peldaño como un seísmo, un reguerito de sangre le peina el muslo y gotea sobre la baldosa de cerámica.

Budapest. En 1943 la familia Schwartz embauló sus pertenencias, contrató los servicios de tres mozos de cuerda que los acompañarían hasta la frontera y, cargada de pagarés, agendas y escrituras, emprendió el largo viaje hasta los Estados Unidos. Huían de la Hungría fascista antes de que las tropas rusas sitiaran la ciudad, el Eje se debilitaba, la presión del ejército rojo era imparable.

El convoy lo formaban el tío Nicholas, la tía Juliette,

papá, mamá y el pequeño Georgie, que entonces ya era un muchacho de catorce años tan incapaz de mirar a una chica a los ojos como de pronunciar una frase en alemán sin balbucear, *¿mein Name?*

La mayor parte de los jóvenes de Budapest sentía una enorme excitación ante los preparativos militares, ardor guerrero vagamente filonazi; el pequeño y enfermizo Georgie observaba los fusiles de los guardias, los sacos terreros y los nidos de ametralladoras, y temblaba de miedo dentro de su abrigo de paño. Buscando el recuerdo de las sábanas, Georgie se rozaba con la suavidad del forro y apretaba la nariz contra los botones mientras en el andén todos aguardaban la llegada del internacional.

Los mozos formaban un corro alrededor de los pertrechos, fumaban, daban zapatazos y hacían bromas obscenas imaginando la manera de gastarse la paga. Algunos tendrían su misma edad, no más, pero si las mejillas del pequeño Georgie eran blancas y limpias como tacita de porcelana las suyas parecían esculpidas sobre barro y tizne, como las máscaras del Doctor Fausto que colgaban en el despacho de papá.

—¿En qué piensas, Georgie? —preguntó el tío Nicholas.

—Nada. En América.

—Te gustará América. Los ingleses se llevaron allí a las chicas más guapas. Y esas chicas tuvieron hijas que a su vez tuvieron hijas y etcétera. Por eso Europa está llena de gente fea, como esa señora horrible sentada en el banco, ¿la ves, Georgie?, a ésa nunca la dejarían entrar en los Estados Unidos, tienen que mantener el nivel. Los feos se quedan en el viejo continente y los guapos nos vamos al nuevo, ¿eh?

—Claro.

—No se lo digas a tu tía, pero en cuanto lleguemos

pienso divorciarme de ella y casarme con una americana guapa, una que trabaje en el cine.

—Seguro, tío Nicholas.

—Y a ti, con esa cara de niño bueno que tienes, se te echarán encima, «lindo europeo, ¿sufriste mucho?, ven que te cuide», eso dirán las americanas, ¿tú qué contestarás, Georgie?

—No lo sé, tío.

—«Sí, he sufrido tanto, necesito un hombro sobre el que llorar y cantar canciones húngaras», y ellas «¿cómo se dice te amo en húngaro?», ¿cómo se dice?

—«Szeretlek», tío, llevas quince años viviendo aquí.

—Tu padre y yo escapamos de Rusia por un pelo, ¿te lo he contado?

—Muchas veces, tío.

—Tu padre es un tipo extraordinario, se plantó delante de aquellos soldados y les dijo, ¿sabes lo que les dijo?

—«El único patrimonio de mi familia es esta biblioteca, si se la llevan me arrancarán el corazón y el sustento.»

—«El corazón y el sustento», sí, señor, y los soldados nos arrojaron al suelo, nos patearon, dijeron «para qué sirven tantos libros», y tu padre contestó...

—«De vez en cuando compro y vendo algunos, de eso vivo.»

—Exacto, «compro y vendo algunos». Nos miraron como a ratas muertas de hambre y se marcharon, ¿y sabes, pequeño Georgie, sabes qué había dentro de esos libros?

—Cuéntame qué había, tío.

—Había oro, joyas, divisas. ¡Tu padre había pasado la noche entera agujereando los libros y escondiéndolo todo! Pensó que sería lo único que no se llevarían, y tenía razón, ni siquiera se molestaron en abrirlos, los manosearon como si produjeran picores y los dejaron en su sitio. Pero los nazis no son así. Los nazis sí leen, Georgie, leen y escriben poemas, pintan acuarelas. Los rusos sólo buscan llenar el estómago y vaciar las pelotas. A la izquierda, nazis; a la derecha, rusos. Hay que largarse de aquí, Georgie, los alemanes aprovecharán la amenaza soviética para tomar todas las calles y todas las casas y todos los escritorios y todos los cuadernos donde apuntamos nuestras brillantes ideas. Los nazis quieren otra cosa de nosotros, también vaciarán sus pelotas y llenarán sus estómagos a nuestra costa, pero no se conformarán con eso, quieren *ciencia*, quieren *progreso*, están convencidos de que hay un renacimiento espiritual a su alcance, sólo tienen que estirar la mano y atraparlo, ese estúpido de Miklós Horthy les abrió las puertas de la Academia.

El pequeño Georges sintió un escalofrío al oír la palabra *ciencia*. Recordó las clases de anatomía en la escuela avanzada. Fue incapaz de sostener el escalpelo y hundir la hoja en el pecho de la paloma como hicieron disciplinadamente sus compañeros. Papá habló con el profesor, pidió que no expusiera a su hijo a escenas tan cruentas, es muy impresionable, el profesor replicó debe hacerse fuerte, mi hijo no ha nacido para ser cirujano, no todo el mundo sirve para lo mismo, ¿y para qué sirve su hijo, señor Schwartz?

—Nos vamos, Georgie, pero no porque tengamos miedo. Nos vamos porque ellos quieren que nos quedemos y así poder atraparnos y absorber nuestros conocimientos. La mejor manera de joder a los rusos y a los nazis es marchándonos de aquí, mucho mejor que empuñar un arma, oh sí, me encantaría verles la cara cuando lleguen a nuestra casa y vean que nos hemos ido, vaya chasco, tomarán la magistratura y el parlamento, pondrán paracaidistas en los puentes pero no encontrarán ni un solo Schwartz en toda Budapest.

—Tal vez el ejército húngaro detenga a los rusos. Entonces los nazis ya no serán necesarios y volverán a Alemania.

—Claro, Georgie, tal vez. Y si eso ocurre regresaremos enseguida. Piensa que son unas vacaciones. Iremos al teatro, hablaremos inglés, aprenderemos los bailes de moda y practicaremos el unodós con chicas americanas, ¿sí?

—Seguro, tío.

—Y luego de vuelta a Budapest.

—Sí, tío.

—Sin nazis y sin rusos.

—Sí, tío.

—Me siento tan patriota que si supiera decir algo en húngaro ahora mismo gritaría «¡Resistencia!»

—Eso se entiende en cualquier idioma, tío.

El internacional silbó. Los mozos apagaron los cigarrillos y comenzaron a aparejar bultos. El pequeño Georgie estiró las faldas de su abrigo, se ajustó el sombrero y se preparó para subir las escaleras del tren con cierta dignidad. Temía dar un traspiés y caer al andén con bochorno. La señora horrible también subió. Viajaron en el mismo compartimento hasta la frontera.

Usura. *Cobras usura e intereses, y te aprovechas de tu prójimo con extorsión. Te has olvidado de mí, dice el Señor Jehovah. «¿Estará firme tu corazón? ¿Estarán fuertes tus manos cuando yo actúe contra ti? Yo, Jehovah, he hablado y cumpliré: te dispersaré entre las naciones y te esparciré por los países, y así eliminaré tu impureza.»*

EZEQUIEL

La decisión. Marco siempre fue distinto, el pequeño artista de la clase, el chico raro con talento al que se le perdona el arco de las cejas, no hay que conducirlo por el redil como a los demás, su camino atraviesa el bosque, su sendero son las trochas que apisonan los jabalíes lejos de la calzada rutinaria. Termina el instituto, Luisa ya no existe, llega la hora de abandonar la ergástula y tomar la decisión que determinará el resto de su existencia: Marco debe decidir si emprende la ruta de la miseria (adicciones, riñas, Arte) o si se encauza y olvida la somnolencia del artista adolescente, apocalípticos e integrados.

Para conjurar a los malos espíritus de la vida práctica, Cloe aprieta la figurilla-vudú de Amadeo Modigliani que guarda como un relicario, mi hijito excéntrico y genial, el próximo Premio Tate Revelación, Cloe confía en los estímulos que desperdigó a lo largo de dieciocho años de adoctrinamiento ultra y espera que su hijito genial marque una hermosa cruz invertida en la casilla de Bellas Artes, Cloe conservará la hoja de calca del formulario, será un documento tan valioso para la futura casa-museo del artista.

Pero después de una larga conversación con su tutor y con algunos compañeros de clase, Marco decidió que estudiaría Aparejadores, es una buena opción para ti, chaval, tu destreza y tu creatividad al servicio de un trabajo lucrativo, lo otro sólo equivale a desempleo y frustración, créeme, he visto estrellarse a muchos bachilleres brillantes como tú, nadie dice que no puedas seguir dibujando, ésa será tu *afición*, y con el dinero que ganes con tu *profesión* te construirás un bonito estudio bohemio para llenarlo de lienzos y pinturitas, necesitas labrarte un futuro, chaval, bienestar, una casa, un coche, pensiones.

Bienestar. Labrar un futuro.

Como si el futuro fuera una parcela, un sembrado de papas.

Sólo en una cosa se equivocaba el tutor: efectivamente el futuro era una huerta, pero una huerta de cardos y cantos rodados, árida como arenisca de mortero.

Cloe jamás se lo perdonó. Cloe rabiaba y pataleaba, le decía vas a joderte la vida delante de una pantalla de ordenador, sirviendo como un esclavo y adorando a tus dueños, tu talento y tu inteligencia para abrillantar sus cristales blindados, Marco no comprendía nada, se sentía menor y enclenque, los profesores, las noticias, los compañeros de clase repiten la vida es una jungla, te destriparán si intentas defenderte con tus pincelitos, desempleo, ruina. Por eso eligió Aparejadores, el mismo motivo que hacía que de pequeño no se atreviera a subirse al columpio más alto.

Interés. *Si tu hermano se queda en la miseria y no tiene con qué pagarte, tú lo sostendrás como si fuese un extranjero o un huésped, y él vivirá junto a ti. No le exijas ninguna clase de interés: teme a tu Dios y deja que viva en tu casa.*

Levítico

Después del 39. Georges estudiaba húngaro y alemán en el colegio, pero su primer pensamiento se formaba en esperanto, su cabeza era una maquinaria trabada, el esfuerzo de traducir cualquier frase le resultaba agotador, nadie entendía a Georges, Georges no entendía a nadie, una campana de cristal lo separaba del mundo.

Después del 39 ni siquiera su padre mantenía la fe en el esperanto como el idioma de la paz y del futuro, dejaron de utilizarlo en casa y apenas lo rescataban cuando querían hacerse inaccesibles para alguien, como un lenguaje secreto e infantil, como hablar en vesre o saltarse una sílaba de cada tres.

En aquel compartimento, Georges se apretaba las sienes para seguir la conversación que papá estiraba con nervio, lanzándole preguntas martilleantes acerca del porvenir, la universidad, la literatura, la abogacía, las finanzas. Georges buscaba las respuestas adecuadas hasta que la señora horrible se levantó de su asiento y gritó basta, dejen de hablar en ese idioma espantoso, por favor, me volverán loca, y salió al pasillo, desesperada. El tío Nicholas, la tía Juliette, papá y mamá rompieron a reír sin contenerse, incluso Georgie se rió un poco. Cuando la señora regresó todos le pidieron disculpas y le concedieron diez minutos de cumplidos y cortesías meteorológicas antes de volver en susurros al esperanto. Era fantástico conocer algo que nadie más sabía.

Mucho después, al rechazar la literatura y la abogacía y elegir finanzas, Georges acariciaría de nuevo la sensación de desvelar un enigma. En un arrebato de melancolía decidió invertir la mitad de sus ahorros en la nueva Rusia, como recuerdo de la valentía de su padre y del tío Nicholas contra los bolcheviques. Para mantener la bipolaridad, también jugó contra la libra esterlina y a punto estuvo de hacer saltar el Banco de Inglaterra, ah Georgie, pequeño tramposo, qué habría sido de ti si te hubieras dedicado a la literatura, cuántos novelones de éxito llevarían tu nombre, todo un seminario de Columbia dirigido a desentrañar las encrucijadas de tus libros, y sólo tú, pequeño Georgie Schwartz, sólo tú sabrías que dentro de ellos se guardan las joyas, el oro, las divisas. El resto es apenas el envoltorio.

Soy Vladimir Maiakovski. Marco se despereza en la cama. Le pesan los brazos como el plomo, le duele la espalda, de las uñas no desapareció el cromo rojo de la pintura. Mantiene la ilusión de la somnolencia durante un rato y luego recuerda el trance de anoche, comprende que dio un paso definitivo hacia alguna región rara, se inviste del plectro revolucionario, asume su función y siente piedad hacia Julia, de quien sabe que deberá desprenderse.

No porque no la ame.

No porque ya no sea hermosa dentro del sujetador atlético.

Sino porque nada debe apartarlo de su obra, Robespierre y Modigliani ya habitan La Ciudad; el resto es excedente.

Se lava la cara y las manos, mancha de rojo la toalla, la arroja a la basura, piensa en la caligrafía, en la trenza de versos, se refiere al gigantesco nasjí urbano como *La Ciudad.*

Desayuna con pausa, por primera vez sin la radio ni la televisión encendidas, se viste con pulcritud y sólo entonces toma el ascensor, abre la puerta y observa el efecto de La Ciudad a la luz del día.

Unos sobre otros, los versos se aprietan en helicoide como una cadena de ADN, cada palabra es cromosoma, dice *la nieve traía gotas de lacre, de plomo derretido y disimulos de niña que ha dado muerte a un cisne.* Encima de *la tribu profética, de pupilas ardientes ayer se puso en marcha,* dice *hace falta estar ciego, tener como metidas en los ojos raspaduras de vidrio, cal viva, arena hirviendo* sobre *el tesoro siempre listo de sus senos colgantes,* con los dedos sigue el curso de la pintura y camina muchas manzanas dactilografiando muros y aceras, pasos de cebra y marquesinas de autobús hasta que en orden inverso llega a la palabra donde comenzó todo, y allí se arrodilla, gimotea.

Soy Vladimir Maiakovski, piensa.

Soy Filippo Tommaso Marinetti, piensa.

Soy el sucesor-enterrador de Banksy, indigno remedo de mí.

Muy satisfecho, muy complacido.

Enseguida compra tres kilos de pintura acrílica, esta vez del color de una vulva inflamada, piensa, la vulva de mi terapeuta televisiva, piensa, y también compra en el kiosco dos revistas de economía, un bocadillo y una lata de cerveza.

Como un obrero, se sienta al sol, lee las revistas tan ensimismado como leyó a Baudelaire, pieza y párrafo, pie de foto y fuente de infografía, anuncios de Dodge, Avensis, L'Oréal, lee insensible al paso de las horas una crónica titulada Reflexividad: *ante el Congreso de los Estados Unidos, el magnate Georges Soros expuso con clarividencia una interpretación de los acontecimientos basada en su Teoría de la Reflexividad*, el fotógrafo de AFP, tan creativo, había tomado una instantánea de Soros en plano oblicuo, *según la cual los mercados se contraen o se expanden no por la acción de la oferta y la demanda o el valor real de los activos*, la punta de las lentes sin montura asomaba en un escorzo, *sino por la mediación interesada de agencias y grandes fondos de inversión que dirigen el rumbo hacia su propio interés*, la mirada sobre los folios subrayados con marcador fluorescente, *desvirtuando, así, el sentido de las transacciones financieras*, una erupción en la curva del cuello que ya se oculta bajo la camisa, *la cotización de esos mercados artificiales no refleja la realidad, más bien refracta el interés de grupos de presión*, el cabello sin demasiado orden sobre el cráneo, *al mismo tiempo, los mercados naturales se contagian y repiten la tendencia creada*, venas y tendones marcados en las manos como cables y alambres, *la exposición de Soros supuso una visión muy distinta de la crítica habitual que perfila la imagen de banqueros e inversores como seres desalmados guiados por ansia de rapiña,* manos oscuras y grandes que se posan sobre el papel, *Soros criticó los modelos matemáticos que, como la fórmula Black-Scholes, buscan predecir el valor futuro de una acción para reducir el riesgo de compra, creando una falsa sensación de seguridad que empuja a los inversores a tomar decisiones demasiado audaces,* el estoicismo de un maestro de las artes marciales, *aun así, este discurso resultaría mucho más certero si no proviniera del propio George Soros, cuya figura y cuyos antecedentes parecen contradecir cada una de sus palabras.*

Cae la tarde en el diván del banco de hierro. Ya anochece, Marco se despereza como un gato, carga la pintura, blande el pincel y sobre los muros y aceras que ayer sirvieron de lienzo comienza a copiar palabras de las revistas, frases bellísimas como *incómoda burbuja de ladrillo sobre nuestros hombros,* sintagmas sórdidos como *destrucción de la expectativa del mercado,* frases que apuntala como travesaños en la espiral de vía férrea que forman los versos, *la Reflexividad continúa siendo un secreto.*

La gente lo observa como a un mendigo, se fija en él y dice loco, no te acerques. Algunos se atreven a reprocharle llamaré a la policía, la mayoría se asusta de su mirada cruzada. Unos niños que ya deberían estar en la cama le tiran piedras pequeñas procurando no darle.

Mientras, Julia se desespera, aterrada. Al llegar a casa dijo ¿Marco?, lo buscó por todas partes, no estaba. Abrió la despensa, la bolsa había desaparecido, una toalla en el cubo de la basura. Pensó: Marco destripador de jovencitas, Marco fabricante de pantallas de piel humana, Marco perseguidor de colegialas, Marco matarife de gatos a los que empala en una alambrada, todo eso pensó, no se atrevió a limpiar las manchas de la pila, descubrió que la sangre no huele a sangre sino a algo indefinido y químico.

Dos días más tarde, sin conseguir ver a Marco más que dormido o absorto y mudo, Julia recogió sus cosas y se marchó. No le importaban los recibos de la luz ni la hipoteca ni dónde pasaré la noche, tal vez en el hangar de una estación de autobuses como entonces, *la Reflexividad introduce en el sistema un elemento de incertidumbre*, sólo quería marcharse de aquella casa de locos donde vive un tipo que sale cada noche igual que un vampiro y regresa de madrugada y se lava en la pila con estruendo y guarda una bolsa siniestra en la despensa y dónde entierra a sus víctimas, un tipo que antes era mi amor y se llamaba Marco y ahora es un monstruo que no me mira, que no habla conmigo, que no me responde si le pregunto dónde estuviste, qué te pasa, el cajón de los cubiertos está lleno de cuchillos Hitchcock.

Plazo inaceptable.

—Georgie....

—Hoy no, mamá, no me encuentro bien.

—Georgie, cielo, vas a llegar tarde.

—En serio, mami, creo que tengo fiebre... me duele la garganta... cof, cof, estoy muy-muy enfermo.

—Todos los niños enferman a la hora de ir al colegio. Anda, vístete rápido. Te llevará Sofía, yo tengo que salir.

—¡Sofía! No, mamá, mejor me quedo en la cama hasta que se me pase, ¿sí?

—Georges, vas a hacer que me enfade. Levántate de una vez, niño mimado.

—¿Por qué tengo que ir a *ese* colegio? Allí no me enseñan nada.

—¿Y todo lo que ya sabes, dónde lo aprendiste?

—Igual lo habría aprendido en casa, cerquita del fuego, con un libro.

—Georges, arriba.

—¿Y para qué me sirve estudiar?

—Eres demasiado inteligente como para preguntar semejante estupidez: si estudias te convertirás en un hombre de provecho; si no estudias, no serás nada, sólo un mozo de estación.

—¿Un hombre de provecho? ¿Y eso qué es?

—Un hombre que... ¡Georgie, no juegues conmigo!

—¿Uno con un buen trabajo?

—Sí, eso.

—¿Uno que gane mucho dinero?

—El dinero es importante pero no...

—Entonces es como si el colegio me ofreciese un pagaré a, ¿cuánto?, ¿quince años?

—¿Un pagaré?

—Plazo inaceptable, nadie comprometería la deuda con una demora de ese tamaño.

—Yo no sé nada de pagarés.

—Pero si el deudor compensa la carencia con pequeñas cantidades periódicas...

—Tu padre sí entiende de esas cosas.

—... pequeñas cantidades como, por ejemplo, cinco florines al día, veinticinco a la semana, cien o ciento diez al mes dependiendo del corriente...

—¿De qué hablas?

—... pero, claro, esa cantidad no puede ser abonada por un deudor que no existe...

—¿Un deudor?

—... así que supongamos que la deuda es transferida a otro beneficiario.

—¿Ves? Esas palabras que aprendiste en el colegio...

—Un beneficiario futurible como papá y tú, que obtendréis una recompensa emocional a cambio de tantos años de estudio y madrugones... emocional y económica, porque los rendimientos de mi trabajo engrosarán la fortuna familiar, todo eso sólo por cinco florines al día.

—¿Me estás pidiendo que te pague para que vayas al colegio?

—Considéralo una inversión.

La mamá de Georges cogió a su hijo por las solapas del batín, lo llevó a rastras hasta la palangana, le lavó la cara y las orejas con agua fría, lo desnudó, lo vistió, le abrochó el abrigo y, sólo cuando ya estaba listo, le largó una sonora bofetada teatral que apenas serviría de castigo por todas las bofetadas merecidas que no recibió después.

Góndolas y cisnes. La presentadora preparó una pequeña maleta, subió al coche y se marchó sin despedirse de Tina, qué gesto tan desconsiderado, inútiles quedarían el cuerpo de casa y el plan de comidas, ya listo para la semana completa.

Hacía mucho que no conducía. Tan boba, se había puesto unos zapatos de princesa Bratz que le trababan los pies. En el primer semáforo se descalzó, las plantas desnudas sobre la goma de los pedales, qué audaz.

Durante un tiempo no pensó más que en el motor 120CV, las curvas de anuncio, la música que sonaba en una radio fórmula presintonizada, si mañana tú te vas se hará pedazos mi mundo de cristal, nananá, recordó haber hablado con ese chico, un tiarro caribeño que le puso ojos tiernos durante la entrevista, se lo habría tirado allí mismo, lamiendo su compacto de maquillaje sobre la mesa que el diseñador del plató se empeñó en colocar en el medio, el plano de cabecera será muy raro, dijo ella, la mesa está bien, insistió el director, pero yo me volví diva y no la quiero, respondió con una sonrisa, la mesa se queda, primera derrota, no tendría que haber cedido, todo fueron claudicaciones después, me convertí en muñeca parlante, se olvidaron de quién fui, quién soy, su piernas se estiraban al pisar el freno, bonito cuádriceps, linda figura cuando ya se cumplieron los cuarenta, el tiarro caribeño no hizo caso de sus insinuaciones, no importa, la presentadora tenía donde elegir, los hombres formarían cola en su camerino si ella dijera adelante, podéis pasar de uno en uno, se rió, o de dos en dos, si mañana tú te alejas, el falsete sonaba con voz de chica, por eso tan suavito y guapo, mucha hormona femenina en las linfas del tiarro.

Se detuvo a repostar, el viaje era largo hasta la casita de la costa, nunca un barco en el muelle, ni siquiera una lancha, en ese punto le invadía el espectro femenino y se imaginaba a bordo con bañador Brigitte Bardot y gafas de pasta, en absoluto atando cabos, tripulando lo que fuera con un impermeable, para eso hace falta un hombre que se encargue de lo más aburrido, fue un error comprar la casita cuando no tenía con quien compartirla, pidió un bocadillo, se sentó en un taburete a ver zumbar los coches en la autopista, el piso temblaba cada vez que pasaba un camión de frutas.

Al volver al coche descubrió que seguía descalza: había bajado descalza, había pisado descalza las baldosas de la cafetería y el asfalto del exterior sin darse cuenta, imaginó que alguien la hubiera reconocido pensando mira la loca de la tele con esos pies cochinos, se dijo tienen razón, estoy un poco loca, se incorporó a la autopista, lanzó ráfagas para espabilar a pesadísimos volvos, no tuvo miedo cuando un camión cabeceó a su lado, no aflojó cuando vio sobre un puente la caja de un radar.

Llegó de noche, agotada. Los faros iluminaron el sendero de acceso, camino privado, prohibido el paso. A tientas, buscó en el bolso la tarjeta magnética. No estaba. Paró el motor, encendió la luz de la cabina, vació el bolso sobre el asiento. Sintió palpitaciones. No estaba, no estaba, no estaba la puta tarjeta.

Quiso desaparecer, tantos kilómetros, tantas horas en la carretera sólo para hacer guardia delante de una cancela que no hay manera de abrir, los pies descalzos y sucios, sus tontos zapatos de figurilla Bratz arrumbados en la alfombra de plástico, la pequeña maleta con libros y vestidos de vapor, un bikini, crema corporal de vainilla, la loca de la tele con sus pies cochinos cruzados sobre el salpicadero, la linterna del vigilante de la urbanización que dice usted no puede estar aquí, tal vez si le contara lo que pasó me dejaría entrar, pero en el bolso tampoco encuentra el llavero con el pequeño elefante de alabastro, dónde lo puse, en qué estaba pensando cuando dije me voy a la casita, leeré, pasearé por la playa, meditaré y tomaré una decisión sobre mi futuro como dicen los libros de autoayuda y las novelas del XIX que debe hacerse, sosiego y respiración, nada de píldoras, nada de llamadas de urgencia a un amigo al que hace tanto tiempo que no ves, yo no tengo amigos, después de los cuarenta no se tienen amigos a los que contar qué se esconde dentro de tu corazoncito, después de los cuarenta todo debería ser sosiego, equilibrio y objetivos alcanzados para el largo disfrute de la madurez, después de los cuarenta se tienen compañeros, amantes, analistas, pero no esa clase de amigos, no se puede volcar encima de nadie la mierda que arrastras tan fuera de tiempo, tú misma deberás hacer que desaparezca o diluirla en una proporción que te permita sobrevivir, no, nada de amigos de almohada y llanto, sírvete si acaso de los amantes de la cocaína.

Cerca había un hotel, SPA, ñoñerías de manzana fresca y libro de cuentos reposando sobre el escritorio, producto no comercial, prohibida su venta. Pidió una habitación, le ofrecieron tres, normal, cara y muy cara, igual que en las promociones del supermercado. Se quedó con la cara, igual que en las promociones. Abrió la puerta, encendió la televisión, husmeó, se lavó las ingles y las axilas como una señora mayor, se cambió de ropa, bajó al bar, abierto hasta la una, ya pasaba de medianoche, pidió un gintonic, tenía el estómago vacío, en el bar sólo había tres clientes, un hombre de cincuenta años, dos de treinta, igual que en las promociones, el de cincuenta estaba solo, parecía extranjero, eso facilitaba la aventura, se imaginó subiendo con él a la habitación, tímido, divorciado, solitario, apenas un soplo placentero, después ella le diría márchate y él obedecería con mansedumbre, al servir el tercer gintonic el camarero dijo tengo que cerrar, ganas de llegar a casa, ¿eh?, un poco, contestó él, no te preocupes, no tardo, vació el vaso y se despidió, los dos de treinta se besaban, el de cincuenta se fue antes de que ella terminase de imaginar el lance, en el espejo del ascensor se vio distorsionada, entró en el cuarto, encendió la televisión, le dio rabia que el canal porno fuera de pago, qué más da el dinero pero sí el recibo en el mostrador cuando mañana entregara la llave y dijera adiós, adiós, dulces amantes que no tuve, se desnudó, se acostó sobre la colcha, cogió el cuaderno de obsequio, hizo clic en el bolígrafo de obsequio, escribió un poema de obsequio que decía

vencida y tibia,
fragante de limo y caricias,
mis amantes ya no dicen era ella
quien de madrugada te soplaba en la nuca
los versos de rubén darío,

góndolas y cisnes
dibujaba sobre ti su lengua,

y los versos horribles continuaron hasta que en la pantalla apareció un diario de noticias diciendo la crisis financiera hace temblar la economía de la Unión Europea, se quedó dormida con las declaraciones del portavoz de cualquier institución, su cuerpo era bello y era triste con la luz blanca del amanecer, el bloc se encuadraba en el pecho, el bolígrafo se desprendía de los dedos como un arma, cuando la camarera abrió la puerta creyó que la señora de la 206 había muerto, dio un grito que levemente hizo que se desperezara, en el baño vomitó una pizca de ginebra, se sentó en el suelo como una chiquilla borracha, supo que lo siguiente sería volver a casa, pedir disculpas en la cadena, recibir a cambio un gesto de conmiseración y un contrato para el programa de tarde de una televisión regional,

y ahora mirad la herrumbre de su cuerpo
que fue cobre en nuestras manos,
mirad el rescoldo que aún palpita
tan lejos de la llama de las vestales,
pisaron el templo las pezuñas de los bueyes,
huyeron los vándalos con el tesoro del tabernáculo,

dentro de dos años nadie se acordará de ella, podrá pasear sin temor de ser sorprendida mientras se besa con nadie, *la princesa no ríe, la princesa no siente, la princesa persigue por el cielo de Oriente la libélula vaga de una vaga ilusión,* la princesa no siente que una gota de sangre vuelve a recorrer su muslo escribiendo en la piel un poema que dice *Primera planta: Oncología.*

Aduanas. Cuando el tren llegó a la frontera, el control de aduanas ya había sido tomado por la Wehrmacht. Los soldados grises cerraron el paso, detuvieron al maquinista, lo sustituyeron por un oficial de ferrocarriles, repostaron agua y combustible y emprendieron el camino de regreso a Budapest. Algunos trataron de escapar antes de que se pusiera en marcha, se oyeron gritos y disparos. Georges, Juliette, Nicholas, papá y mamá metieron la cabeza debajo de los asientos, la señora horrible rezó, nadie dijo una palabra en ningún idioma hasta que el tren volvió a detenerse, ya en la estación central. Abrocharon sus abrigos, recogieron sus maletas y cargaron con ellas hasta la vieja casa clausurada. En el andén no había ningún mozo de cuerda; en las aceras, sólo soldados verdes, rápido, moveos, rápido, Georges reconoció al hermano de un compañero de clase, sólo tenía dos años más que él, tan apuesto con el uniforme reciente, Georges se sintió bebé al pasar a su lado, deseó llegar enseguida, encerrarse en su habitación, abrir una novela de Julio Verne y quedarse dormido en la segunda página.

A partir de ese día, el papá de Georges se consagró a la tarea de ocultar su ascendente judío, cambió el apellido de Schwartz por Soros, se despidió de sus amigos.

Los rusos atacaron la ciudad en octubre de 1944, fulminando la resistencia húngara en febrero de 1945. Durante la conquista y la celebración, todas las mujeres de Budapest fueron violadas. Todas quiere decir *todas*, si alguna escapó fue por acción de la fortuna, abundan los testimonios y las fuentes bibliográficas que permiten sostenerlo. Georges era blanquito y afeminado pero no era una mujer; su madre y la tía Juliette, sí.

En 1946, ya bajo la autoridad soviética, Georges pudo rentabilizar la obsesión de su padre: le fue concedido un permiso para asistir al III Congreso Juvenil de Esperanto, en Suiza, y desde allí escapó al Reino Unido para estudiar en la afamada London School of Economics, donde conoció a Karl Popper, purificó su cobardía con abluciones intelectuales y decidió ganar tanto dinero como le fuera posible para después abandonarlo todo, contribuir al bienestar cósmico y remontar el río Nung. Es decir, su trayectoria de artificio, ambición y aislamiento fue idéntica a la historiografía del esperanto.

En 1956 llegó a los Estados Unidos, culminando un viaje que comenzó trece años antes en la estación de Budapest. Trabajó en Manhattan como analista de fondos de inversión hasta que en 1973 juntó el capital y los contactos necesarios para crear un fondo de alto riesgo al que llamaría *Quantum*. Durante tres décadas acumularía beneficios anuales superiores al treinta por ciento, sus victorias en los frentes financieros fueron aclamadas, la humillación infligida al Banco de Inglaterra se convirtió en leyenda. Vencidos y acuclillados sus enemigos, demostrado ya su heroísmo, Georges Soros quiso añadir la Clemencia y la Magnanimidad a su lista de atributos, y regresó a las teorías del venerable Karl Popper para propugnar la doctrina de la Sociedad Abierta. Escribió libros, redactó artículos de impacto, creó fundaciones, tejió la red de un lobby masón y humanista cuyo mágico ideario establece la necesidad de gobiernos transparentes, la obligación moral de los ciudadanos de participar en el Estado y la legalización de la marihuana.

Después desapareció, como Bobby Fischer, el comandante Kurtz o J. D. Salinger, río arriba. En el bolsillo llevaba píldoras arcoíris.

La sustancia verdadera de la revolución. Acosado por las críticas que lo señalaban como un autor vanidoso, formalista y desapegado de la sustancia verdadera de la revolución, el poeta Vladimir Maiakovski escribió antes de volarse la cabeza: *Los poemas inacabados dádselos a los Brik. Ellos los descifrarán. Sobre la mesa hay dos mil rublos para pagar los impuestos.*

Los Brik. Dos mil rublos. La cabeza reventada de un disparo. Las citas, las acotaciones, las referencias a su obra que no conoció.

Yo intentaba. En el trabajo le dijeron qué mala cara. No era capaz de mantener la concentración, los clientes pedían Ribera Maya y ella hacía clic en Costa Azul, por suerte cada vez entraban menos, el teléfono apenas sonaba, la mañana transcurría en blanco. Qué te pasa, le insistieron, pero cómo decir a punto estuve de aventurarme con uno y la misma noche que no me atreví Marco se descompuso, se hizo pedazos, qué ocurrió que yo no supe, cómo contar cinco años de perfecta normalidad a su lado, sonrisas y noches divertidas sin exceso aunque ternura, el foso se abrió desde que lo echaron a la calle, pasaban los días y Marco cada vez más lejano y oscuro, ni siquiera me dejaba subir a la azotea, ¡Tíbet libre!, yo intentaba aliviarlo y le decía sólo es un bache, pero no, deriva, quizá por eso estuve a punto de la aventura y ahora no comprendo nada, dónde has estado, días sin verlo más que dormido o despierto y mudo, y la terrible sospecha, tantas horas vagando dónde, busqué en los periódicos por si decía desaparición de una niña, extraño crimen sin testigos.

Julia no habría sido capaz de contarle a nadie lo que sucedía porque ni siquiera ella lograba ponerlo en pie. Durmió algunos días en una pensión, después alquiló un piso pequeño.

Huevo cósmico. *Hace unos quince mil millones de años, toda la materia y energía del universo estaban concentradas en un objeto único, diminuto, caliente e infinitamente denso. La explosión de este «huevo cósmico» arrojó materia y energía en todas direcciones, en una expansión que continúa hasta hoy.*

HERMAN y LEO SCHNEIDER,
Diccionario de la ciencia para todos.

Con la economía ocurre lo mismo.

Risk. En otro tiempo y en otro espacio, sucedió esto:

El joven aprendiz llamado Marco emprendió un largo, muy largo viaje. Cruzó una selva austral, escapó del curare de los jíbaros y del evangelio de los jesuitas, tomó conciencia de que se había equivocado de continente y aun así perseveró en la búsqueda gracias a su desesperación y a un vuelo de bajo coste, en el aeropuerto compró fruta deshidratada, caminó al borde de la autopista masticando trocitos de fruta, siguió su curso hasta que el asfalto se convirtió en barro y el barro en hojas, durmió muchas noches en el bosque, alcanzó la orilla del río Nung, remontó las aguas dejándose besar por mosquitos de tamaño prehistórico, preguntó a todos los pescadores de anguilas y a todos los recolectores de arroz y a todos los terroristas suicidas y, al fin, avistó —los zapatos abiertos, los dedos sangrantes— la cabaña del maestro Soros, venerable escapista. El joven aprendiz llamado Marco necesitaba el consejo del maestro para huir de la fosa, la cárcel o la camisa de fuerza.

Aunque muchos recordaban su llegada a la ribera del Nung e incluso los negocios que estableció con el desafortunado pastor de yaks, la mayoría de los habitantes del delta llegó a pensar que el maestro Soros era tan viejo como el río, y que de algún modo siempre había estado allí, lamiendo la corteza de los árboles, pescando peces imposibles entre las rocas rosadas, acariciando a la horda de bonobos que retozaba alrededor de la antigua cabaña usurpada. En sus manos, una vara de sauce y un manual de Economía. En sus pies, *grandes botas amarillas, siempre tranqueando entre las hierbas y los juncos como una vaca que baja a beber; los ojos eran azules y brillantes y la cara tan roja como una manzana madura, pero plegada en cientos de arrugas*, el maestro Soros se transmutaba en Tom Bombadil del Bosque Viejo, y también en Falstaff y en las rocas rosadas, y las aguas del río, y los peces imaginados, y el pelo crespo de los bonobos, porque el maestro Soros era cada cosa del bosque y cada cosa del bosque era el maestro Soros, *Tom Bom, alegre Tom, Tom Bombadil. Prestad atención, amigos míos: Tom estaba aquí antes que el río y los árboles. Tom recuerda la primera gota de lluvia y la primera bellota. Abrió senderos antes que la Gente Grande y vio llegar a la Gente Pequeña. Estaba aquí antes que los Reyes y las tumbas y los Tumularios. Conoció la oscuridad bajo las estrellas antes de que apareciera el miedo, antes de que el Señor Oscuro*-Greenspan viniera de Lejos y antes, mucho antes, de la traición del ambicioso Leh-Bro.

—Oh maestro —se atrevió a decir el peregrino-Marco—, a tus plantas me arrojo suplicando abrigo y consejo. Los enemigos me humillaron y yo dejé que huyeran con el botín. Desde entonces, vago sin alegría ni posesiones. Maestro, ¿qué puede hacer una rata como yo para que en el reparto universal me alcance un tantito de alivio?

—Tus zapatos son muy graciosos, parecen cocodrilos.

—Maestro, he cruzado un hemisferio y muchos husos horarios para llegar ante ti, he purificado mi cuerpo con el desuello de la fatiga y el sudor tropical, mi ropa raída Inditex ha regresado a su origen, el esfuerzo del peregrinaje y la renuncia son los exvotos que te ofrezco a cambio de tu sabio consejo de flecha certera. Maestro, ¿existe en el huevo cósmico alguna posibilidad de redención para mí?

—A los bonobos les encantará conocerte, culito lindo.

—Maestro...

—Coge ese saco, está lleno de plátanos maduros. Ya verás qué contentos se ponen, pero no dejes que se acerquen por la espalda si tu agujero es pequeño, los bonobos no tienen criterio.

—Maestro...

—Ya vienen, ya vienen, no te muevas, no digas ay, te tratarán con cariño si no te quejas...

Pasaron muchos días antes de que los monos se aburrieran del gonzo con el recién llegado. El maestro Soros leía su único libro mientras Marco se cosía las heridas. Pese al dolor, la infección y la fiebre, el peregrino-Marco volvió a arrastrarse junto al maestro para suplicar clemencia y consejo con frases larguísimas; había sangre humana y esperma de mono por todas partes. Una tarde en la que las hiedras brillaban de una manera rara con la lluvia del mediodía, Soros al fin se dio por vencido.

—Hablas de una manera tan divertida que no puedo concentrarme en nada de lo que dices. Deduzco que has venido al Bosque Viejo para que yo te insufle un hálito de vida y esperanza, como si fuera la Virgen del Carmen. A ver, pues allá va mi consejo milagrero: la vida te trató mal, seguro, pero no naciste en Calcuta ni te destinaron a la pobreza. En lugar de lloriquear como un poeta romántico ya deberías tener un plan de salvación, por ejemplo:

A) Hacer recuento de tus ahorros, rehipotecar tu casa y abrir una agencia propia o un estudio de diseño industrial o una tienda de golosinas.

B) Tienes treinta años, aún estás a tiempo de abandonar el país de mierda en el que naciste y emigrar a otro lugar realmente próspero donde las chicas usen sandalias en invierno y en la puerta de los clubes no dejen entrar a nadie que no tenga un reloj acuático.

C) Te queda la opción de joder a quien te jodió hasta que la venganza te refresque como la brisa en un acantilado.

El joven Marco no quiso precipitarse. Meditó durante semanas, se ejercitó en artes marciales, dibujó sobre la arena una lista de ventajas e inconvenientes, y al cabo tomó una decisión: letra C.

C de castigo.

C de crucificar.

C de culpables.

Marco-peregrino tomó las manos del maestro Soros y se despidió de él cubriéndolo de besos y de gracias, gracias, tanto te debo, mi Hermano en el Espíritu del Bosque, adiós, *asciendo de mis avatares; otros indudablemente me esperan, otros esperan por mí, recuerda mis palabras, tal vez yo vuelva, incorpóreo, triunfante, muerto.*

La hiedra tembló con la brisa, un lagarto se escondió en su madriguera, la cabaña pareció crujir lastimosa, en el rostro del maestro apareció una nube de tristeza, un mono rompió a llorar sin consuelo. Se hacía querer el bueno de Marco, culito lindo, se hacía querer.

Para olvidar esa punzada, George Soros encendió su ordenador portátil, ajustó la configuración 3G e invirtió algunos miles de dólares en varias empresas que recientemente se habían declarado en bancarrota. Fue su manera de contribuir al Gran Desastre, del mismo modo que había activado la espoleta del kamikaze-Marco. Las piezas estaban en movimiento, la partida de Risk comenzaba.

Así es como acaba el mundo.

Así es como acaba el mundo.
Así es como acaba el mundo.
Así es como acaba el mundo.
No con una explosión sino con un gemido.

Los versos de T. S. Eliot dan noticia del fin de la historia cosmológica. El comienzo, según la mayoría de los astrofísicos, fue el Big Bang (v. COSMOLOGÍA). Su fin definitivo —¿quién lo sabe?— puede ser el último gemido en el camino hacia la entropía máxima e irreversible, que podría definirse como «no más cambios».

HERMAN y LEO SCHNEIDER,
Diccionario de la ciencia para todos.

Con la economía ocurrirá lo mismo.

Estrategia y plan de ataque. Julia se ha marchado. Alféizar y soledad. La casa es el zoo donde la fiera se exhibe, todas las puertas están abiertas, la fiera puede escapar y no se atreve. Marco deambula sin dueño por las habitaciones, Julia no está en ninguna.

Terminado el trance de la caligrafía, Marco recupera la cordura y comprende: nunca más Julia. Al principio fantaseó con la huida propia. La vergüenza y la sensación de fraude le impedían confrontarse a ella cada mañana, tan sonriente y dispuesta, desayuno nutritivo. Habría sido preferible un cuarto a solas, persiana y sábana, imaginó muchas veces la escapada, el coche, la frontera, una casa alquilada, vida de molusco; pero nunca concibió que fuera Julia quien se marchara al fin, harta de ese mundo desquiciante y aterrada por las extravagancias de manso-Marco-escriba.

Ahora la supervivencia consiste en pasear del salón al dormitorio, escuchar el fluido de la cisterna como un silbido humano, comprar arroz y salchichas, alimentarse de arroz hervido, salchichas fritas y programas de televisión. El abandono es hercio, comida de rancho, casa-zoo.

Sin embargo, a diferencia de tantos otros marcos de vida destruida, el verdadero Marco-Banksy tiene una escapatoria y se abrazará a ella como un monje oriental, hará que cada una de sus acciones cobre sentido en torno a una idea superior, como un yihadista.

La idea superior es La Ciudad, aún inconclusa, La Ciudad que ocultará la ciudad.

Porque Marco sabe que la trenza de versos no fue más que un prefacio, y ya no hay tregua, la pauta está fijada, el cuaderno quedó abierto como un pájaro, una exigencia parnasiana lo obligará a continuar hasta el desfallecimiento. Y por eso, en un papel sobrante emborrona el índice de un manual que dice Estrategia y Plan de Ataque, apunta cada cosa como un troskista, vuelve a sentirse satisfecho, complacido, casi no piensa en Julia, apaga la televisión, se viste con ropa vieja, sale a la calle a comprar latas de pintura, casi no piensa en Leh-Bro, casi no piensa en Soros ni en el joven director general, la Lambretta es un insecto.

En el kiosco ve una revista de arte y divulgación. Vestido con sayo de arpillera, Gustav Klimt sonríe desde la portada acariciando un gato con estudiada pose de lunático. Klimt: Marco recuerda los ejercicios de color y composición del taller, era tan sencillo imitar a Klimt, el oro soplado se sustituía fácilmente por purpurina de carnaval, Marco copió muchos klimts en aquella época, a Cloe le parecían horrendos como mosaicos de casa de campo, un klimt flanqueado por enanitos de yeso, era tan severa con su gusto estético que no permitía que Marco frivolizara con modelos de baja estatura, bien por el cómic y la cultura pulp pero muerte al artista devenido en postal de vacaciones, nada de Klimt ni de Van Gogh en esta casa, nada de Manet, se contenía de arrancar los apartados dedicados a *Impresionismo* y *Primeras vanguardias* de la enciclopedia sólo porque había costado tanto reunir la colección, maldita sea la venta por fascículos.

Klimt, el mendigo. Sobre el banco de hierro, Marco devoró un reportaje que decía muchas veces *sublime clochard*, y llegó a la conclusión de que no podía permitirse una vida tan mediana, *sublime clochard*, tan vulgar. Había dejado que la oscuridad lo absorbiese, había dado los pasos correctos hacia el aislamiento y el desvarío, pero para alcanzar la divinización del artista marginal debía ser un tanto más osado, *sublime clochard,* sinceramente salvaje como Rimbaud.

En una ferretería compró un carrete de cuerda, un cuchillo de monte y una piedra de afilar. Tuvo que caminar muy lejos hasta que encontró uno de esos descampados tan abundantes en los ochenta, entonces habitados por yonquis y lagartijas y ahora ocupados por urbanizaciones, rotondas y lagartijas. Suerte: detrás de un muro de ladrillos (residuo de casa derribada, restos de papel pintado, azulejos de baño), se secaba un cañaveral idéntico a los de su infancia, las raíces sobre los escombros. Afiló el cuchillo, cortó las cañas, las ató y cargó el haz al hombro como un pastorcito de Belén, figurita viviente tan hambrienta y vacía como de escayola.

Cuando llegó a casa la espalda le reventaba. Cayó exhausto, se quedó dormido en el suelo, las cañas abiertas a su alrededor como un mikado de gigante. Al día siguiente subió las piezas a la azotea para que se secaran al sol como redes artesanales. Con ellas fabricaría pértigas telescópicas para sus pinceles, los versos de Baudelaire alcanzarían lugares donde sólo Spiderman podría posarse, Peter Parker Poeta.

Macroautofagia. En situaciones de estrés celular se activa el mecanismo denominado autofagia, por el cual la célula eucariota elimina y sintetiza moléculas propias para utilizarlas como combustible. Esto no sólo ocurre en procesos de crisis, enfermedad o amenaza, sino que forma parte del ciclo natural de algunos individuos celulares, como las células mamarias después del periodo de lactancia. El Alzheimer, el Parkinson y el llamado envejecimiento prematuro tienen su origen en una forma desviada de macroautofagia.

Abundan horribles historias de autofagia humana, presos olvidados en una mazmorra que se amputan y devoran los pies, chiflados de Nueva Zelanda que se arrancan lonchas de carne y las rehogan con verduritas, snuff movies de los noventa donde unos soldados rusos obligan a un prisionero a comerse su propio pene. Cuenta Kapuściński que el viajero alemán Heinrich Barth logró sobrevivir cinco años en el Sáhara provocándose pequeñas incisiones y bebiendo su sangre.

Con la economía y con Marco ocurre lo mismo.

Sociedad Abierta. En una gaceta, un párrafo: *Economista, megainversor, filósofo, Soros ha consagrado su fortuna —estimada en once mil millones de dólares— a la consecución del proyecto de Sociedad Abierta, siguiendo las teorías de Henri Bergson y Karl Popper, que propugnan un mundo sin autoritarismo en la gobernanza, con transparencia en los órganos políticos y asentado en la libertad y el respeto a los derechos humanos*, como en la República de

Star Wars antes de la caída y corrupción del emperador Palpatine, episodio tres. Manzana, campana, sandía, ding, dong, ¡siete-siete-siete!, las monedas se deslizan como arroyo de plata, Greenspan es Palpatine, Soros es Obi-Wan, la fuerza es el dólar, Leh-Bro es Anakin, Marco es una rata del desierto, el joven director general es Han Solo.

Llegarán la noche y la helada. La Lambretta regresa al hangar subterráneo, el piloto Han esquiva un bolardo en ángulo mortal, atraviesa la acera recién peatonalizada —acceso restringido a residentes con tarjeta identificativa—, abre el portón, se desliza al ralentí por la rampa, desmonta y corre escaleras arriba, ruega a los dioses del ADSL para que el buscador responda, sujeta los mechones a las sienes hasta que en la bandeja de correo aparece la confirmación de la sospecha, lleva todo el día delante de una pantalla, tiene treinta años, sólo come proteínas e hidratos de carbono, es hermoso y fuerte como un atleta, desprecia las drogas sintéticas, siente que una angina de pecho acabará con su vida en ese instante.

Cualquiera sabe que el riesgo debe ser diversificado, capítulo primero del manual del pequeño inversor, la duda existencial recorre el sistema financiero, son tantos los intereses y los agentes implicados que ninguna fuente es fiable ni permanente. Talo hizo cuatro partes con los beneficios obtenidos: la primera la mantuvo en una cuenta corriente a su nombre, igual que haría una viejita con sus ahorros; la segunda la consolidó como capital de la sociedad, prudente sujeción para el futuro; la tercera la invirtió en fondos tradicionales de rentabilidad media, energía, comunicaciones, sanidad y otros pilares sociales; la cuarta parte sirvió para comprar deuda hipotecaria que después revendería y volvería a comprar. Había leído un artículo sobre las obligaciones de deuda garantizada que las grandes empresas acumulaban desde hacía años, por qué no crear un modelo en miniatura, el negocio del nuevo siglo consistía en comprar deuda y liberarse pronto de ella como de una granada de mano. No hubo que esperar a los balances anuales para comprobar que estaba en lo cierto: la rentabilidad de la deuda enflaquecía al resto de la cartera, cuyos fondos resultaban tan anticuados, tan siglo XX, el mercado de derivados era el Klondike del XXI. En un rapto de avaricia y de confianza en el orden universal, Talo decidió derivarlo todo en esa dirección, pronto no harán falta promotora ni comerciales ni nada distinto de una cuenta con liquidez suficiente y acceso telemático, podrá cerrar la oficina y liquidar el viejo negocio, tal vez Martita y los demás quieran convertirlo en una cooperativa, les ofrecería un buen precio, bastaban diez minutos diarios delante de la pantalla del ordenador para mantener el flujo de inversiones, sístoles y diástoles, en eso consistiría su trabajo a partir de ahora, el progreso es vivir del cuento, surfear y seducir Erasmus.

Algunos meses antes de que Lehman cayera, el joven director general descubrió un blog donde se revelaba la interrelación entre fondos de carácter contrario, esto es, fondos especializados en empresas energéticas que volcaban el dinero inexistente en la cubeta de derivados. Seguían repartiendo las mismas rentas con puntualidad, pero sin decirlo se hacían dependientes de un producto financiero tan inestable, según la ortodoxia. Leyó el artículo con indignación hipócrita; enseguida aceptó que así funcionaban las cosas, no había nada que temer aunque todo su capital pudiera depender de ese intangible, el sistema es fuerte como la muralla china, Greenspan es el gran mandarín.

15 de septiembre de 2008: el joven director general se despereza mientras el ordenador de la oficina arranca. Ni siquiera es necesario abrir ninguna página de noticias, el aviso aparece por todas partes: Lehman ha caído, proporciones bíblicas, etcétera. No acepta llamadas, no permite ninguna interrupción, ni siquiera de Martita. De manera recurrente regresa al artículo del blog revelador y toma conciencia del desastre: la mitad de sus inversiones se ha desvanecido.

Se equivocaba: como descubriría aquella tarde al regresar a casa, *todas* sus inversiones se habían desvanecido, apenas le quedaba la cuenta de la viejita, lo demás ya era el plumaje con el que Barclays se adornaría.

Durante la ejecución de un snap demasiado veloz se rompió la clavícula en los Dolomitas. Antes de tocar la nieve ya supo que el golpe sería fiero, sintió que el hueso se quebraba como un brote de bambú. Pista seis, ventisca leve, sus colegas de expedición no aparecían por ningún lado, pensó llegarán la noche y la helada y una ridícula muerte o un rescate penoso, traje de novecientos euros, gafas de trescientos, sólo los guantes costaron doscientos, qué absurdo. Dejó la tabla, el brazo le caía inerte como a Valle-Inclán, dolía tanto que no sintió cansancio ni miedo. Anochecía, la ventisca arreciaba, el remonte se había detenido, no hubo donde pedir auxilio. Comenzó a avanzar por la ladera, viento en contra como en un verdadero trance cinematográfico. Si el hueso no le hiciera morir de dolor habría disfrutado de aquella peripecia, guionizada para el lucimiento de su músculo y arrojo, pero cada paso era un suplicio, creyó que no lo lograría, mi cuerpo comprimido en la nieve, qué final tan prematuro, llegó a la base de la estación arrastrándose como un soldado de la División Azul. El refugio olía a leña y a entrecot. En el salón (tarima de cedro, otomanas vintage) encontró a sus colegas bebiendo licor de café. La ambulancia-trineo del servicio de emergencia lo trasladó al hospital como en un cuento navideño.

Los Dolomitas convirtieron al joven director general en un héroe burgués, la proeza sería coreada durante mucho tiempo, él mismo se convenció del valor de la hazaña, sintió una especie de catarsis ridícula, el destino me eligió para grandes cosas, se dijo.

Frente a la caída de Lehman actuó del mismo modo: asumió la magnitud del desastre, evitó hundirse en la desgracia y se levantó con arrojo y dolor de hueso roto, dispuesto a acometer cualquier acción que fuera necesaria. Y lo hizo.

El primer paso no fue trepar ninguna ladera sino desprenderse del peso muerto, y por eso plantó el pie en el trasero de Marco, mucho antes de que otros cientos de miles de marcos fueran despedidos, qué clarividencia. Después puso su patrimonio a la venta, se reservó algunos bienes y mantuvo el precio de mercado durante un tiempo hasta que finalmente se vio obligado a recurrir a saldos y ofertas de pronto pago. El balance de daños era desolador, las deudas verdaderas y propias trepaban como plantas invasoras, no podía hacerles frente. Cerró la oficina, dejó los muebles en almoneda en un portal de subastas, comprobó la vigencia de su pasaporte y comprendió que comenzaba una nueva fase de la aventura. Dentro de unos años un redactor de *Esquire* podría titular *T. Grau: caída y renacimiento*, pero ahora sólo era *Grau, galgo sin olfato*.

De inmediato. El 16 de septiembre de 1992 George Soros vendió en una sola operación diez mil millones de libras esterlinas, obligando al Banco de Inglaterra a devaluar la moneda de inmediato para evitar la quiebra absoluta. También de inmediato, Soros obtuvo mil millones de dólares de beneficios. El volumen de la ganancia es anecdótico, no fue una acción destinada al lucro sino a la demostración de una idea que nadie entendió. Confucio: *En un país bien gobernado, la pobreza produce vergüenza; en un país mal gobernado, la riqueza lo hará.* Soros: que se avergüencen los demás de la fortuna que me permitieron reunir.

Pobre Soros, toda su vida arrastraría la fama de especulador cruel. Tanta filantropía, tanta lucha contra el hambre sin reconocimiento. *Solidaridad* en Polonia, *Grameen Bank* en la India, *Revolución de las rosas* en Georgia: nada habría sido posible sin el viejo Soros, un incomprendido que ya comenzaba a estar harto de la condición humana.

Julio de 2011: a través de una sorprendente nota de prensa, Georges Soros anuncia la clausura del fondo de alto riesgo *Quantum*, prometiendo el reintegro de la inversión a cada uno de los socios, «confío en que se hayan sentido recompensados a lo largo de estos años», dijo en la carta de despedida. El bueno de Georgie cerró el negocio, recogió los tiestos y desapareció del mapa. Averiguar su paradero se convirtió en el acertijo favorito de los periodistas de la sección de finanzas y sucesos.

El Comité. Marco ya es Klimt, ya es Maiakovski y Modigliani-cíborg, Cloe se sentiría tan orgullosa. Se regocija, arrincona en una habitación todos los muebles y los desbroza con el cuchillo de monte, no se compadece de la mesa de delineante, rompe las sábanas, las extiende como lienzos, compra botes de pintura y aerosoles, recoge cartones de los contenedores con preferencia por embalajes de electrodomésticos, con un cúter moldea letras de imprenta y construye un alfabeto, recorta cada pieza para utilizarla como plantilla, se acantona en la sala, deja de firmar en el INEM, pierde la prestación, agota sus ahorros, arruga los recibos hasta que le cortan la luz y el agua, aprende a vivir a oscuras, consigue un infernillo de gas, toma el agua de un grifo que hay en el cuarto de contadores, las limpiadoras del bloque sospechan, todas las noches efectúa incursiones para extender los ramajes de La Ciudad, en algunos muros la espesura se vuelve ilegible, los vecinos dejan de limpiar y encalar porque saben que una banda de gamberros (decenas de ellos, imaginan) volverá a ensuciarlo con palabras inventadas que no significan nada, azogue, durazno, caléndula.

Sobre una cornisa, ayudado por la pértiga de cañizo, Marco dibuja el vuelo de un gorrión magnificado, elemento de la nueva Macromaquia.

En cada una de las franjas de un paso de cebra dibuja las viñetas de un cómic con cebras mutantes persiguiendo salacots de safari.

En la pared de una agencia de viajes dibuja el rostro de Julia recordado de memoria, cada trazo es un hilo de versos, la boca se cierra con *alma* y *noche* en el labio superior, se mece con *púrpura* en el arco del labio inferior.

Todos hablan del acontecimiento. Vecinos, agentes municipales, periodistas. Se preguntan quién, por qué, cuántos. Discuten si poesía o vandalismo. La policía hace rondas, Marco las esquiva. Los vecinos aguardan en las ventanas con cámaras de vídeo. La Ciudad sale en el telediario del mediodía, sección de noticias disparatadas.

Marco es cauteloso, siempre lleva camisa y pantalones de vestir, no llama la atención, se sienta en un banco y espera el momento adecuado, tiene todo el tiempo del mundo, le sobra tiempo, toneladas de tiempo, tiempo envasado y etiquetado que nunca caduca, tanto nadaquehacer a su antojo que ni siquiera se acuerda de Julia.

Entonces ocurre.

—Divertido, ¿eh? —escucha detrás.

—Versos y animalitos, ¿eh?

—Y así todas las noches, ¿eh?

Marco tiembla al oír las voces en su espalda, piensa que se trata de una patrulla vecinal armada de barras de hierro, cadenas, mazas, hartazgo; o tal vez la policía, uniformes negros, botas, la habilidad de tumbarte en el suelo, hundir la rodilla en tu espalda y esposarte sin apenas contacto, evitando contagios.

Pero no, al darse la vuelta descubre que sólo son tres tipos normales: el de la izquierda es alto y desgarbado, viste de negro; el de en medio lleva barba y una camiseta serigrafiada; el tipo de la derecha es una chica feroz que se ríe de él con descaro. Marco tiene la sensación de que ya ha vivido eso antes.

La risa se extiende, se convierte en carcajada y burla. Marco blande el pincel con ridícula pose, ¡en guardia!, presiente la andanada de hostias y se pregunta si podrá mantenerse digno debajo del tumulto de patadas y salivazos, la chica aplastará sus testículos con botas duras como neumáticos, la risa se detiene desinflada, aquí vienen los tres drugos —piensa Marco—, dispuestos a cazar mendigos e idiotas, el comandante Alex me reventará la mandíbula con la punta de su bastón, Lerdo saltará sobre mis costillas, la chica-Pete orinará en mi cara, soy un idiota y un mendigo.

—Baja el arma.

—Tranquilo.

—No tienes nada que temer.

Es madrugada, muy. Los drugos se sientan en un poyete, observan La Ciudad, elogian a Marco, le enseñan las fotografías que tomaron esa misma mañana, señoras con pelo-casco diciendo qué bonito, operarios del servicio de limpieza rascando el muro tan frustrados. Por fin dimos contigo, eres escurridizo, una vez creímos verte, ya te marchabas, miraste atrás, apretaste el paso, ¿no sabes que hablaron de ti en las noticias?, cafre grafitero o poeta urbano, decían, un profesor de instituto trajo a sus alumnos, siguieron el recorrido, apuntaron los versos en el cuaderno, jugaron a adivinar de quién es cuál. La acción urbana más tierna que vi jamás, dijo la chica, los ojillos le brillaban de sincera emoción a la luz del alumbrado público, tierna y revolucionaria, ajustó el de la barba. Estuvieron a punto de abrazarse y comerse la boca los cuatro de tan hermanos y unidos como se sentían, pasaron horas así, sin moverse del poyete hasta que el desgarbado dijo va, te invitamos a desayunar, y como si volvieran de una noche de farra se tomaron del brazo, muy compadritos, y echaron a andar hasta un bar junto a las cocheras donde se sirve temprano para el primer turno de conductores, pidieron tostadas con jamón, paga el Comité, qué comité, preguntó Marco, el que acabamos de formar, ¡queda inaugurado!, la chica sonrió con migas entre los dientes descubriendo unas encías anchas, rosadas y gomosas como muñeca de plástico, a Marco le pareció casi una adolescente.

Hablas poco, le dijeron, no serás uno de esos artistas ensimismados, dijo el flaco, el artista debe abrir los ojos y mirar lejos, de qué sirve un poema leído a solas, versos para el obrero, versos para la máquina y para la señora que nunca leyó versos.

Por turnos, cada uno contó o inventó su vida, como en una terapia inicial o un acto de fundación, efectivamente se trataba de eso.

El desgarbado tenía treinta años, había vivido cuatro en Atenas, dos en Christiania, trabajó de temporero en

Francia, estaba curtido en la labor sindical y el apedreamiento de sucursales. Director de mil fanzines, autor de algunos poemas de horrible ortografía, no dejaba de teorizar y aleccionar, era agresivo, bobo y bloguero.

El de barbas pasaba de los cuarenta pero se atascó antes, llevaba camisetas impresas por él mismo con una máquina robada del taller de donde fue despedido, en una de las camisetas aparecía el linchamiento de Mussolini, en otra el bombardeo de Pearl Habour, en otra un panorama de Bahía Cochinos.

La chica era el mastín de la revolución, novia del desgarbado durante un tiempo, también estuvo en las comunas de Grecia aunque ella nunca se agacharía a recoger repollos, piesnegros en Granada, artesanía ambulante en la playa de Zahora, vagabundeo en Barcelona y embarazo, Raval, qué osadía, bebé dado en adopción, incontables las veces que había sido zurrada por polizei, mossos, nacionales, enumeración de las torturas y vejaciones que recibió, algunas incluso verdaderas, archivo zip de veinte años.

Se llamaba Alicia, los demás no importa cómo.

Ahora cuenta tú algo, artista, quisieron saber, de dónde saliste.

Silencio.

Marco no tiene ninguna historia exótica ni terrible que contar, no sabría contarla si la tuviera. Nunca fue torturado, nunca quebrantó ninguna ley, contribuyó tanto como pudo a la abundancia y el fluido, siempre viajó con seguro, transfer hasta el hotel y billete de vuelta, paquete turístico, Julia era formidable diseñando circuitos, *Italia Medieval*, *Castillos del Loira*.

Los tres aguardan.

Marco quiere mantener intacto su carisma recién estrenado, se siente bien junto a ellos, que lo observan con tanta admiración. Comienza a hablar de Cloe, de las historias que Cloe le contaba sobre el piso pequeño y frío, el somier, la leche y las galletas Marbú, la vecina que cuidaba de él y se negaba a recibir ningún dinero, los azulejos con orlas o racimos de uvas, los filetes empanados y la tortilla, el olor tan distinto de una casa y de otra, la aspereza de la piel del sofá, los colorantes, las ceras, los dibujos, un cómic de Spiderman, jugar al Spectrum con un compañero de clase, en los kioscos se vendían revistas de aquella informática primitiva con recreaciones de samuráis en la portada que nunca coincidían con los gráficos pobres del Spectrum, el crujido de la cinta de cromo cargando el juego, a veces regalaban promociones de Ghosts'n Goblins, Kung-Fu Masters, Target Renegade, cintas envueltas en el celofán de la revista, el papel decía *Demo*, Marco guardaba todas las demos en la misma estantería, casi nunca funcionaban y cuando lo hacían sólo te dejaban jugar a la primera fase, aunque no olvidaras ninguna de las monedas de oro en el camino y rompieras todos los jarrones de la flor de loto.

Transido, el desgarbado dijo *Demo* en éxtasis de Santa Teresa y teorizó durante largo rato encontrando similitudes muy agudas, la chica escuchaba la homilía con ojos aburridos, *Demo, Demo, Demo* es el numen, el muestrario del viajante, la simulación de la prosperidad, el primer tomo sale a la venta por un precio ridículo, completar la colección cuesta tres veces más que si la compras en una librería, eres un genio, Marco, esto no es *Democracia* sino una simulación de *Democracia*, una demo envuelta en celofán que nos vendieron por fascículos.

Ya no quedaba nadie del primer turno en el bar. Los tres infantes anarcos escuchaban embelesados las historias del nuevo líder-Marco. Alicia achicaba los ojos, el desgarbado se felicitaba por haber hallado una pieza tan pura y valiosa para el combate, el de barbas asentía con la cabeza encontrando en cada párrafo un ejemplo que confirmaba sus ideas sobre la destrucción del individuo, la opresión sentimental, etcétera. Pidieron bocadillos, el camarero los miró con desconfianza. Hablaban con la rapidez y la torpeza que provocan la euforia y la falta de sueño, se sentían tan felices, el espíritu del Comité alumbraba a cada uno, Dios-con-nosotros. Bebieron cerveza y brindaron conjurando la caída de alguna mayúscula, Estado, Consenso, Paz Social, Democracia. Tanta hermandad y tanto amor sincero, tantas almas abiertas, tanto dolor compartido de improviso: Marco habría dado su vida por cualquiera de los tres, se sentía Cristo en Galilea, Breton en París, Maiakovski en Moscú, Luke en el canal que conduce a la Estrella de la Muerte.

Pasaba del mediodía cuando se despidieron, abrazándose y prometiendo verse muy pronto. Marco caminó hasta su casa envuelto en una esfera de santidad y agotamiento. Durmió muchas horas. Cuando se despertó ya era de noche, a tiempo para vestirse, cargar los pinceles y preparar el resto para un nuevo episodio. Esta vez trabajaría con convicción y conciencia de su apostolado, no se dejaría llevar por aquel ímpetu parnasiano que ahora le parecía tan frívolo, sobre las copas de los árboles escribiría palabras de gratitud hacia el Comité, *verted la alegría de la carne en la carne, que la noche no se olvide de nadie, hoy tocaré la flauta en mi propia espina dorsal*, sólo pensaba en Alicia.

Al día siguiente llamaron a la puerta. Abrió.

Alex-Flaco y Lerdo-Barbas aparecieron en el umbral. Fue el comienzo.

Mouse Soros. Mouse Soros escapa de la Reina de Inglaterra a través de un laberinto de escaleras, plataformas móviles y trampillas teatrales. Por el camino, recoge doblones de oro que hacen clinc-clinc y se suman a un pequeño contador situado en una esquina de la pantalla. También arroja barriles de aceite y pieles de plátano para que la Reina se deslice y caiga boca arriba con las enaguas al aire como una bandera de rendición.

El videojuego no termina diciendo *Congratulations!* ni *Game over*. La Reina jamás logra atrapar a Mouse Soros; Mouse Soros nunca alcanza su destino. Cuando el contador de las monedas llega al límite, los cuatro dígitos regresan a cero, clinc-clanc, monedas y reinas burladas.

Compromiso. Te han vuelto a expulsar, eso es lo que ha pasado, lo mismo que en aquellos colegios para niños ricos, pero esta vez no te expulsaron de un colegio caro sino de una cuenta corriente (varias), un fondo de inversión, un capital futurible. Te expulsaron, Talo, te dijeron ya está bien de trampas bursátiles, nada que arroje un quince constante puede ser honesto y legal, no pongas esa cara de pasmo, nunca te importó de dónde provenía el dinero, qué crédito agobiaba a quién, cuál yugo. Lástima por la promotora, el único anclaje con la realidad de paredes y ladrillos, lástima de comerciales y administrativos, lástima de Martita y de Marco, de los proveedores y del chico de mantenimiento, sinceramente lo sientes por ellos, de algún modo firmaron contigo un compromiso antes que un contrato. Pero no te aflijas, no sufras, piensa cuánto provecho obtuvieron de ti, sus vacaciones, sus bodas (te invitaron, ¿recuerdas?), sus propias hipotecas con trato preferente por mediación tuya, ¿no te deben parte de esa prosperidad, esos hoteles de Cádiz que tú recomendaste, esos viajes a Marruecos que dirigiste, comidas de empresa e incentivos que generosamente pagaste?

No seas tan buena persona, Talo, o los lobos te despedazarán, se llevarán de tu casa lo poco que dejó el embargo. Ahora olvídate de ellos, deja que sea la Seguridad Social quien los cuide, no son tus cachorros ni tu familia, encontrarán el modo de sobrevivir y dentro de unos años, cuando todo esto haya acabado y azarosamente te encuentres con ellos en una terraza de verano, te saludarán con nostalgia, pellizcarás las mejillas de sus bebés transportados en bolsas marsupiales, ¿sabes algo de Martita?, preguntarás, ahora trabaja en una clínica, parecía muy feliz.

Flaco y Barbas. Flaco-Alex y Barbas-Lerdo, vaya dos, la pareja cómica del altermundismo, Demos y Cratos, próximamente en su ciudad: sonríen en la foto de Se Busca con refinada anarquía, juegan al Quién es Quién, al Veo-Veo y al TNT, sueñan con volar la comandancia, cocinan bizcochos rellenos de explosivo plástico, les falta resuello y financiación para ser terroristas verdaderos, se lamentan de no haber nacido en Yemen y echan de menos una pizca de fe que les permita bendecir a Alá Castigador de Infieles, se abrazan, se aman, conspiran como enamorados.

Flaco no terminó el bachillerato porque en el último curso se batió en duelo con el profesor de filosofía, pobre aristotélico de oposición del 76 que defendió las aporías de San Agustín. Flaco no consintió esa deshonra, esa vulgaridad intelectual en el aula, ¡educación laica y popular para todos!, mandó a la mierda al viejo 76 por meapilas y facha católico, lanzó una silla que apenas descascarilló un tabique, el resto de la clase observaba la escena con aburrimiento, Flaco fue expulsado del instituto con honores de jefe de la guardia roja, si vuelves por aquí llamo a la policía, capullo, se despidió tan cortés el director, también fue expulsado de su casa y decidió expulsarse de la ciudad y de la vida ordinaria del país vulgar, Europa era tan grande y tan llena de enemigos mejores.

A Barbas le bastó con un curso de electrónica, el resto del sistema educativo sólo pretende la aniquilación del pensamiento crítico, los dos años que pasó en los jardines de la facultad de letras le sirvieron de demostración empírica. Como estrategia de supervivencia, se sacó el carné C2, birló la furgoneta de su padre y trabajó un tiempo como repartidor en una imprenta, se fue de casa muchas veces, regresó más veces, se afilió a un sindicato, fue expulsado de un sindicato, fue despedido de la imprenta, se vengó del dueño rompiendo un cristal, hiriéndose en el costado al colarse por un ventano, prendiendo fuego a unos fajos pendientes de reparto y robando la máquina de serigrafía. Se cansó del país, se cansó de pelear como Gary Cooper contra la injusticia social, se cansó del sol y del parque, subió a un autobús de temporeros del SOC, tan ladrones y tan piratas que lo intimidaron, llegó a Burdeos, huyó del SOC, trabajó por libre en una finca, vagabundeó tanto como pudo hasta que el azar lo juntó con el Flaco en Arcachon, se conocieron, decidieron tirar juntos durante un tiempo, zigoto del Comité. Ya en aquellas primeras conversaciones hablaron de cargarse algunas cosas, sin plan preconcebido. Que el deseo de destrucción une tanto como la solidaridad o el amor lo aprendieron viendo *El club de la lucha*.

Barbas y Flaco, una vida de acción y riesgo, Demos y Cratos, agentes del KGB a quienes los periodistas llamarán radicales, terroristas urbanos, antisistemas, brigadas negras, etcétera. Los dos tan parecidos y destinados a encontrarse, de pequeños muy bullangueros en el patio del colegio, cada cual con un hermano mayor o un primo que escuchaba discos de los Doors y Sex Pistols pero también infortunios de Silvio Rodríguez, *la era está pariendo un corazón*, mixtura rara que dio lugar a una forma de compromiso punk, *no puede más, se muere de dolor*, a través de ese hermano o de ese primo se produjo el contagio mitómano, *y hay que ayudarle pues se cae el porvenir*, coleccionaron chapas e insignias de la URSS como si fueran estampas de santos, gracias a la venta por catálogo pudieron comprar camisetas que decían CCCP, leyeron muchas veces la página del libro de Historia dedicada a la Revolución de Octubre, en una ilustración Lenin arengaba a los trabajadores según la doctrina pictórica del realismo social, conocían la fecha exacta de la huida de Batista, hablaban de Kissinger, de Noriega, de Allende, *yo pisaré las calles nuevamente*, de brigadas internacionales, del bloqueo, de colonialismo, vieron *Tierra y Libertad* muchas veces, *de lo que fue Santiago ensangrentada*, desearon una Semana Trágica en cualquier ciudad, era necesario el conflicto para catequizar las conciencias dormidas, el dulce consumo capitalista todo lo cubre con su manto narcótico, se sintieron parte de una generación sin nada contra lo que oponerse hasta que en Francia y en otros países civilizados comenzó a urdirse la trama de Otro Mundo es Posible, y al fin tuvieron su expiación y su gloria, su mayo del 68 y su Ibiza, su combate y su legitimación. Fueron los mejores años, aún se imprimían fanzines y se copiaban cintas, las últimas, ya terminaba el siglo.

Cuando conocieron a Marco todo aquello era nostalgia: Flaco y Barbas, zombis del Otro Mundo, en éste no les quedaba gran cosa, Rusia era la mafia, Cuba era la enfermedad de Castro, la sostenibilidad era un epígrafe de cualquier programa electoral, la ecología era una sección del supermercado, los antidisturbios perseguían hinchas de fútbol.

Pero entonces llegó 2008 y lo siguiente para inyectarles una pizca de oxígeno revolucionario. Sería su última batalla, el resarcimiento de quienes lo habían perdido todo, los que cumplieron treinta y se sentían raros en el planeta cambiante, ya no sirven los talleres de títeres ni el banco de tiempo ni el teatro de calle, ahora toca bronca, bronca, nueva bronca y cabalgada sabiendo que será la última, después de esto prisión o adosado y dos niños, uno flaco, otro con barbas. Había tanta desesperación en ellos. El descubrimiento de los dibujos de Marco alivió la urgencia, dulcificó el combate, la poesía hace eso con las cosas hostiles, un poema para resucitar, otro para enardecer, otro para justificar el crimen.

Y Alicia. En la camiseta de Lerdo se exhibía el cadáver del Che como un Cristo en la Piedad. La guarida del artista, dijo el Flaco recorriendo la perspectiva de cartones y sábanas, ¿podemos pasar?, preguntó con un pie dentro, venimos en representación del Comité para hacerte una propuesta solemne.

Estiraron el colchón y se sentaron encima como indios, pronunciaron muchas veces las palabras *sistema, compañero, resistencia, acción urbana*. Marco apenas dijo nada, fingió que se dejaba convencer y se abrazó las rodillas como hacía Julia en el cine, su aspecto era tan frágil y tierno que daban ganas de arroparlo.

La conversación siguió el remedo de la dialéctica social, Hegel asomaba la patita recubierto de léxico proletario. El de barbas, veterano del altermundismo, dijo Génova, Carlo Giuliani, Rostock, contó el caso de un chico honesto de su promoción, un tipo honrado y brillante, de sincera ideología solidaria que fue aceptado como becario en una sección del Banco Mundial, superó difíciles pruebas de acceso, demostró cualidades de gestor minucioso, elaboró proyectos de desarrollo local y finalmente fue enviado a Malawi para elaborar un informe sobre la construcción de una planta potabilizadora, incontables serían las vidas que salvaría esa planta, el chico hablaba de mortalidad infantil, acuíferos contaminados, cólera, diarrea, pues bien, dijo el de barbas, ese chaval tan pulcro, sensible y lumbreras tuvo los huevos de justificarme a mí que cuando tomaba un vuelo Madrid-Lilongüe era *comprensible* que ocupara un asiento de primera clase, con su maletín digital, sus mocasines italianos, su Relec antimosquitos, porque si viajara en clase turista llegaría acartonado después de tantas horas de vuelo y entonces tendría que pasar tooodo el día en el hotel recuperándose de un viaje tan molesto, y eso significaría desperdiciar su capacidad de trabajo durante una jornada completa, ¡una jornada!, y como consecuencia se retrasaría aún más la construcción de la potabilizadora, el modo más efectivo de ayudar a los que sufren es que yo vuele en business, eso dijo el hijo de puta, terminó el de barbas, prometo que lo dijo.

El desgarbado-Lucanor utilizó el cuento de Lerdo como parábola para una idea: hay que reventar el ejem Sistema desde abajo, incluso cuando alguien recto y reformista alcanza un pequeño puesto se ve engullido enseguida por el ejem Sistema, así que de nada sirven apaños ni enmiendas, hace falta que todo vuele, que se desplome, lo peor de la crisis no son los estragos, lo peor es que terminará del mismo modo que empezó si en el medio nadie hace nada realmente sonado, si eso no ocurre no habrá ninguna esperanza de resistencia, hace falta un gesto que despierte la conciencia dormida, una acción brillante y mágica que seduzca y espabile a los demás para que la crisis no se convierta en un mal sueño, resfriado de gigante que, una vez curado, dé paso al verdadero fin de la historia, fin de la dialéctica y kaput, y aquí el desgarbado regresaba a Hegel pero evitaba citar a Fukuyama, uno de los pocos a los que realmente había leído, el resto lo conocía por referencias e hipervínculos web, su exhibición de teoría y oratoria hacía pensar a primera vista en cierta profundidad intelectual que, al rato, se descubría hueca, el desgarbado era infalible como discutidor, siempre encontraba un ejemplo y un argumento de autoridad, las citas que desconocía se las inventaba, hábil expoliador, muy hábil, modelo del especialista contemporáneo, en la última frase del corolario el canalla se atrevió a decir *jacobino* y esta vez ni siquiera le dio la tos.

Yo soy un humanista, dijo Lerdo-barbas-electricista-estudiante-de-letras, creo en la capacidad del ser humano para dirigir su propia vida en armonía con los demás y con el entorno, creo en la energía inmensa de la asociación frente al individuo, y a diferencia de mi colega —dijo codeando al desgarbado— sé que el monstruo es demasiado poderoso, demasiado voraz y demasiado astuto, y también sé que nadie ni nada podrá detenerlo jamás. Pero aunque no haya ninguna esperanza no voy a quedarme en casa esperando a que vengan a buscarme, al menos déjame que me entretenga quemando alguna cosa, yo no tengo tu talento, yo no sé dibujar muñequitos que ablanden los corazones.

Después presumieron de persecución y antecedentes policiales. Utilizando jerga batasuna, hablaron de *liberados* y *comandos*, no les alcanzaban los medios para convertirse en GRAPO, así que se conformaban con sofocar su vocación terrorista sirviendo de ariete en algunas algaradas, reventando asambleas sindicales, etcétera.

La propuesta que te traía, dijo el desgarbado, es que te unas a nosotros, tu historia es la misma que la nuestra, tu guerra es nuestra guerra pero ninguno tiene tu talento, esos dibujos tuyos harán que mucha gente abra los ojos, ¿eh?, qué me dices. El desgarbado y el de barbas miraron a Marco, mudo, que al rato preguntó:

—¿Y Alicia?

Sonrieron, lo despeinaron como a un chiquillo, el de barbas bajó a comprar cerveza.

A partir de ese día las visitas fueron frecuentes. La casa de Marco se convirtió en el piso franco del Comité, como el escenario de una de esas obras insoportables de Jean-Paul Sartre.

~~REC 5~~. El teléfono móvil de Marco ya no tiene batería, la casa de Marco ya no tiene corriente eléctrica, la cuenta de ahorro de Marco ha sido embargada, el contrato de Marco con la empresa de telefonía ha sido cancelado, el subsidio de Marco se ha extinguido por ausencia del titular en el periodo de renovación, Marco (apellidos, DNI, domicilio reconocido hasta la fecha, afiliación a la Seguridad Social) ha ingresado en el Registro de Aceptaciones Impagadas, siguiendo lo establecido en el artículo 29 de la Ley Orgánica 15/1999.

Guerrilla urbana. Sin que fuera invitado a ninguna, el Comité participaba en todas las manifestaciones, juergas y sentadas de las que conseguía enterarse: asambleas de estudiantes protestando por la subida de tasas universitarias, concentración de la cuadrilla de limpieza a las puertas del ayuntamiento, jornada de lucha en las instalaciones de Renault. A veces coincidían con Octubre Rojo o la Coordinadora Antifascista, se saludaban con tibieza, se observaban desconfiados, pensaban unos de otros son blandos, débiles e incapaces de organizarse, y se ignoraban durante el resto del combate.

El método de infiltración seguía la pauta de la guerrilla urbana. El Comité se distribuía entre la multitud ocupando posiciones estratégicas, acicateaba a los legítimos manifestantes con consignas agresivas y aguardaba hasta que la presión fuera lo suficientemente elevada, instante en el que se inyectaba la aguja hipodérmica con diferentes modalidades: modalidad intifada (lanzamiento de piedras contra los furgones), modalidad borroka (explosión de un cóctel a los pies de los antidisturbios), modalidad astillero (granizo de tornillos).

La operación se consideraba un éxito si el capitán de brigada soplaba el silbato ordenando la carga. Era entonces cuando se repetían esas imágenes tan televisivas del orco-agente golpeando a un tipo de cincuenta años que se encoge en el suelo mientras sus compañeros tiran de él en un gesto de solidaridad infinita, descolgándole de paso un hombro que nunca volverá a su sitio, ya en casa la humillación de la cara reventada, el dolor intenso que los analgésicos no calman y las lágrimas de rabia detrás de la salmodia de hijos de puta, no les basta con dejarte en la calle con una familia a cuestas que encima te arrastran como a un perro, en el ambulatorio le hicieron la primera cura, el delegado sindical pidió un parte de lesiones, lástima que nadie viera el número de placa de aquel agente bestial, casualmente oculto bajo el peto de protección, parecían jugadores de fútbol americano.

Coincidiendo con el arranque de la estampida, el Comité se disolvía buscando un portal abierto o una esquina en sombra donde abrir la mochila, guardar el pañuelo y la camiseta y sacar el polo náutico y la bolsa de Zara, dentro de la cual se escondería a su vez la mochila. La técnica de escapismo había sido ensayada muchas veces y, como pequeños superhéroes, los miembros del Comité habían aprendido a vestirse y desvestirse con rapidez de cabina telefónica, también Alicia, que durante unos segundos quedaba desnuda en la acera. Después se reunían en algún lugar, el bar de las skols, por ejemplo, para ver las repercusiones en el telediario. El desgarbado apuntaba en un cuaderno la cifra oficial de heridos de ambos bandos, siempre falsa e interesada, y levantaba acta de la intervención, tan solemne como el hermano mayor de una cofradía.

Personajes de videojuego, cada cual tenía una habilidad especial en la batalla. Lerdo era retaco, lento y robusto como enano de Moria, pero capaz de arrastrar él solito un contenedor de basuras cargado hasta arriba y de levantar una barricada en dos minutos, si tuviera un martillo neumático excavaría una trinchera sobre el mismo asfalto.

Flaco tenía una voz tronante que se elevaba por encima de las bocinas, olfato de estratega, sangre fría y velocidad de gamo cuando había que escapar.

Alicia era muy diestra con el tirador, nunca apuntaba al cuerpo, se conformaba con oír la bola rebotando en los escudos, fabricó ella misma el tirador con una goma de ATS y dos hierros soldados, su puntería era excelente, todos recordaban el día en el que hizo estallar la cámara con la que uno de los policías grababa la carga.

Durante las primeras peloteras Marco se mantuvo calladito e inmóvil, observando desde su posición los movimientos de los demás y huyendo cuando la espoleta hacía clic. Pasó un tiempo hasta que su habilidad especial fue desvelada: *los orcos prorrumpieron en gritos agudos agitando lanzas y espadas y disparando una nube de flechas contra todo cuanto se veía por encima de los parapetos; y los hombres de la Marca, estupefactos, se asomaron sobre lo que parecía un inmenso trigal negro sacudido por un ven-*

daval de guerra, cada espiga era una púa erizada y centelleante, asedio a las puertas de una consejería, barrera policial, agentes muy nerviosos porque el presidente de alguna cosa se encuentra dentro, desde la megafonía se ordena el desalojo inmediato de la plaza, ni siquiera hace falta presionar para que el combate comience, los orcos se abren paso con amplios mandobles, el de barbas lanza papeleras que caen como bombas, el desgarbado derriba las vallas amarillas, Alicia encuentra una buena posición de tiro, hay gritos y carreras, todo transcurre con normalidad hasta que algo sucede en la esquina del tablero, una señora mayor se enfrenta a un policía acorazado, la señora lo empuja y el orco la derriba con un mandoble, piernas gruesas en el suelo, pantis antivarices, el cromo es insoportable, Marco ya corre hacia ella, se trastabilla, cae, el orco pasa por encima buscando otro trofeo y Marco lo vuelca con llave de judo, le arranca la visera del casco, comienza a golpear como en una película de artes marciales, el poli está tan sorprendido que no logra recomponerse, en la bulla es difícil ajustar el golpe. Muy despacio, Marco consigue acertar en el labio, el pómulo, el ojo, le arden las manos, un cuerpo rendido a sus pies, Marco sigue golpeando como un luchador, brota la sangre, *resonaron las trompetas y una horda saltó hacia adelante, vociferando, llevaban los escudos en alto formando un techo*, una ráfaga de bolas de goma rebota en el cuerpo de Marco como si no doliera, llega el desgarbado y lo arranca de su presa para evitar que los demás se le echen encima, el orco herido es trasladado en ambulancia mientras las botas atruenan en la acera detrás de los miserables, persecución, Alicia cubre la retirada con dardos certeros, el de barbas y el desgarbado llevan a Marco en volandas, saltan dentro de un camión frigorífico, cierran la puerta, aguardan, respiran como animales.

Si no lo hubieran rescatado, Marco habría seguido percutiendo contra el rostro de aquel poli hasta que le reventaran los nudillos, *las criaturas titubearon, se desbandaron y emprendieron la fuga*, porque su habilidad especial era la mala hostia.

Caravelle. Talo aprendió a invertir su dinero perdiendo un poco, leyendo periódicos y consultando a diario el parte de Infobolsa, igual que aprendió a surfear tragando mucha espuma, comprando *3sesenta* y revisando el pronóstico meteorológico. Supo de isobaras tanto como de cartera de valores, tanto de vientos y mareas como de fondos de alto riesgo. Para vivir del cuento era importante arrancar con una inversión potente, no conseguiría nada propio vendiendo anillos ni relojes, el dinero torrencial estaba en la construcción, la compra y venta de casas; por eso fundó la promotora inmobiliaria, introdujo la quilla dentro del mercado, multiplicó la ganancia, joven empresario de éxito, no especuló más que otros, no tomó decisiones descabelladas y sin embargo cayó como pluma de grúa.

Inversores más experimentados también se dejaron engañar por la trampa de aquellos fondos de rentabilidad suculenta que, como células tumorales, establecían conexiones con depósitos oscuros. Los analistas necesitarían un árbol de metáforas para explicar lo sucedido, fosas sépticas, préstamos ninja, hipotecas subprime concedidas al ciento por ciento a solicitantes sin empleo ni ingresos declarados, deuda que después sería vendida a otros usureros que volverían a revenderla; para que el último acreedor cobrara, esto es, para que Talo recogiera los beneficios establecidos en el contrato, la familia Wolowitz de Tampa, Fla., debía pagar mensualmente cada una de sus letras, cuando el banco ejecutó el desahucio ya era tarde, la casa había perdido un sesenta por ciento del valor, el dinero se había escurrido, Talo no vería un céntimo, la espiral no se detendría, Talo pensó si no será congénita la estupidez de mi padre.

El jueves no quedaba nada en la caja. Dio la orden de parar las obras, despidió a las cuadrillas, reunió al equipo de la agencia y explicó lo que había ocurrido: esto se hunde, no podemos pagar a los proveedores, no cojáis el teléfono, no contestéis a ningún correo, no firméis el recibí de ninguna carta certificada, entenderé que quien quiera marcharse lo haga ahora voluntariamente, no puedo comprometerme a seguir pagando la nómina de cada mes.

Después del despido de Marco ya sospecharon que algo así sucedería, prescindieron de la escandalera y salieron con orden del despacho, algunos decidieron irse esa misma tarde, otros tuvieron un absurdo sentimiento de fidelidad. Martita, Flor de Autopista, fue la última en abandonar la oficina, apagó las luces, comprobó que el piloto de los monitores no volvía a quedarse encendido.

El viernes Talo estuvo a punto de estrellar la Lambretta contra un camión de reparto mientras pensaba en balances y pérdidas, se dijo para ya, déjalo. Pulsó el telemando, aparcó en el sótano, subió las escaleras, miró el pronóstico y cargó la Caravelle, rumbo al sur. Esa noche durmió en una estación de servicio, ya cerca de la costa.

El sábado amaneció con un presentimiento de olas zurdas, y se decidió por Pegina en lugar de Cabo Roche, pocos en el agua y ondas tersas sobre el arrecife, la tribu del fin de semana se estabularía en el Palmar, era mejor evitar multitudes, a Pegina se llega por un carril de piedra y nadie quiere arañar el cromo de las llantas. Decepción: antes de las nueve ya había siete cabezas en el agua. Aun así remontó suave, alcanzó el pico y saludó con amabilidad sin obtener respuesta.

Rompía lindo, los corchos se estancaban en la orilla, los pinchos eran delgados como galletas y se lanzaban veloces. Talo arrastraba volumen, remaba desde atrás para atrapar lo mejor de la serie con ventaja. Al entrar en una sección hueca ocurrió el primer malentendido. Notó el desprecio, sentimiento tan familiar. Los corcheros eran roteños muy rapados, con aros y tatuajes maoríes subiendo por el cuello como lagartijas; los pinchos quizá fueran fronterizos pero se pensaban que aquello era suyo; todos patrullaban alrededor de Talo, todos dijeron *presa, intruso, ñam*. El neopreno flamante les ofendía, la elegancia y la lentitud de quien ya perdió la hostilidad de los primeros años también les ofendía. Dijeron vete a tu puta casa, qué mierda haces aquí. Talo pensó en los fondos de inversión perdidos, la humillación de reconocer delante de su padre que tendría que haber terminado la carrera, hacer un curso puente, matricularse en un posgrado, presidir pero no dirigir, renunciar a la acción ejecutiva en favor de la simple vigilancia, al final resulta que la abulia del tercer Gonzalo era la manera más lúcida de afrontar el asunto, si la cosa se tuerce siempre puedes culpar al consejo de administración, la frivolidad es un buen escudo, nada hace demasiado daño si nada se desempeña con arrojo. Los roteños lo apretaron contra las piedras del arrecife, le rajaron el neopreno con un corte de sable, le cruzaron la cara, le patearon el culo, se rieron de él mientras corría hacia el refugio de la Caravelle, sus carcajadas y sus hurras resonaron en toda la bahía al apoderarse del flotante abandonado, fondo de rentabilidad garantizada.

Durante el viaje de vuelta escuchó repetidamente el mismo disco de Los Planetas con un solo pensamiento de ira y vejación en la frente. Se dijo qué más da, pobres desgraciados de Avecrem. Al llegar compró sushi en una tienda gourmet, apagó el teléfono, durmió en el sofá, tuvo sueños incómodos.

Fue una imprudencia. Abre los ojos. Está tumbado sobre el colchón sin sábanas, rodeado de cartones y lienzos, en casa. El Comité sonríe a su lado: el de barbas, el desgarbado, Alicia. Se siente deshecho, puré. Toser le duele, respirar le duele, cómo te encuentras, te molieron a pelotazos, tranquilo, no tienes fractura, Marco se incorpora, gime, Alicia le ofrece agua como una enfermera, el de barbas le enseña una foto en la pantalla del ordenador portátil, es la edición digital, mañana saldrás en todos los periódicos, Marco aparece a horcajadas sobre el policía, el rostro cubierto por un pañuelo negro, el escorzo de la preparación del próximo golpe, hermoso gesto detenido, no te apures, no te identificaron, dijo el desgarbado, pero no vuelvas a hacerlo, le riñó, ahora nadie hablará de la vieja a la que le partieron la rodilla sino del pobre orco con el tabique roto, joder cómo le diste, chico, bam-bam, técnica Tyson, y se rieron. El desgarbado dijo, muy severo, fue una imprudencia, no sirve de nada que te metan en la cárcel, olvídate de heroísmos y utiliza estas manos —y se las apretó— para dibujar poemas.

La convalecencia duró algunos días. Se turnaron, eran su familia. Una tarde alguien llamó a la puerta. Marco seguía en el colchón sin sábanas, rodeado de los demás como en una estampa bíblica. Ninguno quiso abrir, el desgarbado dijo silencio. Se oyó el tintineo de una llave. Se oyó la cerradura. Se oyeron el pomo y los goznes de la puerta, y luego unos pasos suaves, el roce de unos vaqueros. Julia asomó la nariz, gritó, dio media vuelta, trotó por las escaleras, probablemente ni siquiera llegó a ver a Marco sino el desorden y las astillas de los muebles, los cartones, la pintura, alguna botella, la mirada desafiante de Alicia. No regresó, dio por perdidas las cosas que venía a buscar; también dio por perdido a Marco, ya para siempre.

Raspa de sardinas. Comprobó el estado de las latas de pintura, un tanto resecas, y comenzó a recortar nuevos moldes y figuras. Ya no necesitaba ayuda pero se estableció la costumbre de que siempre hubiera alguien más en casa, la puerta quedaba abierta como una gatera, Alicia y los demás entraban y salían sin avisar, y también otros a los que no conocía de nada, el baño muy sucio, nunca faltaban comida ni cerveza, definitivamente aquél era un buen lugar para metamorfosearse en Amadeo Modigliani, Cloe estaría tan orgullosa, Alicia se ofreció a posar desnuda, tenía los pechos pequeños, se le marcaban las costillas como raspa de sardinas, el sexo le olía a pecera pero era cálido y profundo, cueva ancha y divertida, Marco imaginó el nacimiento en el Raval, el bebé cayendo sobre sus bragas como un fruto maduro, deslizándose a través de aquella pelvis cilíndrica y espaciosa donde podría esconder sus latas de pintura si la policía irrumpiera con orden de registro, zulo secreto. Alicia follaba sin ganas, cualquier cosa que no fuera dispararle a un poli le resultaba tan aburrida, había probado demasiadas drogas y demasiados hombres como para sentir entusiasmo por nada. Como a un niño rico, a Alicia le faltaba capacidad de sorpresa, autómata, replicante vacío de emociones que bosteza en la eternidad perfecta. También a Marco se le fueron las ganas después del primer encuentro, pero siguió dándole para no resultar descortés y porque de algún modo entendía que aquello era un ritual de mutuo reconocimiento, yo estoy aquí y te aprecio, tú estás ahí y te considero mi par, por eso siguió. Al de las barbas y al desgarbado no les importaba en absoluto.

Así pasaba el tiempo fuera y dentro del piso franco; dentro, conversación reiterativa y planes de combate; fuera, carreras, bullas, incursiones vikingas, murales hermosos, Alicia sosteniendo la pértiga y el de barbas vigilando por si vuelve la patrulla, un bar con tercios de Skol, *eran días de irresponsable plenitud, de felicidad imperceptible.*

No pidió hospicio. Julia no acudió a su familia ni a ninguna compañera de trabajo, no se sentó junto a nadie para hacer remolinos en el café y decir hijo de puta, no pidió hospicio ni refugio, entró en un hostal, subió la única maleta que llevaba, se encerró en la habitación sin comprender por qué una historia hermosa y sencilla como la suya se había desbaratado al primer envite.

Julia era tan limpia y tan honesta que no pensó en su parte de la hipoteca, en las escrituras, en las cosas que quedaron atrapadas dentro de aquel piso-naufragio, y si fuera a la policía, pero qué contar, decir una bolsa cerrada, decir manchas en la pila, decir Marco llegaba tarde todas las noches, en la despensa palpitaba esa bolsa de plástico como el corazón arrancado de un ciervo.

Pasó por diferentes estados de melancolía, se culpó de lo ocurrido, se compadeció de Marco, perdido en el mundo para siempre, se compadeció de sí misma, arrinconada en un hostal. En el trabajo era amable, sonreía a los clientes y a las gélidas compañeras, perduraba.

Esa secuencia de aislamiento habría acabado con ella si al rescate no hubiera acudido un nuevo efecto de la Gran Apoplejía: la agencia de viajes se declaró en quiebra, ya nadie se atrevía a contratar un crucero ni a pagar a plazos una semana en Punta Cana. El propietario, insigne hombre de negocios blasonado por la prez del Estado, aseguraba que todo era consecuencia del colapso universal, no se culpe a nadie, el cuerno de la abundancia se abolló, esas manifestaciones absurdas en la puerta de mi casa son una respuesta tan primitiva, sería como reclamarle al sol porque en invierno brilla menos, pedirle a la lluvia que riegue los campos pero no caiga a la salida del colegio, no se culpe a nadie, a esta sociedad le falta resignación, confianza en el bien superior, catolicismo.

Adónde voy yo con cuarenta años y dos hijos, qué grandísimo cobarde, ¿escuchaste lo que dijo ayer? La briega rabiosa le sirvió a Julia para subsistir, significó asambleas, concentraciones, luego te llamo para decirte la hora, firma este manifiesto, nos vestiremos de hawaianas y cortaremos los accesos, escribe aquí con letra mayúscula, el rotulador se gastó, qué dice el abogado, no hay esperanza, le sirvió para rascar la escarcha de las compañeras gélidas y abrazarse, llorar juntas, putear juntas, por fin provocar un remolino en el café, conocer a gente de otras agencias, asociarse, ser feliz durante un tiempo con el infortunio compartido.

Una tarde, berreando y diciendo sal, cabrón delante del edificio de la compañía donde se refugiaba el Perro, le pareció ver a Marco entre las doscientas personas que allí gritaban. Le pareció, pero Marco no llevaría una camiseta sin mangas cortada a tijera, ni el pelo le formaría un revoltijo en la frente, ni era tan bello y agresivo como aquel sosias que hacía rondas con las manos en los bolsillos, una mochila negra, fiereza. Cuando llegó la policía, Marco-sosias se perdió en el centro del tumulto. Nadie supo de dónde salió la primera piedra pero todos vieron cómo impactaba tan certera en el casco de uno de los guardias, el silbato sonó, Julia no pudo moverse del sitio cuando fue arrollada por los escudos, dio varias vueltas como un coche lanzado a la cuneta, sintió la goma quemante, perdió los zapatos, gateó, fue recogida por unos brazos desnudos que la depositaron en un portal cercano, a lo lejos escapaba una mochila de la que asomaba la esquina de una bolsa de Zara.

Ska. Alicia se cansó. De su familia hostil. Del instituto-cárcel. De los amigos aburridos. Del heavy metal, del trash metal, del dark metal. De las comunas de Bolonia. De vender. De hurtar. De robar. De conceder sexo a cambio de mononucleosis, herpes, hepatitis B, infecciones de orina, sangrado idiopático, colonias de parásitos indefinibles.

Ninguno de los solicitantes pensó jamás que Alicia se negaría. Nunca sucedió, casi nunca, desde aquella primera vez, quince años, acampada escolar para fabricar un herbolario bajo las órdenes de un profesor activista, mañanas de caminata, cuaderno de campo y recolección de hojitas, tardes de juegos de integración, noches de te pido sexo y me lo das en la tienda azul. De regreso, en el tren que bajaba de la sierra, el profesor quiso hablar con ella porque el rumor y la broma eran insoportables, le puso una mano en el hombro, le dijo ven conmigo, la condujo al hueco entre dos vagones, la miró a los ojos, vio todas esas cosas dentro de ella, sólo se atrevió a decirle, como una amenaza, anda con cuidado, Ali, que sólo tienes quince años, y Alicia observó al profesor activista como a un insecto, como a cubo de vómito, como a cualquier ente repugnante que no se diera cuenta de su aspecto y pensara de sí mismo que es bello y sublime, qué mierda dices, gilipollas, contestó.

Así empezó el combate de Alicia: con sobrepoblación sexual, desagrado y reconvenciones desde el principio. Después vendrían las expulsiones, la escandalera del aseo de los chicos, la refriega definitiva en casa donde a nadie le importaba demasiado lo que le ocurriera; y entonces la mejor época: viajes a Barcelona, trenes a Orly, bofetadas de gendarmes, un verano punk en Berlín y un invierno altermundista en Atenas como pájaro migratorio, Flaco, Barbas, los demás flacos y los demás barbas. El sexo sonaba a música ska dentro de su cabeza, igual de absurdo, infantil y repetitivo, nunca lo hizo con ganas, ni siquiera las veces que tuvo a su lado a alguien digno e interesante, como el chaval belga que casi se enamora de ella porque había leído a Baudelaire y quiso proyectar sobre su cuerpo la figura de Sarah *la louchette*, el chaval iba limpio, escribía poemas y tenía el flequillo cortado a la altura de los ojos, ni siquiera; tampoco con Marco, cuando el Comité estableció sus honorarios sexuales. Alicia no consideraba el trato un desmedro, Alicia se meaba sobre el igualitarismo y la liberación de la mujer, la única ética que defendía era la contra.

Amor contra.

Política contra.

Ciudad contra.

Familia contra.

Bebés contra.

Piedad contra.

Pudor contra.

Mundo contra.

Democracia contra.

Pero se cansó, tenía poco más de veinte años y ya todo le resultaba aburrido y gastado, tantas drogas sintéticas, tanta intemperie y detenciones cautelares, esplín anarcoide que le hacía desear la destrucción de cada cosa.

Sería feliz si con su tirador pudiera disparar contra todos los cristales, todas las luces del alumbrado público, todas las lentes de las cámaras de seguridad, si tuviera guijarros o tornillos suficientes para no dejar de disparar hasta que le sangraran los dedos. Los quince minutos de guerra urbana que le proporcionaban las cargas policiales eran su salvación y su apoteosis.

Alicia, ska y hastío.

Desecho. *Todos los sistemas que discurría para encauzar su vida dejaban precipitados insolubles, que demostraban el error inicial de sus sistemas.*

Comenzaba a sentir una irritación profunda contra todo.

A los ocho o nueve meses de vivir así, excitado y aplanado al mismo tiempo, empezó a padecer dolores articulares; además, el pelo se le caía muy abundantemente.

—Es la castidad —se dijo.

Era lógico, era un neuro-artrítico. De chico, su artritismo se había manifestado por jaquecas y por tendencia hipocondriaca. Su estado artrítico se exacerbaba. Se iban acumulando en el organismo las sustancias de desecho, y esto tenía que engendrar productos de oxidación incompleta, el ácido úrico sobre todo.

El diagnóstico lo consideró como exacto, el tratamiento era lo difícil.

Pío Baroja, *El árbol de la ciencia.*

Alicia quiso ser el tratamiento para Marco. Para ella el sexo era ecología, gestión sostenible de residuos. Marco sentía cierto rechazo hacia un cuerpo tan anguloso, tan canijo y generalmente sucio, pero aceptó el servicio como una ofrenda entregada al visitante por el hombre-medicina de la tribu Komintern, no se atrevería a negarse, qué deshonra. Cuando todos se marchaban del piso-ruina y Alicia decía yo me quedo, Marco echaba de menos las mañanas ociosas y solitarias en la azotea. Ni siquiera había recreado en su mente el bloc de Micromaquia cuando Alicia ya le hurgaba, ven conmigo, la música ska era el precipitado insoluble, los productos de oxidación incompleta enturbiaban sus sentidos, Marco se sometía con docilidad, era lógico, era un neuro-artrítico, se iban acumulando en el organismo las sustancias de desecho que Alicia se empeñaba en absorber, filtrar, depurar.

Jaimas. Alicia llegó muy alterada, eh, ahí fuera pasa algo, mirad, y los tres se asomaron a las ventanas sucias del piso-ruina a tiempo para ver cómo doscientas personas subían la calle gritando y puteando que no, que no nos representan. Vamos, dijo el desgarbado, tiró de los demás, bajaron a la carrera, se unieron a la cola y en un rapto de nostalgia el de barbas gritó el hijo del obrero a la universidad, el hijo del banquero al campo a trabajar. El grupo seguía la marcha, al llegar a un recodo se sumó a otro grupo mayor y después a otro hasta que desaguaron en una plaza donde ya había lonas, estrados, grandes carteles y algún exorno vagamente revolucionario y pop.

Advenimiento. Al desgarbado le brillaban los ojos, hizo una piña con el resto del Comité como si fueran un equipo de fútbol, os lo dije, os lo dije, llegará el día en el que la gente ya no soporte la tiranía y entonces se unirá y tomará las calles y nadie podrá impedirlo, ¿veis?, ese día ha llegado, el pueblo necesitaba que nosotros fuéramos la punta de lanza, y ha ocurrido, ¡ha ocurrido!, mirad a vuestro alrededor, hombres y mujeres normales que ya se hartaron del fraude, algo muy grande comienza, os lo dije, os lo dije y no me creíais.

El desgarbado-Juan-Bautista se abrazó a Marco-Cristo, sacudió al de barbas-Longinos y besó a Alicia-Magdalena, viviendo la apoteosis del profeta que ve cumplir la predicción, os lo dije, yo os lo dije, y se perdió entre la multitud que repetía consignas y comenzaba a organizarse en torno a las jaimas. Alicia y el de barbas también lo hicieron, Marco dio algunas vueltas por la plaza, se sintió desorientado, quiso volver a casa, el evangelio se le desvanecía entre los dedos.

La policía tardó en reaccionar, no hubo cargas ni entretenimiento. El de barbas no sabía qué hacer, aburrido sobre los escalones de una pizzería; Alicia fue expulsada del campamento cuando la sorprendieron tratando de robar un juego de altavoces Technics; los discursos del desgarbado fueron acallados durante las asambleas, propuso tomar al asalto algunos edificios oficiales, el primer objetivo será generar una situación de inestabilidad que provoque la caída del gobierno, la incertidumbre favorecerá la aparición de nuevas fuerzas políticas de vindicación popular.

Finalmente, después de varios días de hormigueo y noctambulia, el Comité volvió a reunirse para consensuar que ya era hora de volver al piso franco, aquello no tenía nada que ver con la verdadera revolución, se trataba de otro recurso de válvula de escape generado por el propio ejem Sistema para liberar una presión social que, bien dirigida, podría hacer que todo estallara, me dejé cegar por falsas señales de entusiasmo, hermanos, perdonadme, la lucha continúa, desvelaremos la falsedad que se esconde detrás de esos tinglados conformistas, el colaboracionismo de su pose pacífica, etcétera, tú dibujarás, Marco, y nosotros golpearemos.

Según Liebow. *Una señal adicional de degradación es, según Liebow, que los salarios que se pagan por los mismos despreciables trabajos en hoteles, restaurantes, hospitales, oficinas y edificios de apartamentos tienen en cuenta la probabilidad de que los trabajadores roben comida, ropa u otros artículos para elevar la paga que llevan a casa por encima del nivel de subsistencia. El patrón fija, pues, salarios tan bajos que el robo resulta inevitable. Pero, aunque reconoce implícitamente la necesidad de robar, el patrón intenta impedirlo y llamará a la policía si atrapa a alguien robando.*

MARVIN HARRIS, *Antropología general.*

Cirugía. Marco no creía en nada, ni en las jaimas ni en la contrademocracia ni en Dios ni en la Iglesia ni en ningún otro partido político. Si reflexionara sobre ello, tampoco creería en el amor, en la amistad, en ninguna emoción elevada y noble, nada de eso le parecía verdadero y nada de eso le hacía sufrir. Amó a Julia sin elevar a santidad el sentimiento, se mantuvo fiel por simple pereza y para evitar conflictos, nunca fue grosero ni desconsiderado, un leve humanismo dirigía su conducta. Como los demás, habría abominado de ministros, propietarios y financistas si hubiera pensado en ello, pero lo cierto es que los pensamientos de Marco no se conducían de esa forma, la rabia bolchevique que albergaba era un tanto más instintiva, carecía de planteamiento, método y objetivo, de manera que la catequesis que el desgarbado le infligía a diario no era sino lluvia suave que ni empapaba ni hacía daño. Probablemente Marco era muy parecido a otros marcos, ninguna idea le parecía tan valiosa como para aferrarse a ella hasta la afiliación.

El de barbas trajo verdaderos hongos holandeses en un sobrecito de papel, chaval, con esto verás duendes de colores, dijo, tus pinturas se llenarán de mariposas de Pink Floyd, un auténtico artista tiene que asomarse al borde, y pronunció *auténtico* como quien habla de Green Day versus Red Hot Chili Peppers. Era día de fiesta en el piso franco. Para olvidar la frustración de las jaimas, el flaco había organizado unas ejem Jornadas Contraculturales, en la radio sonaba Kortatu, las botellas rodaban como troncos, el piso franco se convirtió en un palanque lleno de monos piojosos. Dentro del sobre recién-traído-de-Ámsterdam había una materia seca, virutas de goma de borrar, daba asco comerse eso crudo. A pesar de que el desgarbado dijo que perdería propiedades, se lo bebieron en infusión como damas muy respetables que toman el té de las cinco mientras los demás arrancaban los cables de la lámpara, el palanque era una juerga simiesca.

A Marco le tardó en subir, dijo esto no hace nada, pero al rato comenzó a sonar una frecuencia crujiente en su cabeza, como el dial de una radio que no encuentra la sintonía, las paredes y el techo de escayola palpitaban estirándose, tuvo miedo, vio a los monos de George Soros dando saltos llenos de chinches en el centro de la sala, vio al propio Obi-Wan escribiendo fórmulas matemáticas en la pared, Negu Gorriak mordía en los altavoces, el río Nung se desbordaba en la cisterna, Marco culebreó hasta el colchón, se supo reptil y hormiga, los demás bullían de electricidad y carcajada mientras él no era capaz de sacar la cabecita del caparazón.

Pasa el tiempo, tal vez ya sea de día, desaparece la música, no quedan monos en la sala. A su lado se acurruca Lerdo respirando como un buey, lleva una camiseta con la imagen de la momia de Lenin, Marco siente cosquillas en la nuca, unas manos lo desnudan y separan sus piernas como las de una parturienta, alguien le moja el culo con saliva, alguien entra dentro él como cirugía, Marco recuerda a Luisa, a Julia, a Alicia, se transmuta en cada una y ve en el rostro del de barbas su propio rostro, siente la ocupación, el calor, la indefensión del músculo distendido, comprende la angustia íntima de Julia, el furor equivocado de Luisa, la blandura de Alicia, efecto extrasensorial del hongo holandés pero aun así tan verdadero y perceptible, la momia de Lenin se mueve como un tentetieso. No es la fantasía de Soros y los monos bonobos, no tiene nada que ver con el hongo ni con las ensoñaciones: penetración de un culito virgen y dormido, pobre Marco, ay.

A la mañana siguiente, panorama de la batalla: las pocas cosas que quedaban en el piso están rotas o han sido robadas, no hay nadie, los monos y las chinches han desaparecido, también Lerdo. Por primera vez en mucho tiempo Marco está solo. Se despereza, se levanta y sangra.

Ragnarok. Perecerán los dioses en la llanura de Vigrid, rodeados de valkirias y enheijars moribundos, vendrá la edad del viento y del lobo, de la ceniza y del fuego, Fenrir devorará el sol, la serpiente Jormungandr será convocada y regresará desde el abismo, Glitnir será nacionalizado, Kaupthing se declarará en suspensión de pagos, las cuentas de más de medio millón de inversores quedarán congeladas, el FMI concederá a Islandia un préstamo de dos mil millones de dólares que apenas servirá para evitar la devaluación de la moneda, 1 € = 340 coronas, y Talo caerá en la cuenta de que todo se perdió sin remedio, aunque consiguiera reflotar la empresa y rescatar parte de los fondos ya no habría cancha ni mercado donde venderle nada a nadie, ahora cada cual vivirá de acuerdo con lo suyo sin apenas soñar con parcelas de ochocientos metros, pérgolas, azoteas transitables, vistas a la sierra o a la bocana del puerto. Llegará el Ragnarok, el ocaso de los dioses: las promotoras huirán al refugio del contencioso-administrativo, los constructores se declararán insolventes, las cooperativas se desvanecerán.

Talo decidió abandonar el negocio después del combate de Pegina, fin de la historia. Telefoneó al gerente para anunciar la disolución de la empresa y despidió al resto de empleados, incluida Martita Flor de Autopista, que hasta el último día siguió acudiendo a la agencia con simpática puntualidad y frescura de Cacharel. Después hizo balance de los bienes propios, repasó los balances en los portales telemáticos de los bancos, recorrió algunas sucursales para recuperar parte del dinero antes de que fuera intervenido, abrió Google Maps y puso una chincheta roja en Fortaleza, Brasil. Tres años antes había surfeado en la barra de Icarai, recordaba una mañana plácida de olas turquesas, barracas con caipirinhas, no sería difícil comprar una tienda de verduras, contratar a algunos carpinteros para hacer la reforma e inaugurar en dos meses Talo Surf Shop. Al principio sería suficiente con alquilar tablas para principiantes a los turistas del resort, pero después organizaría viajes completos a los que llamaría *experiencias*, los americanos serían sus principales clientes, también algún portorriqueño, por suerte muy pocos europeos, compraría bicicletas, quads, un Jeep, conseguiría las licencias oportunas, todo sería legal y limpio, viajaría con el dinero encima, abriría una cuenta sencilla en un banco local, los acreedores no llegarían tan lejos. Pensó en sus padres, recordó los gritos de papá, los enfrentamientos tan masculinos durante la época del desfase adolescente. También recordó a mamá, distinguida y elegante sin pieles ni perlas, que se venía abajo y lloraba como una fregona ante cualquier inconveniente cotidiano, el doctor se negaba a recetarle más píldoras, fueron juntos a terapia, aquellas sesiones ridículas consolidaron el foso que los separaba, al menos se merecen una despedida, se dijo. Buscó en el vestidor unos pantalones de hilo, camisa blanca con sus iniciales, zapatillas Le Coq Sportif. Bajó al sótano, subió a la Lambretta, pulsó el telemando y arrancó.

No tengo mamá. Con trece años Marco leía *Más Allá de la Ciencia*, dirigida por el inquietante doctor Jiménez del Oso, grueso, calvo y barbudo. La revista también regalaba casetes con demos, pero en lugar de la primera fase de Navy Moves daban una cinta con las psicofonías del palacio de Linares, donde se escuchaba tan nítido *no tengo mamá*, eran los años noventa, se aproximaba la pirotecnia de la exposición universal y el quinto centenario, en la radio sonaba la flauta andina como sintonía de programas espeluznantes que hablaban con brío de la gesta de Hernán Cortés, las tribulaciones de Lope de Aguirre, los naufragios de Núñez Cabeza de Vaca. A veces, después de ver un partido de la NBA, Marco se metía en la cama ya muy tarde y escuchaba *La Rosa de los Vientos* con auriculares. A esa hora ya no se hablaba de la conquista de Mesoamérica ni de Moctezuma, sino de antropofagia y sacrificios humanos, los vencedores devoraban los cerebros de sus enemigos, las cabezas vacías se apilaban formando altas columnas en la Sala del Sol, un soldado de la expedición de Hernán Cortés hizo un recuento aproximado en Tenochtitlán y la suma ascendía a más de ciento treinta mil cráneos. Marco se encogía en la cama, los auriculares aplastados contra la almohada, el pulso de la sangre palpitando en sus oídos cuando la voz oscura de los locutores formulaba una pausa dramática, mamá duerme sola en la habitación de al lado.

El carro de Aquiles. El ascensor olía a cerveza, orina y vómito. Desastrado como un mendigo, Marco se enfrentó con un vecino que lo señalaba con el dedo, la frecuencia del hongo seguía crujiendo en su cabeza y no oyó la jaculatoria donde se repetían las palabras denuncia y vergüenza, lo apartó con una manotada floja que el vecino fingió terrible para arrojarse al suelo como un delantero mentiroso, gritó vándalo, criminal, loco.

Al fin salió a la calle, el sol calentaba con radiación agobiante, echó a andar, pensó qué ha pasado, le puso cordura a los últimos meses y recordó botellas rotas, homilías anarcas, un racimo de orcos en una loma y veinte antifaces de Dúnedain lloviéndoles piedras y cristales, la cueva de Alicia, un patrullero con luz de aspa atronando en la calle peatonal, los senos flacos de Alicia, Marco corre, no hay tiempo para el camuflaje, se esconde en los baños de El Corte Inglés, la secuencia de las cámaras de seguridad se emite muchas veces en el telediario, qué ha pasado, sin plan previo llega al muro donde comenzó La Ciudad, sólo permanece un rabo de versos en lo alto, versos suspendidos *con el fuego interior*, desperdicios, *se triunfa del rencor y de la muerte*, sigue el recorrido, a veces encuentra una pared con rimas completas, *y hacia Belén la caravana pasa*, un rostro mediado, el dibujo interrumpido de una niña con paraguas, en el cruce ninguna cebra persigue a nadie, de ninguna cornisa cuelga un gorrión gris, la boca de Julia fue sustituida por una vulgaridad improvisada que dice estafador en la pared de la agencia de viajes.

Marco comprende que todo ha terminado, incluso si

volviera a sentir las mismas ganas y reuniera fuerzas y kilos de pintura, ya no sería capaz de restaurar su Ciudad perdida, tantos meses de incursiones vikingas, el gran mosaico que cada noche crecía y palpitaba desvanecido para siempre.

Y qué será de Marco sin La Ciudad, cuál su atributo ahora, cuál su valentía, su distinción heroica, ya no más artista oculto sino apenas agitador chiquilín que juega a las piedrecitas en la calle, Apolo y la Fortuna le retirarán su protección, en la próxima escaramuza será aplastado contra un bordillo, violencia medida, interrogatorio, declaración ante el juez, resistencia a la autoridad, lesiones, destrozos del mobiliario urbano, prisión sin fianza, incautación de bienes, en el plazo de un mes se determina el desahucio por parte de la entidad subrogante, la deuda hipotecaria no se extingue, las cuotas pendientes se liquidarán con los futuros ingresos del acusado, la jodiste.

El de barbas tenía razón, el hongo te abrirá la mente, chaval.

Dos operarios encalan la cornisa y blanquean las mejillas de una cabeza rizada, no sale fácil, los poetas son testarudos, una Vanette llena de trastos reposa sobre la acera.

Vencido en el paso de Osgiliath, Marco cae sobre un banco de hierro, se consume viendo la maniobra de los servidores del Maligno, no ofrece resistencia, abate los postigos, *el resplandor fugaz de un relámpago ilumina en los cascos y los escudos la insignia siniestra, la mano de Isengard.*

Y entonces, ocurre.

Marco mira hacia el cruce como si supiera que una moto brillante ya aguarda a que el semáforo abra. Sobre el asiento descansan buenos pantalones de hilo, camisa a medida, casco y gafas de piloto de principios de siglo.

Verde, y la Lambretta bruñida del joven director general rueda como el carro de Aquiles.

Schopenhauer. *El Estado no es más que el bozal que tiene por objeto volver inofensivo a ese animal carnicero, el hombre, y hacer que tenga el aspecto de un herbívoro.*

Mario Bros Racing. A nadie le extrañe, no, la precisión con la que Marco derribó a los operarios, se lanzó dentro de la Vanette y arrancó levantando centellas con ruido de fórmula uno: desde pequeño recibió un entrenamiento pertinaz a través de teleseries y arcades. El portón abierto daba brincos, caían botes y herramientas a la calzada como en un cómic, Marco logró enderezar la dirección y enfilar el rumbo detrás de Aquiles. Mantuvo la distancia que obliga el manual del buen perseguidor, la Lambretta se iba acercando al centro de la ciudad y Marco temió que cruzara alamedas y bulevares, donde le sería tan difícil darle alcance. Para evitarlo azuzó a sus caballos hasta que se puso justo detrás, desde la cabina pudo oler la loción de afeitado, el suavizante de la ropa tan intenso sobre el gasoil. Aplastó el acelerador, las cuadrigas chocaron, Aquiles se dio la vuelta y lanzó insultos, Marco se mantuvo firme, arrinconando al enemigo contra el carril bus, canta oh musa.

Con la segunda embestida el joven director general entendió el sentido de la emboscada: no era un quinqui, no era una equivocación, el loco de la Vanette lo perseguía de veras, demasiadas facturas sin pagar, demasiados prestamistas y avales. Por eso no frenó ni intentó plantarle cara, sabía que la bronca sería larga y peligrosa, decidió jugar a Mario Bros Racing, aceleró, hizo temblar la máquina, tomó la salida hacia la autopista en el último instante, le sorprendió que a la Vanette no se le descompusieran los ejes, todo se parecía a una sesión sobrepoblada de surfistas en Mentawai. Como el superhéroe y el villano en el duelo definitivo, se alejaron de la ciudad para evitar víctimas innecesarias y otros estorbos.

La Lambretta es una montura gallarda que exige martini y chica con piernas de nailon, no es el bólido con el que lanzarse a ninguna cacería, pero el joven director general había restaurado cada pieza, el motor bicilíndrico ripeaba como un Spitfire. Encontró aquel escombro en una página de subastas, lo compró por correo sin saber su estado de conservación, cadáver seco. En el sótano, alzada sobre el potro, el animal se ofrecía al joven director general con toda su tripería podrida como en el tajo de un carnicero. Desmontó el chasis con esfuerzo, los tornillos se deshacían, sulfatados, tuvo que aplicar el trompo y la radial para abrir un hueco donde hacer palanca. Siguiendo un manual de mecánica palabra por palabra, extirpó el cárter, extrajo la caja de cambios y con dos golpes suaves dejó a la vista la cadena de transmisión. Era un trabajo delicado y hermoso, pasó muchas horas en el sótano engrasando los latiguillos, cada vez que giraba un tuerca cambiaban dos dígitos en su cuenta corriente, aquella scooter podía alcanzar ciento treinta sin esfuerzo, los fondos de inversión prosperaban hacia la felicidad constante sin que hiciera falta pensar en ellos.

Se alejaron del nudo, subieron hacia la sierra, la Lambretta adelantaba camiones por la derecha y la Vanette cruzaba los carriles como un caballo de ajedrez. Cláxones, frenadas, suspiros encogidos de los demás conductores, alguien llamó a la policía, no le hicieron mucho caso.

El motor de la Vanette se calentaba por encima de las tres mil vueltas, Marco sujetaba los mandos y miraba fijo la aleta trasera del enemigo, no pensaba en el riesgo ni en las curvas, le fascinaba la suavidad con la que se introducía entre dos coches, apenas pisaba el freno, la carretera no dejaba de subir, las salidas vaciaban el caudal del tráfico hacia cualquier ciudad dormitorio, la pista se despejaba, ya sólo Vanette y Lambretta, uno contra uno, combate singular, Aquiles y Héctor, pantalla final del juego.

El joven director general tenía brazos fuertes, hombros musculados con diferentes ejercicios de carga y presión, pero la cabalgata era demasiado intensa para la postura que exige una moto de paseo. Aunque el motor respondía bien en el llano, ya comenzaba a ahogarse en la subida mientras la Vanette danzaba como si esperase el momento del ataque definitivo. Vio una rasante y más allá el inicio de un codo, debía apretar ahora, tomar la rampa con velocidad y aflojar en la curva, igual que en el hueco de las izquierdas tubulares de Mentawai.

Lo hizo, y la moto se encabritó, rozó el suelo, el canto de las ruedas perdió el contacto con la pista, el joven director general fue expelido como el piloto de un avión de combate, su cuerpo se deslizó sobre la lija como un disco de hockey, la camisa y los pantalones se deshicieron, la piel se adhirió al asfalto, el cuerpo rallado del joven director general se estrelló contra la guillotina de los guardarraíles.

Marco logró detenerse sin reventar la furgoneta. Abrió la puerta, era de noche, los coches relampagueaban junto al despojo de hierro, Marco hacía señas con las manos como un aparecido, ninguno paró. Pudo oír el batir de los grillos y las chicharras en el campo, noche de verano anticipado. Vio los cromados esparcidos como figuras de mahjong, vio la corona, el cárter abierto en dos, la cadena brillante como diadema de princesa, vio los andrajos de la camisa, vio un zapato, vio una pierna loncheada por el guardarraíl.

No vio el resto, que se perdía en la vegetación de la cuneta.

Tampoco escuchó ningún grito.

Cogió los andrajos, envolvió la pierna, regresó a la Vanette, dejó el hatillo en la trasera, cerró el portón y arrancó.

Herbívoros domesticables. *El gran valor que los aztecas daban al consumo de carne humana no se debía a una consecuencia puramente arbitraria de sus creencias religiosas. Más bien sus creencias religiosas (es decir, las insaciables ansias de sangre humana de sus dioses) reflejaban la importancia de los alimentos de origen animal en relación a las necesidades de la dieta humana y el agotamiento del suministro de animales no humanos en su hábitat. Como resultado de milenios de intensificación y crecimiento de la población, las tierras altas del centro de México habían perdido sus herbívoros domesticables.*

Marvin Harris, *Antropología general.*

Oliver Willard. Oliver Willard, estadounidense, treinta y dos años, demócrata, periodista de *The New Yorker*, atlético y jovial, aficionado a la escalada, a la bicicleta de montaña y al cine de animación para adultos, neoyorquino, una novia de New Jersey tres años mayor, Tessa, madre de dos hijos productos de un matrimonio que terminó en orden de alejamiento, a Oliver le encanta pronunciar su nombre sibilante, Tessa es bonita, tiene pecas sexis en el escote, cuando los niños sean mayores se irán de campamento a los lagos, sólo se ven los fines de semana, de lunes a viernes se conforman con el teléfono y la sexcam, en una esquina de la pantalla apareció una vez el rostro redondo del mayorcito, que se despertó, vio una luz encendida y bajó para ver qué hacía mamá en el ordenador a esa hora, la conexión ha sido interrumpida por el usuario, en el trabajo es inquieto, audaz e inquisitivo, se aburre de cualquier cosa con rapidez, pronto se aburrirá también de Tessa, nunca irá con ellos a los lagos, cuando oyó hablar de la desaparición de Soros se postuló ante el jefe de redacción y dijo creo que sé dónde está, sólo necesito un mes, los billetes y algo de dinero para los gastos, en un párrafo de uno de sus libros, titulado *Ambición y control*, Soros fabricaba un símil uniendo el riesgo de adquirir opciones de compra según predicciones matemáticas con el limo esponjoso de las orillas del río Nung, Oliver Willard tiene una corazonada, ningún dato, ninguna certeza, pero su país funciona de ese modo, el jefe de redacción lo entiende enseguida y dice cuatro semanas, todo con facturas, pide en contabilidad una tarjeta de crédito a tu nombre.

Y así fue como emprendió el laaargo viaje que lo llevaría a perder la tarjeta y el pasaporte en un hotel de Bangkok, escapar de una banda de narcotraficantes que confundieron el apellido Soros con el de un capo rival, dormir al raso muchas noches, ser perseguido por los monos culeadores de la jungla, agotar el plazo.

Pero llegó, y remontó el río Nung temiendo haberse equivocado de orilla, su voluntad era firme, se dijo que alcanzaría las fuentes del río y regresaría por el otro lado si fuera preciso, se vio a sí mismo como un personaje de *Perdidos*, tanta mugre y fatiga encima, tanto miedo por las noches que apenas podía pegar ojo. En mitad de la jungla, se olvidó del *New Yorker*, del jefe de redacción y de Tessa, ya no se trataba de la entrevista ni del Pulitzer, se trataba de *la búsqueda*, esto es, el mito que la televisión y el cine habían construido en su cabeza y que Oliver Willard creía vivir en directo, como en una conexión especial de la CNN.

Al fin, al salir de una chasca de maleza vio una cabaña, y junto a ella un hombre ya anciano vestido con pequeñísimos pantalones cortos y una camisa mil rayas corticheada en mil rasguños. Estaba sentado sobre un bidón de gasolina, rascándose la cabeza con insistencia y leyendo un libro gastado. Oliver no dudó, apretó el paso hasta que llegó junto a él, inmutable en su lectura.

—Señor Soros, supongo.

—Tardaste.

—¿Perdón?

—Tardaste mucho.

—¿Me esperaba?

—Esperaba a uno de vosotros. ¿Dónde has estudiado?, ¿en Harvard?, todos los de Harvard son idiotas.

—Columbia, promoción 1996-2000.

—También los de Columbia son idiotas.

Inesperadamente, Soros se levantó, dejó el libro a un lado y estrechó entre sus brazos al desconcertado Oliver.

—*¡Bonvena, bonvena!* ¿Estás bien? ¿Te mordieron las serpientes? Siéntate a mi lado. ¿Cómo te llamas?

—Oliver Willard.

—¡Oliver Willard! ¡Magnífico!

Soros le pasó la mano por el hombro como a un futbolista, no pudo contenerse y lo besó en la frente.

—¡Un imbécil de Columbia ex profeso desde los Estados Unidos para buscar al viejo Soros! ¿*Washington Post*, *New York Times*, *Herald Tribune*?

—Eh... *New Yorker*.

—*¡New Yorker!* ¡Qué tierno! Muy Obama y muy arisco contra Alan Greenspan y la Reserva, ¿verdad? No contestes. Te preguntarás qué diablos hace el viejo Georgie

Soros aquí metido, ¿eh?, en medio de esta jungla infecta donde la humedad convierte tus pulmones en dos esponjas marinas y los insectos horadan una guarida en los lóbulos de tus orejas, ¿eh? Te preguntarás, igual que medio mundo se pregunta, qué llevó al bueno de Georgie hasta este lugar, ¿eh?

—Ésa era la primera cosa que...

—¿Lo tienes todo apuntado? Déjame ver.

Soros rebusca dentro de la bolsa de Oliver, sus manos arrojan al limo la cantimplora térmica, las barritas energéticas, los parches contra la malaria. Encuentra el cuaderno, lo abre, arruga las páginas. Oliver no tiene fuerzas para protestar.

—Tonterías. Justo lo que se espera de un imbécil de Columbia. ¡Enhorabuena, lo has conseguido, ya atrapaste a tu presa! O debería decir que la presa te atrapó a ti.

Soros continúa hablando mientras Oliver siente un desmayo, cae al suelo y se desprende de la jungla pringosa.

En el delirio del agotamiento, Oliver Willard sueña:

—Quizá todavía tenéis miedo de la niebla, la sombra de los árboles, el agua profunda, las criaturas del bosque. ¡No temáis! Pues esta noche estáis bajo techo en casa de Tom Bombadil.

—Decidme, si mi pregunta no os parece tonta, ¿quién es Tom Bombadil?

—Es el Señor de los árboles, el agua y las colinas.

—¿Entonces estas tierras extrañas le pertenecen?

—De ningún modo —dijo ella y la sonrisa se le apagó—. Eso sería en verdad una carga —susurró—. Los árboles y las hierbas y todas las cosas que crecen o viven en la región no tienen otro dueño que ellas mismas. Tom Bombadil es el Señor. Nadie ha atrapado nunca al viejo Tom caminando en el bosque, vadeando el río, saltando en lo alto de

las colinas, a la luz o a la sombra. Tom Bombadil no tiene miedo.

Los sueños curan la fiebre, Willard abre los ojos. Ve las vigas de cañas cruzadas, la techumbre construida con plataneras, toca el suelo de madera pulida, huele el humo de una varita de incienso, ve una estera junto a la suya, un cuenco con frutas, se despereza. El maestro sostiene sobre sus rodillas un pequeño ordenador, sentado sobre las escaleras de la cabaña.

—Señor Soros.

—Señor Columbia, buenos días.

—Me quedé dormido.

—Tendrás hambre y sed.

—Y dolor.

Comieron fruta y bebieron agua mineral sin decir una palabra. Willard contemplaba la curva del río Nung, las piedras rosadas que sobresalían del curso, la inmensa mancha verde del bosque, era imposible distinguir dónde comenzaba un árbol y terminaba otro.

Pasaron días y noches sin distinción. Cuando Oliver se repuso de su debilidad, Soros le enseñó a pescar carpas en el río y a cazar roedores que luego adobaban con salsa agridulce. El viejo trepaba por los peñascos como un felino, sostenía el arpón hasta que la víctima cruzaba el blanco y entonces descargaba un golpe siempre infalible, rica brocheta de pescado fresco. Willard observaba cada cosa con pasmo, se sorprendía del vigor y la habilidad de Soros, las piernas musculosas y doradas, los brazos tensos como arcos de competición. Erigido sobre las piedras, el maestro parecía una figura olímpica, estrella del rock.

—Déjame que lea tu mente.

Soros abrió sus manos, movió en el aire los dedos como patas de araña, clavó las yemas en el cráneo de Willard.

—Quieto, es un momento delicado. Tus ondas cerebrales transmiten el mensaje, mis dedos son los radares que captan la frecuencia, tengo que sintonizar el dial, encontrar la puerta de entrada.

Sintió un intenso calor en las sienes, los dedos de Soros penetraban en su cabeza como dardos.

—¡Oh! ¡Deberías avergonzarte de pensar esas cosas!

—¿Qué cosas?

—¡Todas esas vaciedades sobre la ambición desmedida de los banqueros!

—Eh... En *Ambición y control* usted mismo dijo que...

—Ellos cayeron igual que el resto, ¡no fue culpa suya!

—Pero los bonos...

—Todos creyeron que la prosperidad y el crecimiento serían infinitos.

—En 2007...

—Infinito crecimiento como una asíntota que rompe el papel y se despliega hacia el cosmos. ¡Superstición! ¡Credulidad! ¡Vosotros fuisteis engañados por los banqueros y los banqueros fueron engañados por sí mismos! ¡Un concepto! No existe el crecimiento infinito, igual que no existe la belleza absoluta ni la verdad universal. ¡Platón, estúpidos!

—Ellos... los beneficios...

—¿Cuándo, en qué época, periodo, siglo o civilización hubo esta prosperidad de veintitrés marcas de yogur en el expositor del supermercado, entretenimiento electrónico y pornografía gonzo sin el argumento de me pillaste sola en casa, uy mi marido no está, me enseñas a jugar al billar? ¿Cuándo tanta felicidad de quincenas en la playa, casas rurales, hoteles con encanto, crucero a los fiordos? ¿Cuándo tantos comedores sociales, libros gratuitos? ¡En las bibliotecas públicas hay películas y juegos de mesa! ¿Al conjunto no lo llamaremos *progreso*?

—Según Forbes, su fortuna personal se estima en...

—¿Qué fue eso tan valioso que perdimos, qué recuerdo dorado? ¿No sería razonable hacer un esfuerzo de contención, sumar las monedas, confiar un poquito en el curso de las cosas y quedarse en casa haciendo yoga, leyendo a Bulgákov, terminando de escribir el soneto que empezaste con quince años?

—¡La crisis fue provocada por la usura insaciable!

—Usura... es una hermosa palabra, *uzuro*. El Antiguo Testamento condena muchas veces la usura. Ezequiel, Levítico...

—¡Vosotros fuisteis los culpables y ahora pretendéis que nosotros...!

—¿Vosotros y nosotros? ¿Hay diferencia? ¿No es la misma sangre la que nos recorre, no son los mismos brazos y las mismas piernas? Si tú, pequeño Oliver Willard de Columbia, hubieras nacido en una familia rica que en cada cumpleaños te regalara un paquete de acciones, ¿habrías sido distinto?, ¿habrías renunciado a tu dinero, a tus propiedades?, ¿habrías preferido rentas reducidas en lugar de un provecho tan jugoso?, ¿habrías entregado a los pobres tus bienes? ¿Vosotros y nosotros? No hay ningún *vosotros*, ningún *nosotros*. ¿Son todos los americanos unos cabrones? ¿Los que crearon Lehman y los que confiaron en Lehman pidiendo préstamos que sabían que no podrían pagar? ¿Es mayor la culpa de quien entrega el dinero o de quien lo toma prestado aprovechando la enajenación del prestamista? Si los yanquis son unos hijos de puta entonces los europeos son unos acomplejados que quisieran ser yanquis y no lo consiguen porque les sobra bondad cristiana, declaración de derechos y tribunal de La Haya. Y los asiáticos, yanquis alienígenas en un mundo sucio y raro. Los africanos y los latinoamericanos no existen, se mueren demasiado pronto, a veces se mueren solos y otras veces se matan entre ellos, están condenados a la extinción, como los osos polares. El resto (australianos, micronesios) sólo son figuritas decorativas necesarias para hacer turismo. No hay *nosotros*, no hay *vosotros*. En 1944, durante el cerco de Budapest, me vi emparedado dentro de un bonito sándwich, una rebanada de ejército nazi, otra rebanada de ejército soviético y en medio una loncha de carne kosher. ¿Quiénes eran los rescatadores y quiénes los carceleros? ¿Y sabes una cosa? ¡El ejército húngaro fue mucho más temible, más despiadado con sus propios compatriotas, más corrupto!

—Entonces...

—Oliver Willard de Columbia, apunta esto: todo ocurrió como reflejo del alma humana. Ambición, deseo, envidia, fantasía e ingenuidad son los verdaderos valores bursátiles. La explosión de felicidad financiera y la implosión del enorme vacío posterior fueron el resultado de la misma energía. Pero la ventisca pasará, y volverá de nuevo. Y, como en el último acto de *Hamlet*, sólo habrá cadáveres sobre el escenario. No hay otra respuesta, no puede haberla. Ya tienes tu entrevista.

Soros resoplaba como un caballo de carreras, Willard apretaba los puños. La transparencia azul de los ojos de Soros era hermosa e infamante. El malestar de Willard palpitaba dentro de su camisa, todas las ideas volcadas, todas las efusiones y argumentos arruinados. Soros apartó la mirada, cogió el cuchillo y destripó una de las carpas que aún aleteaba en la escudilla. Willard sujetó sus hombros, sostuvo su cara ancha y envejecida entre las manos, se reflejó en los ojos azules durante un segundo y lo besó con la boca abierta. La carpa cayó al suelo, la lengua de Soros recorrió sus molares.

Desde aquel día durmieron juntos en una sola estera.

Advenedizo Michael Jordan. Apenas quedaba gasoil en el depósito, dejó el coche en un polígono. Abrió el portón, deshizo el hatillo: era una pieza esbelta y musculosa, depilada como la de una bailarina, la piel olía a leche corporal, el corte era tan exacto sobre la rodilla que apenas dejaba ver la cabeza del hueso, redonda, blanca y pulida como manufactura, sin enredo de nervios ni arterias. Parecía una prótesis, fragmento perdido de un geyperman agente especial, el asfalto apenas la había arañado, permanecía caliente y limpia, el zapato Le Coq Sportif seguía apretado con lazo de trenza, en el empeine tenía un tatuaje de letras orientales. Amarró de nuevo los andrajos, los guardó en una espuerta que encontró en la trasera y echó a andar cargando con ella sin pensamientos de ninguna clase.

Tardó horas en llegar al piso franco. Durante el largo camino quiso arrepentirse, sentirse miserable, decir soy un monstruo, acudir a la policía y contarlo todo a partir del primer rabo de versos en la pared, señor juez, arrésteme. Pero no lo logró hallar remordimiento ni culpabilidad dentro de sí, tampoco rencor ni ganas de hacer daño, así que siguió caminando como si nada hubiera pasado. A cada rato cambiaba la espuerta de mano, se le entumecían los dedos, verdadero ejercicio zen de no pensar en otra cosa que en los dedos violáceos, los pies siguiendo el curso, no más.

Al llegar a casa vio la puerta arrancada del cuadro, la suciedad y la destrucción, percibió el olor a heces, sudor y encierro, tuvo un vago recuerdo de Barbas-Longinos rompiéndole las tripas, se estremeció, sostuvo firme la espuerta como se sujeta la mano de un niño, entró.

Y entonces, sentada sobre el estrago de una silla, vio a Cloe, los dedos cruzados como si rezase muy arrepentida. Cloe allí.

Cloe dijo: Marco.

«Marco» contenía todo lo que Cloe quería decir.

Contenía qué ha pasado, y Julia, hace tanto que no sé de ti, no vienes a verme, soy tu madre anciana, podría estar muerta o arrojada a un sanatorio, mírame, estás tan flaco, el pelo largo, la barba, y estos dibujos, y estos muebles rotos, y esta ruina, qué llevas ahí dentro, de dónde vienes, ese aspecto de fantasma, qué ha pasado aquí.

Marco pensó

en la turbia antesala no acierta
con la manga la mano quebrada de temblor.
Huiré,
arrojaré el cuerpo a las calles.
Arisco,
enloqueceré.

La espuerta colgada sobre su hombro.

Cloe quiso decir ya sé que no fui una madre de las que se levantan a las siete para guisar estofado y esperan a que abra la panadería, pero te quise, Marco, te quise y te cuidé a mi manera, te quise aunque tomaras todas las decisiones equivocadas, te pasaste al enemigo, Marco, admite eso y mira ahora tu alrededor, yo tenía razón, yo tenía razón.

Marco pensó

déjame decirte adiós,
mi amor es el lastre que arrastrarás adonde vayas,
deja que llore en el último grito el amargor del desaire,
el buey cansado de trabajar se tumba en las aguas frías,
para mí no hay otro mar que tu amor,
y tu amor no concede descanso.

Cloe habría dicho pero me basta así, cierra esta casa, olvidemos lo que sucedió, no me cuentes nada de lo que has hecho y vuelve conmigo, sacaremos los lienzos a la terraza, compraremos óleo y nuevos pinceles, no me hables de Julia, no me hables de tu trabajo, tenías tanto talento, ninguno de esos profesores quiso reconocerlo, me hago vieja y me siento sola. No lo dijo.

Marco se asomó a la ventana, recordó las noches de invierno en casa de Cloe, cuando ella se acostaba y él se quedaba despierto para ver las retransmisiones de Ramón Trecet narrando con voz de bardo las epopeyas de Magic Johnson, Larry Bird, Isiah Thomas. El advenedizo Michael Jordan aún no había hecho otra cosa que salir en las portadas de las revistas en posición antigravitatoria. Recordó los ronquidos de Cloe mientras Johnson hacía ballet sobre las baldosas amarillas de Inglewood. Sintió nostalgia, se estremeció, Cloe lloraba diciendo es culpa mía, te perdí, Marco se imaginaba dentro de cualquier telefilme, la espuerta aguardaba en el suelo, palpitante.

Al final de la avenida vio el dibujo de un coche patrulla con las luces apagadas, silencioso como un delfín. No hubo que esperar a que se detuviera en el portal, bajaran los guardias, abrieran la puerta sin ruido de ganzúa, subieran la escalera, cruzaran el cuadro arrancado; mucho antes de eso, Marco ya había saltado al alféizar y jugaba a ser el Hombre Araña de un balcón a otro, Cloe gritaba te vas a matar, Marco imaginó un mal paso y la ambulancia, el atestado, la sábana, el recuento y la búsqueda del miembro perdido, dos testigos lo habían visto todo, la Vanette encontrada en el parque industrial llena de pruebas incriminatorias, la pesquisa hasta la puerta de su casa, o bien la grabación de las cámaras de seguridad durante la última guerrilla, el cotejo del perfil con la base de datos de Interpol, una secuencia nítida en la que el desgarbado pierde el pañuelo y queda expuesto al foco como una Miss, un experto antiterrorista lo identifica, la Operación Rojo y Negro se puso en marcha hace tres semanas, según informó el portavoz de la policía, seguimiento hasta el piso franco, vigilancia, algo sucede, el chico raro regresó con una especie de cubo, qué lleva ahí dentro, arriba hay alguien más, intervención urgente, vamos.

Cuando encañonan a Cloe, Marco ya ha caído como un gato al patio de luces, busca la salida y escapa por una calle que los agentes, tan torpes, no se acordaron de cerrar, tendríamos que haber llamado a los geos, voló, apriétale a la vieja, ella sabrá adónde.

En estado. Fructificó el amor: la naturaleza mágica quiso que el bueno de Georgie, a sus setenta y seis años, quedara en estado como resultado del amor selvático. Oliver cuidó de él con mimo, le reservaba los pedazos de adobo más suculentos, recorría kilómetros a pie para traer bidones de agua mineral, vigiló su toxoplasmosis, ignoró sus irritaciones hormonales. Después de un largo embarazo de dieciséis meses 4 % TAE, mamá-Georgie dio a luz a una camada de siete lindos economistas, tres de ellos con ojos azules y, por tanto, destinados a grandes cosas, el resto apenas carne de broker y universidad barata.

Y así, como cualquier matrimonio bien avenido, los Willard-Soros fundaron una familia bajo el auspicio de Dios Todopoderoso, que en su insondable sabiduría facilitó la concepción para que los cachorros rubios se convirtieran en futuros dirigentes del Nuevo Orden Mundial, mientras que los morochos rumiarían para siempre su rencor de clase aspirante, Dios no sabe hacer las cosas sin un contrario que sirva de modelo invertido, dislexia astral. Eva y Adán, kaput: los hombres y las mujeres de la nueva estirpe ya no se llamarán hombres y mujeres sino soros y willards, la humanidad dejará de ser Humanidad, la economía se convertirá en teología. Los especímenes de la nueva raza sapiens ya se agazapan a orillas del río Nung aguardando el armagedón financiero que destruirá lo que queda del viejo mundo decadente, sobre cuyas ruinas ellos edificarán un universo próspero e infinito sin obligaciones de deuda, sin derivados, sin seguros de impago, sin AIG, sin Leh-Bro, sin Morgan, sin Merrill Lynch, sin agencias de calificación y sin Alan Greenspan. Alabado sea el nuevo Dios Todopoderoso, *in God we trust.*

Fin del docudrama. Marco-fugitivo aguarda a que algún conductor baje para fumar un cigarrillo o comprobar la presión de los neumáticos. Le sale bien, logra escabullirse dentro de un autobús hacia Ciudad Mediana, a suficiente distancia como para que a la policía le dé pereza continuar.

Consigue dormir durante el trayecto, inevitablemente sueña con la pierna arrancada, la añora, se lamenta de no haberla traído consigo, la habría guardado en el portamaletas envuelta en una bolsa de plástico como comida envasada, dormiría abrazado a ella como a un osito, buscaría un hostal con una pequeña nevera donde pudiera depositarla con delicadeza, de vez en cuando abriría la puerta para sentirse tan reconfortado sabiendo que sigue ahí; pero no hubo tiempo, el patrullero se materializó en la calle y Marco-veloz saltó al trampolín del alféizar, sería fabuloso si un vecino lo hubiera grabado todo en vídeo, Marco-acróbata en mitad de la noche, superhéroe antisocial, *V de Vendetta*, el software de la brigada informática consigue aclarar el rostro del fugitivo en un fotograma revelador, la policía ha difundido la imagen del sospechoso, se solicita la colaboración ciudadana para dar con su paradero.

Cuando despierta se asombra de ser incapaz de sentir una mella de culpa ni lástima, me volví androide, piensa, soy el Mal, piensa, nunca más compasión, nunca más entusiasmo, consecuencia del hongo holandés, se me pudrieron los sentimientos, soy un vaso vacío que se rompe y no derrama. La persecución de Aquiles, el combate, la profanación, la huida: diferentes fases del nuevo arcade, Marco-androide convertido en el protagonista de una demo viral, hasta dónde llegará la audacia del departamento creativo, la primera fase resulta tan yonqui, descarga gratuita en el servidor de la compañía.

Ya llegan, desde la ventanilla Marco observa un panorama de naves e industrias menores alrededor de Ciudad Mediana. Fealdad de suburbio común, circunvalaciones, carriles de acceso, polígonos. Marco sueña con una explosión atómica que arrase cada partícula, devastación Mad Max, verdadero hongo; pero aun así habría restos, despojos, el plástico de un paquete de patatas fritas, una verja de malla, una balaustrada de escayola, ni siquiera el apocalipsis nuclear acabaría con eso. No hay remedio, el mundo es feo, que desaparezca, que estallen tormentas solares y que los rayos cósmicos calcinen cada metro cuadrado del PGOU. El planeta necesita un nuevo plan de urbanismo con parques infantiles, altísimo coeficiente de zonas verdes, piscina olímpica, taller de cerámica, granja-escuela, un estrado donde reciten los poetas. Demolición absoluta, nueva planta y alzado, Marco se ofrecería para diseñar la simulación del Nuevo Amanecer, dedicaría todos los años de su vida a milimetrar cada píxel de la Tierra, sólo necesita un programa, un monitor de alta resolución, un lápiz óptico. Si le dejaran diseñaría un mundo nuevo tan hermoso, ring-ring, ¿Marco?, soy el secretario general de la ONU, quería proponerte una cosa.

El autobús atraviesa poblados de casas baratas con el emblema del yugo y las flechas, barriadas de techo bajo, arriates sembrados de jazmines, un murete donde se acuestan dos muchachos y una moto inclina la nariz. Marco se transmuta en filántropo-Soros, siente verdadera compasión por los cuerpos canijos sin camiseta, por las lámparas de cuentas de cristal que caen sobre una mesa donde comen seis, la vitrina que guarda recuerdos del campamento de verano; los ojos de Marco-humanista se arrasan de lágrimas, los demás pasajeros se sienten incómodos, nadie debería llorar en público de esa forma. Antes de que el autobús se detenga, ya todos están en pie formando fila para salir y marcharse lejos de ese chiflado sentimental. No, Marco no es ningún androide, Marco es sensible y esponjoso, dan ganas de darle un abracito aunque pretenda aniquilar a la mitad de la población mundial, la mitad mala, Marco está convencido de que un holocausto selectivo sería necesario para la construcción del Nuevo Amanecer siguiendo la estrategia establecida en su Diseño, bocetos ordenados y calcados con Rotring, La Ciudad se convertirá en El Mundo, dónde encontrar tanta pintura roja, muerte a las gerencias de urbanismo, a los arquitectos municipales.

Camina dejándose llevar por los pasos de la mayoría hasta el centro, se tumba en un banco de hierro y duerme, tiene hambre, es una forma de olvidarlo. Algo después busca una iglesia, pregunta por un comedor social, cena sopa y tortilla, rechaza la cama del albergue porque le obligan a apuntar su nombre en un registro, vuelve a la calle y vagabundea hasta que encuentra un sótano abandonado. Observa, vigila, olisquea: extraño lugar, especie de garaje con tragaluz, vacío. Un vidrio roto tapa el ventano, lo aparta, se escurre por el agujero, nueva fase del arcade, aventura gráfica y rol Resurrección.

Dentro del sótano hay un cubo, un mueble de oficina, un colchón, columnas de papeles, revistas, tebeos, una casete del siglo pasado, suciedad de quince años sin que nadie haya puesto un pie en ese lugar convertido en hábitat, escenario perfecto para el nacimiento de Jesús. También hay un grifo sobre una pila que milagrosamente da agua. Se lava la cara, el cuello, las manos, bebe, ni siquiera sabe a tierra.

Marco-batallador evalúa la situación y se conforma: un agujero con agua corriente es mejor que un piso-ruina sin ella cercado por la policía. A través del ventano ve los faros de los coches, sombras contra el muro, tenebrosa proyección de cinerama. Se siente tan abandonado que no consigue esquivar un llantito. En un bloque cercano una luz permanece encendida de madrugada, alguien que estudia oposiciones, piensa, un arquitecto en paro. Cuando el tráfico se diluye Marco cae rendido sobre la pared, como un preso, y pudiera decirse que duerme.

Amanece con la descarga de aire comprimido de los autobuses urbanos, suelas que se arrastran en la acera, trote de tacón que llega tarde al trabajo. Se despereza, recuerda el vidrio roto y el descenso, también recuerda la redada policial tan cómica: Cloe, la espuerta, la Vanette, la carretera de la sierra, el hockey. La peripecia se ensambla, Marco mastica, comprende y sufre una aguda anagnórisis, ay.

Aparta el vidrio, quiere salir, ya no más gusano, ya no más larva hundida en la carne, qué importa si expuesto a la persecución de todos los nacionales de la ciudad, qué importa si prisión preventiva, si juicio y quince años. Al borde del agujero encuentra una botella de leche y un tubo de galletas Marbú. Oh. Mira a izquierda y derecha. No hay nadie. Como un hurón atrapa los tesoros y los introduce en la madriguera, feliz gusano-Marco.

Con el estómago lleno, Marco-superviviente pasa el resto del día rebuscando en los tebeos, se arrima al ventano para leer, siente algo parecido a la soledad vacante de la azotea, tiempo extenso sin carga ni nadie que aguarde. De vez en cuando come una galleta como una mascota en el terrario y se pregunta quién fue el anterior inquilino del agujero. Un cómic de Lobezno y una revista porno muy antigua le dicen fui yo.

A la mañana siguiente se despereza, aparta el vidrio. En el mismo lugar encuentra una linterna, una manta, un plato de lasaña precocinada que recuerda a los guisos de la vecina, una bolsa de pan de molde, salami, cortaúñas. Marco-bebé recibe amor y atenciones de un desconocido, nuevas vecinas al rescate.

El maná continúa sin que logre descubrir a su benefactor. Al recoger cada ofrenda, Marco-pueblo-de-Dios saca la cabeza del agujero y saluda por si desde algún sitio alguien lo observa, Marco-mascota es uno de esos gatos a los que las señoras alimentan con restos de pollo asado y sobras de cocido, de algún modo siempre fue así, sobrevive.

Lejos quedaron el Comité, el piso franco, el cuerpo cercenado del joven director general. No sabe que detuvieron a Cloe esa misma noche, graves cargos de encubrimiento contra ella, durante el interrogatorio fue asistida por un médico, no te servirá de nada fingir desmayos, vieja. El telediario dice los indicios encontrados en el inmueble llevaron a la detención de otros tres cabecillas de la red antisistema, el cuerpo de la víctima continúa en el instituto anatómico a la espera de que el juez permita su incineración. Cloe volverá a casa cuando todo termine, cerrará la puerta y no saldrá nunca más, ni siquiera bajará al bar de los hombres. En el patio truena el volumen de la televisión siempre encendida.

Tampoco sabe que Julia se enamoró de uno de los sindicalistas que pleiteaban en la puerta de la agencia de viajes, te vi en las noticias, el subdelegado del gobierno ha sido destituido después de la desproporcionada carga policial que se llevó a cabo a las puertas de la secretaría, presentaremos una denuncia, no se escaparán esta vez, tomaron una cerveza para hablar del caso, Julia estaba magullada, cuando ella se quitó el vestido él se asustó al ver las cintas de color violeta en su piel, la besó con cuidado como si pudiera romperse, Julia se estremeció, la figura de Marco se desvaneció para siempre, pronto se irán a vivir juntos, ella se quedará embarazada, él prosperará en el sindicato y aceptará un pequeño cargo político que les permitirá mudarse a un adosado con jardín y vestidor, el dinero de las dietas lo guardarán para Eurodisney.

En la cárcel de mujeres, Alicia se consume, arrepentida. Ve a las madres con sus hijos en el módulo de maternidad, se compadece de los nenes que aprenden a caminar en una galería decorada con marionetas de corcho que las reclusas fabrican en el taller de manualidades, ¿qué habrá sido del recién nacido al que no quiso conocer siquiera?, ¿era niño o era niña?, antes del parto habló con los servicios sociales, la asistenta esperaba en el pasillo. Alicia siempre estuvo lejos de una vida normal y apacible, drogas, casa okupa, algún robo: no entró en ese juego por convicción anarca, rencor social o rabia antisistema: entró por aburrimiento, el motor de casi todos los disparates. Ahora sueña con algo parecido a la normalidad de una familia, nunca recibe visitas, rechaza el programa ocupacional, se resiste a colaborar con las tareas de limpieza, no se acerca a la sala de televisión ni al economato, agacha la mirada en las sesiones de terapia, está deseando volver a la celda y aburrirse durante otra porción de años, no recibe ningún punto en el baremo de reducción de condena.

El desgarbado y el de barbas tienen suerte, coinciden con una troika de presos vascos a los que enseguida se arriman para obtener su protección, somos hermanos de sangre, *¡Sarri, Sarri!*, nuestro delito es el mismo. El desgarbado cree haber encontrado nuevos oídos a los que endilgarles la plática, el de barbas se cansa pronto y decide colaborar antes de que comience el juicio, se declarará culpable, testificará contra el desgarbado, recuerda con nostalgia las juergas altermundistas de los noventa, las cabalgatas, los guiñoles, las reuniones en el local de la asociación de vecinos, los presupuestos participativos, el huerto urbano, el jabón de aloe vera, se pregunta por qué no hizo como los demás, por qué no buscó refugio en la sierra como un maquis, reconstruiría una vieja cabaña de pastor con bloques de adobe, plantaría calabazas y tomates, una vez al mes bajaría al pueblo para vender compota de manzana, no tuvo tiempo de recoger su ropa antes del ingreso, en la lavandería le dieron unos vaqueros y una camiseta de Fanta, este verano vive la experiencia Fanta con tus amigos.

El desgarbado encuentra los argumentos que necesitaba, exige la documentación para matricularse en la universidad, una licenciatura le parece poca cosa y decide cursar Derecho y Antropología al mismo tiempo, se declara en huelga de hambre cuando le dicen que debe esperar hasta septiembre, envía cartas a los periódicos, los vascos comienzan a alejarse de él, tan pesado, recibe dos guantazos solemnes de un funcionario, es amenazado por varios presos, le aconsejan que durante un tiempo no se deje ver por las zonas comunes, rumia su frustración en la celda, todo el módulo respira aliviado, algunos lo llaman el Político, otros lo llaman Chapa, Plomo, Taladro.

La familia del joven director general contrata al mejor abogado, no sólo quiere hundir en prisión a los culpables de la muerte de su hijo, también reclama un pago subsidiario por parte del Estado, gerente de las carreteras y los guardarraíles asesinos, una indemnización que cubra la bancarrota de los últimos años para poner el contador a cero, la madre pierde la cabeza, a todos les cuenta que su hijo era tan bueno y tan noble, el padre no entiende nada de los balances ni las inversiones que quedaron en suspenso, en la gestoría no logran darle una respuesta, la maraña de fondos es tan complicada.

La terapeuta esquilmó a su marido, acumuló rentas altísimas como administradora del patrimonio de sus hijos, compró casas, cerró la consulta. El mayor se convirtió en un replicante del padre, los mismos ojos y las mismas manos, las mismas ganas de irse de casa y alejarse de ella, vencida para siempre.

El oncólogo es suave y didáctico, nunca dice extirpar ni abrir sino sanar y estudiar, nunca dice pronóstico sino ya veremos, tú tranquila. La presentadora se siente bien a su lado, observa los dibujos sobre la cartulina, ¿ves?, éste es tu útero, éste es el páncreas y éste el hígado, no hay nada que temer, aún eres joven y fuerte, ¿aún?, ¿dijo *aún*?, ¿qué quiere decir *aún*?, ¿*aún* estás a tiempo?, ¿los tratamientos *aún* son rentables para ti?, ¿*aún* hay esperanza de vida, umbral de supervivencia? La presentadora tiembla en los brazos de Valentina, su teléfono dejó de sonar, los productores ya no se acuerdan de ella, los nuevos programas cierran a la misma velocidad que se inauguran. Valentina le suplicó que contratara a su hijo para traer la compra, cuidar el jardín, limpiar el coche, no hace falta un contrato de verdad, señora, se trata de que no esté en la calle todo el día, desde que Christian llegó no han dejado de desaparecer cosas, aquellas gafas de sol, el bolso de carey, el billetero, casi todas sus pastillas para dormir, tendrá que despedirlo, Valentina se marchará para siempre, ya no le quedará nadie, nadie salvo el doctor tan didáctico, tan bondadoso, ¿ves?, éste es tu útero, éste es tu páncreas, sanar y estudiar, sanar y estudiar.

Gina fue relegada por una jovencísima candidata de la costa este, tómate unas vacaciones, le dijeron, disfruta de tu hija durante las visitas, no tengas prisa por volver, ¿ya cumplió dos años?, te noto distraída, muchas preocupaciones, claro, pero piénsalo de este modo, ahora tendrás tiempo para ti sola, tiempo para desarrollar otras inquietudes, ¿por qué no vuelves a la universidad, Gina?, Mark cuida de ella como haría una madre de las antiguas, es un buen tipo, cuando todo haya pasado tal vez podáis acordar una forma de custodia compartida, pero ahora, créeme, sería inútil reabrir el juicio, el informe del psiquiatra es una losa para el tribunal, ya sé que estás cuerda, Gina, no se trata de eso sino de demostrar que algo ha cambiado, para que resulte creíble debemos esperar un poco, ¿entiendes?, no te pongas así, un abogado no es un confesor, ven, ya buscaremos la manera, déjame que lea de nuevo ese archivo.

En marzo de 2012 el viento negro del destino dejó de azotar la sede de Lehman Brothers en Times Square. Un portavoz anunció que la bancarrota había terminado, el valle de lágrimas repunta hacia otro horizonte Dow Jones, pronto Leh-Bro liquidará parte de la deuda y dejará humildemente que sus acreedores le perdonen el resto, basta de lamentarse y decir qué paso, es tan ruin buscar culpables cuando la fatalidad te persigue, habría que ir pensando en un nuevo negocio, ¿no?, ¿qué tal un poco de India o de China, qué te parece si probamos suerte con la timba de la industria alimentaria? Imagina mil millones de chinos y mil millones de indios viviendo por debajo del umbral de la desnutrición, imagina que consiguiéramos aumentar en doscientos gramos su ración mensual de carne o pescado, ¡salud y prosperidad para ellos y una excelente oportunidad de negocio para nosotros! Piensa en todas esas granjas y mataderos y piscifactorías y cadenas de envasado, oh cielos, Leh-Bro comprende al cabo en qué consiste la filantropía.

Adiós Grau, adiós Monk, adiós Willard y Soros, adiós estrellas de la televisión y la psiquiatría, adiós perezosos terroristas urbanos, adiós desolada Cloe, adiós Julia duplicada, adiós ingenuo Karl Popper, adiós Leh-Bro resucitado. Fin del docudrama titulado *Democracia*.

No.

No fin. Falta Marco-superviviente.

Pregunta 1: ¿conseguirá Marco poner un pie fuera del agujero marsupial, valerse por sí mismo como un cachorro espabilado?

Pregunta 2: ¿quién se apiada de él, cuál ángel de la guarda, qué ejército de salvación lo protege?

Respuesta y escena final: fábula de amor y plenitud, nueva novela de aventuras a la que llamaremos *Demo*.

Es decir,

Demo. De dibujante a vagabundo, de aparejador rentable a usurpador del patrimonio: Marco ha recorrido media escala social siguiendo el vector de la degeneración y la insensatez. Marco, pintamonas. Marco, niño responsable y silencioso, artista adolescente con una pizca de soberbia, sobador de chicas fanáticas, acompañante de mamá, amador suave a los pies de Julia, divertido y amable, diligente e imaginativo delante de las dieciocho pulgadas LED pero incapaz de levantarse del suelo tras el primer mandoble del adversario, sombra inquietante en casa, noctámbulo grafista, agitador, guerrillero, perseguidor, duelista, superhéroe en fuga: así fue Marco, el buen Marco-soviet.

Ahora los cielos se compadecen de su infortunio ofreciéndole un agujero donde descansar y esconderse, incluso le acercan comida para que no se humille al horario y la costumbre del comedor social, ¿quién se apiada de él?, ¿los espíritus de Bakunin y de Maiakovski, danzantes por el mundo, quién?, ¿de qué despensa proviene el tubo de galletas?

En el piso de enfrente, ya tarde, permanece encendida la luz del opositor.

Marco cumple con sus rutinas: emerge del encierro con prudencia, se escabulle dentro de un portal si escucha una sirena, está convencido de que su foto aparece en el salpicadero de todos los patrulleros del país, se cree un tipo importante y realiza sus gestiones con rapidez (mendicidad, aseo, pequeños robos, recolección de objetos útiles), procura pasar desapercibido, regresa pronto al agujero, espera a que aparezca la bandeja de subsistencia en el tragaluz, nada debe alterar el pequeño ecosistema.

Pero sucede que Marco-bobo es medio humano, su parte débil lo impulsa hacia la búsqueda de afecto, no se conforma con los rostros de los tebeos ni con las vulvas de la revista ni con los tobillos que ve pasar a través del ventano, qué flaqueza la suya, Cloe lo adiestró para que fuera huraño y sombrío, le enseñó a sobrevivir con la autarquía de sus dibujos sabiendo que lo demás no sirve, es residuo; y a pesar de ese aprendizaje, Marco siguió siendo *humano*, Marco-testarudo.

Así, en la plaza de suelo de corcho donde se sienta a respirar, Marco-débil observa a una mamá y a una niña de diez años que se comporta como si tuviera cinco, brincando en los columpios para amedrentar a las niñas más pequeñas, discutiendo con los niños más agresivos. La mamá apenas le presta atención, las hojas de los álamos interrumpen la luz del atardecer dibujando una piel de leopardo sobre ella. *Era joven y al mismo tiempo no lo era, pues aunque la escarcha no había tocado sus trenzas y el rostro claro y los brazos blancos eran tersos y sin defecto y la luz de las estrellas brillara en sus ojos, grises como noche sin nubes, había en ella verdadera majestad, y la mirada revelaba conocimiento y sabiduría, como si hubiera visto todas las cosas que traen los años*, Marco-reblandecido.

Alguna vez viene acompañada, y la mortificación de Marco aumenta al ver el aspecto saludable del tipo que se sienta a su lado silbando como un pastor para llamar a la niña y ofrecerle un pedacito de bocadillo. Sus ojos (los de él) son botones negros cosidos al rostro. Sus manos (las de ella) suelen rodear su cintura (la de él) como en un romance adolescente. Los rizos (los de ella) se mezclan con el rojo de su flequillo (el de él) suspendido en el aire como un paracaidista. A Marco le resulta difícil distinguir al uno del otro, son la misma cosa, cápsula de farmacia con un extremo de cada color.

En el agujero, Marco comenzó a hacer dibujos donde siempre aparecían rizos, curvas en el cuello, un mechón flotante. Los esbozos formaban un cómic con personajes que se llamaban Mujer Linda en el Parque y Guardián Serio-Severo. Pronto se acabaron las hojas, no le servían las servilletas ni los embalajes, echaba de menos un bloc, carbones, algo de rojo para el flequillo de Guardián, algo de azul para las lágrimas japonesas de Mujer Linda. Inventó muchas historias en las que Linda revivía a Guardián con la imposición de sus manos, otras en las que Guardián buscaba a Linda por los pasillos de una nave nodriza. No se atrevía a dibujar sus cuerpos desnudos, cuando cerraba los ojos nunca aparecían Cloe, Julia, Talo, Marta, Alicia, sino Linda y Guardián, también la Niña.

Al fin, una de esas tardes de sol y parque, el tipo del flequillo rompió la cortesía de la distancia y se acercó. Marco recogió sus papeles, quiso marcharse antes de que Serio-Severísimo lo atrapara, dijera qué haces mirando a mi mujer, dos manos de estibador sobre sus hombros, siéntate. Marco-rendido pensó en revolverse y escapar pero previó un traspiés, los dibujos cayendo al suelo, la Mujer Linda en el Parque riéndose de su torpeza, no podría soportarlo. Dejó las cosas en el banco, asumió la llegada de las hostias o de los insultos, cerdo mirón, cuántas pajas te haces, dame eso.

No fue así. Serio-Severo dijo alguna cosa acerca de tubos de galletas y botellas de leche que te salvan la vida o al menos te salvan de las monjas. Marco comprendió, pronunció alguna frase de agradecimiento, se dio cuenta de que no era el único que observaba a los demás. No se contaron el resto, no hizo falta, les bastó con la superficie. Linda se acercó a ellos, también la Niña, que cogió los dibujos sin permiso, descubrió a su mamá convertida en la Chica Invisible y no dijo nada. A partir de entonces se saludaron cada tarde en el parque. Cuando la Niña se aburría de competir con otros chicos y atemorizar a otras niñas, se sentaba a su lado, tampoco pedía permiso para coger un carbón y un pliego y dibujar. Linda decía le caes bien, eso es raro, casi nadie le cae bien.

Ya nunca más la soledad de Marco, sino Marco-entrometido en aquella familia extravagante que vivía en un piso tan usurpado como el agujero propio. Suya era la luz que permanecía encendida cada noche como un faro, todo estaba lleno de juguetes y muebles viejos, la Niña trasteaba sin límites arrastrando por el pasillo un andador con forma de moto de carreras, lanzando un avioncito de plástico que volaba como un bumerán y chocaba contra la escayola igual que los gorriones de Micromaquia, nadie le decía para ya cuando saltaba sobre las sillas, si una se rompía era arrinconada en la terraza, la nevera rebosaba de comida con el sello de Cáritas y Cruz Roja, aquel lugar no formaba parte del mundo sino del Nuevo Mundo naciente.

La Niña le pareció el verdadero enigma de la casa: había dejado de ir a la escuela, los servicios sociales la reclamaron, los profesores suspiraron aliviados, de vez en cuando la obligaban a volver al colegio, un mes, quizá dos, luego los asistentes intentaban rescatarla, amenazaban a sus padres con retirarles la custodia, abrían con solemnidad un nuevo expediente y la matriculaban en otro colegio, un coche vino a buscarla a la puerta durante un tiempo, ella arañaba la tapicería, se meaba dentro, chillaba, la medicación era gratuita pero Linda se negó a firmar el consentimiento expedido por el psiquiatra, les ofrecieron una vivienda de protección oficial, cursos de formación, un subsidio, nada. La última de las asistentes, sentada sobre una de las sillas desfondadas, balbuceaba sus fórmulas delante de Serio-Severo mientras Linda se duchaba con la Niña, los ojos de Serio trituraban a la asistente, que se hacía caldo imaginando aquellas manos de actor de cine aplastadas en su culo, en el espejo del ascensor intentó secarse la falda con un pañuelo de papel, redactó un informe muy desfavorable que no fue atendido por nadie.

Marco y la Niña se hicieron amigos. La Niña no rompía cosas mientras dibujaba, Linda estaba contenta por eso. A veces Linda se enfadaba con ella y entonces la Niña se le adhería como un mono hasta que conseguía ablandarla. Serio-Severo la abrazaba y la besaba hiciera lo que hiciera, la subía en hombros y la hacía saltar hasta que daba contra el techo, tan lleno de grietas como su cabeza, no pasaba una semana sin que fueran al ambulatorio por un brazo roto, una brecha, un diente partido, en el informe también se mencionaban los seis partes médicos del último mes pero el juez de vigilancia de menores desestimó la solicitud después de la entrevista, la mamá explicó con dulzura cada uno de los accidentes domésticos, a simple vista parecía un tanto chiflada pero ese encanto de mujer no puede hacerle daño a nadie, mi instinto me lo dice, prométame que la llevará al colegio todos los días, se lo prometo, señor juez, y que andará con más cuidado en casa, sí, señor juez, a los niños no se les puede perder de vista, claro, señor juez. La sentencia habría sido muy diferente si el instinto hubiera sido el de una jueza.

La Niña leía y escribía con dificultad, tenía una madurez extraña, corría por las escaleras del bloque contando en voz alta cuánto tardaba en subir y bajar, luego recitaba de memoria un poema de Espronceda que había escuchado en clase, nunca llevaba cuadernos ni bolígrafos pero siempre traía alguno de vuelta. Marco comenzó a adorarla igual que hacía Serio; en realidad, Marco imitaba a Serio en todo, en el tono de voz, en las bromas que contradecían su nombre, en el gesto, en la manera de mirar a Linda. Marco ni siquiera se daba cuenta, Marco era un modelo reducido de Serio, Serio era Marco magnificado.

Siguió viviendo en el agujero del ventano hasta que le dijeron sube, aquí hay sitio de sobra, la Niña te quiere. Su habitación daba al patio, era oscura, sin muebles, no mucho mejor que el agujero. La mayor parte de las noches dormía en el salón, la Niña hecha un ovillo a su lado, Linda y Serio besándose en el dormitorio, no había televisión ni radio ni más libros que los que la Niña traía del colegio, los objetos aparecían y desaparecían, sillas, mesas, lámparas, Serio sacaba algunos, regresaba con otros, la casa se llenaba y se vaciaba como un pulmón, en ocasiones Linda y Serio entraban en un periodo de intensa actividad, limpiaban con brío, cocinaban siete guisos, peinaban a la Niña con dos colas, la acompañaban al colegio a las ocho en punto desprendiéndola de las sábanas. El frenesí desaparecía pronto, el pelo de la Niña volvía a ser un arbusto de enredos, los grifos goteaban.

Marco y la Niña subían a la azotea para dibujar antenas, tejados, iglesias, y también los brazos y las piernas de Serio-Severo cuando tendía la colada al sol, la Niña tenía buen trazo. Marco regresó a la suavidad y el nadaquehacer de Micromaquia, desaparecieron las tundas del Comité, el látigo de Cloe, las persecuciones. Evitaba pensar en Julia, su amor convencional había sido un fraude, Guardián besaba a Linda cada minuto, se amaban de un modo desproporcionado, huían al cuarto, se oían carcajadas y largas conversaciones en susurro, alguna vez creyó que se reían de él y ahogó ese pensamiento, tarareó para esquivarlo, una ofensa o un rechazo le habrían causado un dolor insuperable, el amor de Julia y Marco era nada en comparación con el suyo, cáscara vacía.

Las clases de dibujo avanzaban. La Niña se hizo diestra con los pliegos de Marco, luego con las paredes de la casa, la azotea, la escalera. Salieron a dibujar en los muros y las cornisas del barrio, construyeron pértigas, la Niña era muy hábil y no le temía a nada, trepaba encima de Marco para trazar el ojo de un gorrión enorme sobre un voladizo, primer ejercicio de Macromaquia, saltaba patios y tejados, se descolgaba de cualquier andamio como una artista de circo. Con aquel cuerpo delgado sobre sus hombros, Marco se sentía tan hermoso como Guardián, igual de firme y distinto.

La Ciudad Nueva crecía, la Niña estaba entusiasmada, no se separaba de Marco, desayunaban juntos, jugaban juntos, dibujaban, trasnochaban, asaltaban los muros del barrio, Marco buscaba versos en los libros de texto que ella no usaba, *puede el hombre, si quiere, conducir su deseo por vena de coral o celeste desnudo.*

Mujer Linda le decía a la Niña tú quieres mucho al bueno de Marco, ¿verdad?, Guardián traía más muebles, más comida, atiborró la alacena, reparó los grifos, en la cocina apareció una lavadora de segunda mano.

Una noche Marco encontró dos pasaportes recién expedidos, sólo dos, con los verdaderos nombres de Linda y Guardián, que resultaban tan ficticios sobre el cartón plastificado.

Tembló al figurarse la orfandad sobrevenida, adónde y por qué motivo, quién el perseguidor o la causa, ley o hartazgo, existe un plan de fuga concebido dentro de sus cabezas de bronce, un plan, los rizos (los de ella) comunicaron la idea a las puntas del flequillo (el de él), vámonos, demasiado tiempo aquí, estará mejor con Marco que con nosotros. Guardián miraba a la Niña con ojos tristes, la hacía brincar, se despedía, *mañana los amores serán rocas y el Tiempo una brisa que viene dormida por las ramas,* Linda repetía ¿verdad que quieres mucho a Marco, verdad que no quieres separarte nunca-nunca de él?

Imaginó el llanto rabioso, el resentimiento, el duelo y la proximidad, *no te vayas mamá, no te alejes de mí,* la Niña ya no tendría en el mundo más que a Marco, *no te vayas mamá, pensaré mucho en ti,* Marco ya no tendría en el mundo más que a la Niña, los dos serían una sola cosa, cápsula de farmacia con un extremo de cada color, ¿qué sucedió, de dónde salieron Linda y Serio, adónde se marcharon, alienígenas tan hermosos que aterrizaron en la Tierra, depositaron a la Niña como a un robot de exploración y desaparecieron? Los asistentes sociales se frotarían las manos si lo supieran, ¡por fin se fueron!, ¡por fin se largaron a inyectarse marmolina en un descampado!, ¡por fin la Niña será nuestra y la llevaremos a una casa de acogida y tendrá un tutor de estudios y una beca y bocadillos de salami y esas cosas que necesitan los niños abandonados y que a nosotros tanto, tanto nos conmueven!

Pero Marco no permitirá eso, Marco se aferrará a ella, la protegerá de la Democracia y del Estado del Bienestar. Huirán en trenes de mercancías si los persiguen, construirán una choza junto al río, vivirán debajo de un tinglado de plástico al borde de una carretera comarcal, serán protagonistas de un reportaje titulado *Infravivienda*.

Veloz pasa el tiempo sin Linda y sin Guardián, al cabo no podrían asegurar que existieron, que fueron felices a su lado, que se amaron dentro de aquella casa guardamuebles. Es verano, hay gritos de cristal roto y rotor de aire acondicionado, nadie duerme de madrugada. Marco y la Niña extienden las ramas de La Ciudad Nueva por todos los muros y todas las cornisas. Al amanecer suben a la azotea para contemplar los caligramas recientes, versos en la parada del autobús, veleros sobre la puerta metálica de la farmacia, bandadas de Macromaquia en la cúpula de la caja de ahorros, libélulas dibujadas en el fénix de la compañía de seguros. Las cuadrillas de limpieza usan cloro y disolvente, Marco y la Niña usan tiempo y nadaquehacer, el combate es desigual. La Ciudad Nueva crece cada noche, como una demo que enseguida termina pero permite reiniciar el juego y repetir mil veces la misma partida.